EVER LASTING LOVE

LAUREN PALPHREYMAN

Valentines Rache

Aus dem Amerikanischen
von Anna Julia Strüh

FISCHER Taschenbuch

Deutsche Erstausgabe
Erschienen bei FISCHER Kinder- und Jugendtaschenbuch
Frankfurt am Main, Dezember 2019

Das Original erschien bei Wattpad unter dem Titel »Valentine's Day«
Copyright © 2018 by Lauren Palphreyman
The author is represented by Wattpad

Für die deutschsprachige Ausgabe:
© 2019 S. Fischer Verlag GmbH,
Hedderichstr. 114, D-60596 Frankfurt am Main

Lektorat: Carla Felgentreff
Satz: Dörlemann Satz, Lemförde
Druck und Bindung: CPI books, GmbH
Printed in Germany
ISBN 978-3-7335-0545-5

Teil 1:
Die Valentinskarte

1. Kapitel

Beim Aussteigen beschleicht mich ein ungutes Gefühl. Als würde mich jemand beobachten. Ich spähe in die Dunkelheit, doch der Parkplatz der Forever Falls High ist vollkommen leer. Natürlich ist er das. Wer sollte an einem Sonntagabend in der Schule sein?

Und dennoch …

Ich greife mir meine Tasche vom Rücksitz. Die Spitze eines Pfeils lugt oben heraus.

Vor ein paar Monaten ist ein Liebesgott auf der Suche nach mir hier aufgekreuzt, eine Gruppe von Liebesagenten hat versucht, mich umzubringen, und ich habe gegen eine Göttin gekämpft, der es ganz und gar nicht gefiel, dass ich ihren Sohn date.

Ich gehe lieber kein Risiko ein.

Als ich um das Auto laufe und den Kofferraum öffne, klingelt mein Handy.

»Lila! Bist du schon da?«, durchbricht Charlies aufgeregte Stimme die Stille. »Hast du sie dabei?«

Ich mustere die dekorierte Plastikschachtel, die zwischen ein paar Sweatshirts, einem Buch über Mythologie und einer leeren Getränkedose eingezwängt ist. Das Handy zwischen Kinn und Schulter geklemmt, hebe ich sie hoch. »Sag mir noch mal, warum das nicht bis morgen früh warten konnte.«

»Weil bald Valentinstag ist«, erklärt sie, »und das wird mir einen ganzen Monat lang mit meinen Agenten-Aufgaben helfen. Und …« Sie plappert weiter über ein Match, das sie für morgen geplant hat, aber ich höre nicht mehr zu. Mich überkommt erneut das Gefühl, dass ich nicht allein bin.

Lila.

Ich erstarre.

»Ähm ... Lila? Hallooo?«

Langsam stelle ich Charlies Schachtel ab und trete einen Schritt zurück. Der Schotter knirscht unter meinen Stiefeln.

»Lila?«

»Ja. Alles klar. Ich bin gleich da, okay?« Ich lege auf und blicke mich nervös um. Der Eingang des Schulgebäudes ist in dunkle Schatten gehüllt.

Trotz der kalten Januarluft atme ich tief durch. Da schlägt mir ein seltsamer Geruch entgegen; süßlich, aber ganz und gar nicht angenehm. Ein modriger, fauler Gestank. Ich bekomme eine Gänsehaut.

»Hallo?« Meine Stimme durchschneidet die Stille.

Ich greife in meine Tasche und umfasse den Pfeil, auf das Schlimmste vorbereitet.

Lila.

Wieder diese Stimme ... Eine Männerstimme, kaum mehr als ein Flüstern, das der eisige Wind zu mir herüberträgt.

»Wer ist da?«

Wie als Antwort ertönt ein lautes Klappern, gefolgt von einem Poltern. Ich zucke vor Schreck zusammen. Dann hole ich tief Luft, um meinen rasenden Herzschlag zu beruhigen, und schleiche vorsichtig auf die Schule zu.

Ich biege um die Ecke – und werde gegen die Wand geschmettert. Mein Rücken prallt mit voller Wucht gegen den harten Backstein.

»Was zum ...«, keuche ich und stoße meine Angreiferin

weg. Sie strauchelt, und ihre dunklen Augen begegnen meinem Blick.

»O mein Gott. Es tut mir so leid.« Ihre Stimme ist leise, und sie spricht mit einem leichten irischen Akzent. »Ich dachte, du wärst ... jemand anders.«

Langsam ziehe ich die Hand aus meiner Tasche und lasse den Pfeil los, den ich angriffsbereit umklammert habe.

Einen Moment starren wir einander schweigend an. Ich habe sie noch nie zuvor gesehen, was in einem kleinen Kaff wie Forever Falls merkwürdig ist. Ihre kurzen braunen Haare sind zerzaust, und ich kann einen Blutfleck in ihrem Mundwinkel erkennen, bevor sie ihn hastig mit dem Handrücken wegwischt.

Sie sieht aus, als hätte sie sich geprügelt.

Als sie wieder zu mir aufblickt, flackert etwas Unergründliches in ihrem Gesicht auf.

»Wer denn?«, frage ich und spähe über ihre Schulter. »Ich hab gehört ...« Die Mülltonnen sind umgekippt, und der Boden ist mit Abfall übersät. »Wer bist du? Was ist passiert? Ist alles in Ordnung?«

Sie tritt einen Schritt zurück und setzt ein Lächeln auf, das jedoch nicht ganz ihre Augen erreicht. »Ich bin gestolpert, weiter nichts.« Damit wendet sie sich ab und geht.

»Warte!«

Sie sieht über die Schulter zu mir zurück. »Du solltest nicht hier sein.«

»Du auch nicht.«

Ihr Gesicht nimmt einen grimmigen Ausdruck an. »Bald ist Valentinstag.«

»Ähm ... ja?«

»Nimm dich in Acht.«

Ohne ein weiteres Wort dreht sie sich um und verschwindet in Richtung der Straße auf der anderen Seite der Schule.

Ich stehe einen Moment reglos da und starre in die Dunkelheit. Dann atme ich aus und lockere meine angespannten Muskeln. Mit einem irritierten Kopfschütteln gehe ich zurück zu meinem Auto – dem gebrauchten Ford Fiesta, den mir Dad zu Weihnachten geschenkt hat.

Wieder klingelt mein Handy. Es ist Charlie.

»Ich weiß, ich weiß, bin schon unterwegs«, versichere ich ihr, nehme die Schachtel, schließe den Kofferraum und gehe zum Eingang der Schule. »Gerade ist was Seltsames passiert.«

Auf der Treppe halte ich einen Moment inne und blicke mich argwöhnisch um, dann eile ich hinein – nur mit Mühe kann ich das Gefühl abschütteln, dass dort draußen immer noch jemand lauert.

»Wo bist du genau?«, frage ich.

»Hier!« Die Lampen gehen automatisch an, als Charlie durch den mit Spinden gesäumten Korridor auf mich zuläuft und ihr Handy in der Tasche ihres Jeans-Overalls verstaut. Als sie die mit Herzchen verzierte Schachtel sieht, leuchten ihre Augen auf. »Danke!«

»Was ist das überhaupt?«, frage ich.

»Meine Match-Box«, sagt sie mit einem breiten Grinsen. »Die Leute stecken ihre Liebesbriefe durch den Schlitz, und ich – als Mitglied des Sozialkomitees und hiesige Liebesagentin – überreiche sie dem Empfänger. Allerdings« – sie zieht einen Zettel aus ihrer Tasche – »werde ich selbst ein paar Briefe schreiben, um die Sache etwas zu beschleunigen.«

Ich ziehe die Augenbrauen hoch. »Raffiniert ...«

Sie grinst und nimmt mir die Schachtel ab. Verwirrung macht sich auf ihrem Gesicht breit, als es darin rappelt. »Hier ist schon irgendwas drin.«

Ich werfe ihr einen ebenso verwirrten Blick zu und nehme den Deckel ab. In der Schachtel liegt ein dünner Umschlag, auf dem in eleganter Handschrift mein Name steht.

Irritiert öffne ich ihn und ziehe die Karte heraus.

Lila, ich kann es kaum erwarten, dich zu treffen. Von deinem Valentine

»Sieht aus, als hättest du einen heimlichen Verehrer«, murmelt Charlie. Als sie meinen besorgten Gesichtsausdruck bemerkt, fügt sie mit einem Augenrollen hinzu: »Ach nein, wahrscheinlich hat Cupid den Zettel heimlich eingeworfen, als ich die Schachtel gestern in der Agentur vergessen habe.«

»Ja. Natürlich.« Ich lächele erleichtert. »Das muss es sein.«

Charlie sieht mich durchdringend an. »Was ist los? Du meintest, eben wäre was Seltsames passiert?«

»Ach, da war nur dieses Mädchen, das draußen rumgelungert hat. Sie sagte, ich solle mich in Acht nehmen.« Ich werfe einen Blick auf die Karte in meiner Hand. »Und dass bald Valentinstag ist.«

Charlie zuckt die Achseln und steckt ihre Karte in die Schachtel. »Nun, dagegen lässt sich nichts sagen.«

»Nein, wohl nicht«, stimme ich zu und stopfe die seltsame Botschaft in meine Gesäßtasche. »Bist du für heute fertig mit der Kuppelei? Soll ich dich mitnehmen?«

»Wo fährst du hin?«

Ein Grinsen breitet sich auf meinem Gesicht aus. »Zur Matchmaking-Agentur.«

2. Kapitel

Ich stürze mich auf Cupid, doch er blockt meinen Hieb mit dem Arm ab. Die grünen Sprenkel in seinen Augen funkeln neckisch, als ich zurücktaumele. Er wendet den Blick keine Sekunde von mir ab, während er mich mit bloßen Füßen anmutig umkreist.

Ich folge seinem Beispiel, bewege mich langsam und lasse ihn nicht aus den Augen. Die merkwürdige Valentinskarte geht mir nicht aus dem Kopf, doch vorerst verdränge ich den Gedanken. Ich muss mich konzentrieren. Ich muss gewinnen.

Mein Atem geht schnell und flach. Kurz senkt sich mein Blick auf sein weißes T-Shirt, das verschwitzt an seiner muskulösen Brust klebt. Er beobachtet mich, und seine Lippen verziehen sich zu einem Grinsen.

Genau in diesem Moment balle ich die Hand zur Faust und schlage sie ihm ins Gesicht.

In letzter Sekunde fängt er den Angriff ab und zieht mich an sich. Seine Körperwärme und der angenehme Geruch seines Aftershaves hüllen mich ein. Er lächelt schelmisch. »Du musst dich schon etwas mehr anstrengen, Sonnenschein.«

»Woher weißt du, dass du nicht genau da bist, wo ich dich haben will?«

Er hebt eine Augenbraue. »Wenn ich da wäre, wo du mich haben willst, wären wir wohl kaum im Trainingsraum der Matchmaking-Agentur …«

»Ach nein? Wo wären wir denn dann?«

Er schweigt einen Moment, dann erscheint ein Grinsen auf seinem Gesicht. »Im Bett?«

Er mustert mich mit amüsiertem Blick, um zu sehen, wie ich reagiere. Mein Mundwinkel zuckt, doch ich mache ein ernstes Gesicht. »Klar, das hättest du wohl gerne.«

Ohne Vorwarnung schlüpfe ich unter seinem Arm hindurch und beuge mich vor. Gleichzeitig bringe ich ihn mit einem kräftigen Ruck aus dem Gleichgewicht, so dass er über mich fällt. Er landet hart auf dem Rücken. Das laute Krachen, mit dem er auf der rosafarbenen Matte aufschlägt, hallt von den Zielscheiben an der Wand und der hohen Decke über uns wider.

Blitzschnell ziehe ich einen silbernen Pfeil aus dem Köcher über meiner Schulter, baue mich über Cupid auf und richte ihn auf seine Brust.

Triumphierend blicke ich ihn an. »Siehst du? Genau, wo ich dich haben will.«

Er lacht.

Dann packt er plötzlich den Pfeil und zieht daran. Die Spitze versinkt in seiner Brust, und ich falle auf ihn, als der Capax zwischen uns zu Asche zerfällt. Ich stütze mich auf der Matte ab, mein Gesicht nur wenige Zentimeter von seinem entfernt.

»Jetzt habe ich *dich* genau da, wo ich dich haben will«, sagt er und wackelt mit den Augenbrauen. »Und du hast mich gerade mit einem Capax getroffen, also weißt du, dass ich die Wahrheit sage.«

Er legt die Hand in meinen Nacken, fährt mit den Fingern durch meine dunklen Haare und hebt den Kopf. Mein Herz schlägt schneller, als sein warmer Atem über meine Wange streicht. Durch sein verschwitztes Top kann ich seine harten Bauchmuskeln spüren.

»Ich hab übrigens deine Nachricht gekriegt«, sage ich leise, meine Lippen ganz dicht an seinen.

»Ja, also ... Moment. Meine was?«

»Wie schön, dass ihr Lilas Kampftraining ernst nehmt.«

Ich drehe ruckartig den Kopf.

Cal steht in seinem blütenweißen Anzug in der Tür und beobachtet uns missbilligend. Rasch rappele ich mich auf und vermeide es dabei tunlichst, ihm in die Augen zu sehen, auch wenn ich mir ein Grinsen nicht verkneifen kann.

Cupid, der immer noch auf dem Rücken liegt, richtet sich auf die Ellbogen auf. »Du hast echt ein unglaublich schlechtes Timing, Bruderherz.«

Cal wirft ihm einen finsteren Blick zu, dann wendet er sich an mich. »Hallo, Lila.«

»Hallo, Cal.« Ich ahme seinen unnötig förmlichen Tonfall nach, und er mustert mich einen Moment prüfend. Ich lächele ihn an. »Jetzt guck nicht so! Wir haben wirklich trainiert! Ehrenwort. Was du gerade gesehen hast, war mein triumphaler Sieg über deinen Bruder.«

»Pffft. Ich hätte mich befreien können«, behauptet Cupid und steht auf.

Ich taxiere ihn mit skeptischem Blick. »Wie das?!«

»Nun, wenn du es unbedingt wissen willst; ich hatte vor, dich zu verführen –«

Cal räuspert sich.

Ich drehe mich zu ihm um. Er starrt Cupid alles andere als belustigt an und klopft ungeduldig mit den Fingern auf sein Bein.

»Sorry, Bruderherz. Wolltest du was?«, fragt Cupid.

Cal sieht kurz zu mir. Als sich unsere Blicke begegnen, fallen mir seine dunklen Augenringe auf und wie blass er ist. Er sieht erschöpft aus. Ich frage mich, ob Crystal, die frisch gewählte Chefin von Everlasting Love, ihn zu hart rannimmt – oder ob etwas anderes vorgefallen ist.

»Du weißt schon, dass du nicht trainieren musst«, sagt er. »Die Arrows machen nicht mehr Jagd auf dich. Und auch wenn die Liebesagenten nicht gerade froh sind über … was immer *das* ist« – er sieht demonstrativ zwischen Cupid und mir hin und her, und seine silbrigen Augen blitzen ärgerlich –, »wird dir niemand etwas antun.«

»Das dachte ich bis vor ein paar Monaten auch«, erwidere ich. »Aber ständig von Agenten verfolgt zu werden, die dich umbringen wollen, zuzusehen, wie ein Junge vom Schuldach springt, dich durch ein virtuelles Labyrinth zu kämpfen und aus Versehen eine Göttin zu erwecken kann deine Weltsicht echt drastisch ändern.«

Ich spüre Cupids Belustigung, obwohl er hinter mir steht und ich ihn nicht sehen kann. Cal seufzt schwer.

»Und außerdem gefällt mir das Training«, füge ich mit einem Achselzucken hinzu.

»Nun, wie dem auch sei … Es erscheint mir nicht angemessen, dass ein Mensch hier trainiert. Und du solltest dir einen richtigen Lehrer suchen. Nicht« – er blickt demonstrativ hinter mich – »ihn.«

»Entspann dich, Bruderherz!«, sagt Cupid und stellt sich neben mich. »Was machst du überhaupt hier?«

»Ich suche Crystal. Es gab einen … Zwischenfall.«

»Was für einen Zwischenfall?«, frage ich.

»Dazu kann ich nichts sagen. Das ist Sache der Matchmaking-Agentur.« Er macht einen Schritt auf die Tür zu.

Cupid verdreht die Augen. »Cupid-Original.« Er deutet mit dem Daumen erst auf sich, dann auf mich. »Und sie hat eine Göttin getötet. Also, was ist los?«

Cal hält inne. Sein Blick schweift von mir zu Cupid. Dann seufzt er erneut. Das grelle Lampenlicht zeichnet dunkle Schatten unter seine Wangenknochen, als er zu uns herüberkommt und Cupid einen Zettel reicht.

Cupid überfliegt ihn, und dabei wird sein Gesicht immer finsterer.

»Was ist los?«, frage ich.

Ich blicke über seine Schulter und sehe eine Nachricht von Mino – dem Minotaurus – an die Matchmaking-Agentur.

»Ein Agent wird vermisst«, sagt Cal, und ich wende mich wieder ihm zu. »Bei ihm zu Hause sieht es aus, als hätte ein Kampf stattgefunden.«

Cupid faltet den Zettel zusammen, dann sieht er besorgt zu seinem Bruder auf. »Glaubst du, er ist tot?«

Seine Worte jagen mir einen kalten Schauer über den Rücken.

»Ich weiß es nicht. Aber er ist schon der dritte Agent, der diesen Monat verschwunden ist.« Cal nimmt den Zettel wieder an sich und wirft uns einen grimmigen Blick zu. »Das bedeutet sicher nichts Gutes. Ich fürchte, jemand macht Jagd auf Liebesagenten.«

3. Kapitel

Cal wechselt einen düsteren Blick mit Cupid, dann dreht er sich auf dem Absatz um und marschiert zur Tür.

»Ich muss Crystal finden«, sagt er und sieht uns über die Schulter streng an. »Benehmt euch, ihr zwei.«

Schweigend sehen wir zu, wie Cal den Trainingsraum verlässt.

»Wollen wir unartig sein?«, fragt Cupid, den Blick starr geradeaus gerichtet.

»Nein. Aber vielleicht sollten wir ihm folgen und rausfinden, was los ist?«

Cupid wendet sich mir zu. »Das Ganze ist bestimmt halb so wild. Everlasting Love gibt es schon seit Hunderten von Jahren, und es gibt ständig irgendwelchen Ärger.« Er macht ein nachdenkliches Gesicht. »Wenn ich es recht bedenke, habe ich einen Großteil davon selbst verursacht.«

Ich knuffe ihn in die Seite, und auf seinem Gesicht erscheint ein Grinsen.

»Ich würde lieber Zeit mit dir verbringen«, sagt er.

»Willst du mit mir ins Love Shack fahren? Ich hab Charlie vorhin dort abgesetzt und ihr gesagt, wir kommen nach, wenn das Training nicht zu lange dauert.«

Er zuckt die Achseln. »Klar. Aber wann habe ich dich endlich mal ganz für mich allein? Ich hab das Gefühl, als hätten wir kaum Zeit miteinander verbracht, seit … na ja …«

»Seit wir versehentlich eine Göttin wiedererweckt haben?«

Seine Lippen verziehen sich zu einem verlegenen Lächeln. »Ja.«

Ich lächele zurück. Darüber habe ich mir noch keine Gedanken gemacht, aber er hat recht.

Seit der Schlacht in Venus' Gerichtssaal sind schon über zwei Monate vergangen. Seitdem herrscht in der Agentur das reinste Chaos, denn die Liebesagenten mussten einen neuen Anführer wählen, sicherstellen, dass die Arrows nicht noch mehr im Schilde führen, und ihre Firmenvorschriften überarbeiten. Cupid wurde wieder aufgenommen und ist als eine Art Berater für sie tätig – was einen großen Teil seiner Zeit beansprucht. Er war sogar über Weihnachten ein paar Tage im Ausland, um Charlie mit ihrer ersten Mission als Liebesagentin zu helfen.

»Na ja, du warst mit Matchmaking-Kram beschäftigt«, sage ich. »Und ich musste zur Schule.«

»Ich möchte dich zu einem richtigen Date ausführen – bald. Wir hatten immer noch keins.«

»Ich weiß. Für einen Liebesgott bist du ziemlich schlecht in Form.«

Er lacht, während ich den Köcher von meiner Schulter rutschen lasse und mir stattdessen meine Tasche umhänge.

»Wie wär's mit Freitagabend?«, fragt er. »Ich koche für dich.«

Ich ziehe verblüfft die Augenbrauen hoch. »Du kochst?!«

Er drückt gespielt verletzt die Hand an seine Brust. »Wie kannst du nur so überrascht klingen?! Natürlich koche ich! Ich bin ein ausgezeichneter Koch! Ich kann Fertiggerichte zaubern, Tiefkühlpizza, Pommes …«

»Beeindruckend«, sage ich lachend. »Okay, Freitag passt.«

Wir ziehen unsere Schuhe an und machen uns auf den Weg.

»Was hast du vorhin über eine Nachricht von mir gesagt?«, fragt er, während wir den Korridor entlanggehen, vorbei an den Trainingssims für neue Agenten.

»Oh.« Ich hole sie aus meiner Hosentasche. »Ich hab die Valentinskarte gekriegt, die du in Charlies Match-Box gesteckt hast. Ein bisschen früh ... Dir ist schon klar, dass erst in drei Wochen Valentinstag ist?«

»Ich hab dir keine Karte geschickt, Sonnenschein.«

Ein ungutes Gefühl macht sich in meiner Magengrube breit, und ich ziehe irritiert die Stirn kraus.

»Ich war sicher, dass sie von dir ist. Ich dachte, vielleicht wären Liebesagenten ein bisschen übereifrig, was den Valentinstag angeht.«

Er grinst, aber der Ausdruck in seinen Augen ist ungewohnt ernst. »Ein häufiger Irrtum. Wir Liebesagenten interessieren uns nicht besonders für den Valentinstag. Ich schon gar nicht. Dieser Trend ist der Grund dafür, dass mich die meisten Menschen als dickes, geflügeltes Baby namens Amor kennen und nicht als den heißen Sexgott, der ich in Wirklichkeit bin.«

Ich stöhne, als er vielsagend seine Brauen hochzieht. »Du bist unglaublich.«

»Unglaublich toll.«

Wir durchqueren den Innenhof, und mein Blick verharrt einen Moment auf der Stelle neben dem Teich, an der früher die Statue von Venus stand. Auch wenn sie nicht mehr da ist, läuft mir ein kalter Schauer über den Rücken.

Cupid wirft einen Blick auf den Umschlag in meiner Hand. »Kann ich die Karte mal sehen?«

»Klar.«

Als er die Nachricht liest, weicht alle Farbe aus seinem Gesicht.

»Valentine«, murmelt er.

»Hm?«

»Ich –« Er unterbricht sich abrupt, als wir das Großraumbüro der Matchmaking-Agentur betreten und die übliche Flut von Geräuschen auf uns einströmt. Meine Muskeln spannen sich an, als wir uns einen Weg zwischen den Schreibtischen und schwarzen Steinsäulen hindurchbahnen. Die Agenten, an denen wir vorbeikommen, beäugen uns misstrauisch. Sie wissen, wer wir sind und was wir getan haben.

Ich erinnere mich an den Moment nach unserem Kuss auf Cupids Balkon; an Cals entsetztes Gesicht, während der Boden unter uns bebte und ein heftiges Unwetter tobte.

Die Bindung wurde eingegangen. Mom ist wieder zu Hause.

»Ach, ist bestimmt nicht weiter wichtig«, sagt Cupid und holt mich in die Gegenwart zurück. »Charlies Match-Box stand ein paar Tage hier, oder? Wahrscheinlich erlaubt sich jemand einen Scherz mit dir.« Er begegnet dem Blick einer Agentin mit Headset, die ihn besonders böse anstarrt. »Nicht jeder freut sich, dass dieses Match zustande gekommen ist.«

»Ich weiß. Aber bist du dir da sicher? Du hast Valentines Namen gesagt, als würdest du ihn kennen.«

»Ach ja?«

»Ja.«

Er atmet tief durch, als wir das unterirdische Parkhaus betreten.

Erst als ich mein Auto schon fast erreicht habe, fällt mir auf, dass er stehen geblieben ist. Er starrt mit finsterem Gesicht und glasigem Blick vor sich hin.

Ich gehe zu ihm zurück und baue mich mit vor der Brust verschränkten Armen vor ihm auf. »Du hast Valentine gesagt, als würdest du ihn kennen«, sage ich, nachdrücklicher diesmal. »Weißt du noch, was passiert ist, als du mir das letzte Mal etwas verschwiegen hast? Wir hätten fast die Welt zerstört.«

Cupid reibt sich den Nacken, dann seufzt er. »Vor langer Zeit gab es diesen Liebesagenten. Wir beide haben eine ... eine gemeinsame Vergangenheit. Ein ziemlicher Psycho. Hat sich Valentine genannt. Stand *total* auf den Valentinstag. Genauer gesagt hat er ihn erfunden.«

»Und du glaubst, die Karte ist von ihm?«

Cupid stößt den Atem aus. »Ich weiß es nicht. Nein. Wahrscheinlich nicht.« Er hält den Umschlag hoch. »Die Signatur – *von deinem Valentine* – hat mich einfach an ihn erinnert, weiter nichts. Er kann unmöglich zurück sein. Ich habe mich längst um ihn gekümmert.« Er zuckt die Achseln und sieht mir fest in die Augen. »Ich werde das überprüfen, okay?«

Er ringt sich ein Grinsen ab. Die nach Abgasen stinkende Luft fühlt sich drückend an, als wir zum Auto gehen. Ich kann die Anspannung in seinen Muskeln spüren, als sein Arm meinen streift. Nervös spiele ich an den Schlüsseln in meiner Jackentasche herum.

Wer hat mir diese Karte geschickt? Jemand in der Agentur, der mich hasst? Oder Valentine – wer immer das auch ist? Keine der Möglichkeiten erscheint mir wünschenswert.

Als wir einsteigen und nach Forever Falls fahren, denke ich an das Mädchen, dem ich neulich Abend begegnet bin, und ihre Warnung.

Nimm dich in Acht. Bald ist Valentinstag.

4. Kapitel

Ich parke das Auto, und wir gehen auf den Marktplatz von Forever Falls.

Cupid tut meine Valentinskarte weiter als bösen Streich eines verärgerten Liebesagenten ab. Doch ich merke, wie sein Kiefer sich verkrampft, wenn er denkt, ich würde nicht hinsehen. Ich bin mir nicht sicher, ob er die Nachricht wirklich für ungefährlich hält oder ob er das nur behauptet, um mich zu beruhigen.

Neugierig beäugt er den schweren Beutel über meiner Schulter, als wir am leise vor sich hin tröpfelnden Brunnen vorbeikommen. »Trägst du Backsteine mit dir rum? Was hast du da drin?«

Ich öffne die Tasche und zeige ihm den Inhalt; ein paar Schokoriegelpapiere, einen schwarzen Cupid-Pfeil und meinen dicken Wälzer über Mythologie. »Cal hat mir das Buch zu Weihnachten geschenkt. Damit ich *mich nützlich machen kann*, meinte er.« Ich begegne Cupids amüsiertem Blick und ziehe eine Augenbraue hoch, als ich mich an eine ganz spezielle Sage über ihn erinnere. »Wer war eigentlich Psyche?«

Cupid weicht meinem Blick aus. »Er hat die Geschichte bestimmt für dich markiert, oder?«

Ich verdrehe die Augen. »Nein. Aber gibt es sie wirklich? Ich weiß, dass die meisten Sagen anders waren als die Geschichten, die sich die Menschen erzählen, aber ist da etwas Wahres dran? War sie deine Freundin?«

Er zuckt im Versuch, gleichgültig zu wirken, die Achseln,

aber seine Armmuskeln spannen sich an. »Ja, es gab sie wirklich. Ich kannte sie. Aber glaub nicht alles, was du liest. Ein Großteil der Geschichte ... handelt von jemand anderem.«

»Einem anderen Cupid?«

»Ja. Wie geht es eigentlich deinem Dad? Ist er noch mit der Frau zusammen, mit der wir ihn gematcht haben?«

»Der Ärztin? Ja.«

Wir unterhalten uns weiter, während wir uns der Gasse nähern, die zum Love Shack führt. Der Wind trägt den Geruch gegrillter Burger vom Romeo's, dem Diner auf der anderen Seite des Marktplatzes, zu uns herüber. Jedes Mal, wenn ich daran vorbeikomme, stürzt eine Flut von Erinnerungen auf mich ein; an die Trainingssim, wo Cal von einem Ardor getroffen wurde, um mich zu retten; an unseren Kampf mit den Arrows, nachdem sie Crystal entführt hatten; und an meinen Ex, James. Ich frage mich, ob er heute arbeitet.

Seit wir Schluss gemacht haben, hat er ein paarmal versucht, mit mir zu reden – er will wiedergutmachen, dass er Charlie unter dem Einfluss des Capax geküsst hat. Aber nach allem, was seitdem passiert ist, fühlt es sich an, als sei dieser Teil meines Lebens endgültig vorbei.

Cupid legt den Arm um mich, als wir an Eric, dem Türsteher, vorbeigehen und in das vertraute Gewimmel des Love Shack eintauchen. Der klebrige Boden ist mit weggeworfenen Plastikblumen übersät, und ich muss unwillkürlich grinsen, als ich daran denke, wie angeekelt Cal war, als ich ihn zum ersten Mal hergebracht habe.

»Ich liebe diesen Schuppen!«, ruft Cupid, um die schnulzige Popmusik zu übertönen. »Da drüben sind sie!«

Er zeigt über die Köpfe einiger Schüler auf der Tanzfläche.

Ich entdecke Charlie an einem der hohen Tische, in fuchsienfarbenes Discolicht getaucht. Neben ihr sitzt ein blondes Mädchen in einem blauen Kleid. Sie lachen beide und trinken knallrosa Cocktails aus großen Gläsern mit Zuckerrand, als wir auf sie zukommen.

»Crystal!«, ruft Cupid. »Mein Bruder hat nach dir gesucht.«

Sie sieht flüchtig zu ihm auf. Der Blick, den die beiden austauschen, zeugt von einer komplizierten gemeinsamen Vergangenheit und gegenseitigem Misstrauen. Ich schwinge mich auf einen Barhocker.

»Charlie hat mich überredet, heute Abend herzukommen«, sagt Crystal fast entschuldigend.

»Sie hat schon die ganze Woche bis spätabends gearbeitet«, erklärt Charlie. »Selbst Chefinnen von übernatürlichen Matchmaking-Agenturen sollten ab und zu mal einen Abend freimachen.«

»Darauf stoßen wir an«, sagt Crystal und hebt ihr Glas.

Cupid legt mir eine Hand auf die Schulter. »Ich besorg uns schnell was zu trinken.«

»Holt euch einen *Liebestrank*.« Charlie deutet auf ihren und Crystals rosa Drink. »Das Rezept stammt von mir – ich hab auf einer Liebesagenten-Mission ein paar Wochen als Barkeeperin gearbeitet. Der Drink hat ihnen so gut gefallen, dass sie ihn zum Valentinstag weiter anbieten.«

Cupid begutachtet die knallige, künstliche Farbe. »Sieht aus, als hätte sich ein Einhorn in dein Glas übergeben.«

»Gar nicht!«, protestiert Charlie.

Cupid hebt kapitulierend die Hände, als er sich auf den Weg zur Bar macht. »Ich mag Einhornkotze.«

Ich sehe ihm einen Moment lächelnd nach. Da überkommt mich auf einmal wieder dieses seltsame Gefühl, dass ich beobachtet werde. Argwöhnisch blicke ich mich um, kann jedoch nichts Verdächtiges entdecken.

»Alles okay?«, fragt Charlie.

Ich wende mich wieder ihr zu und zucke die Achseln. »Ja, alles bestens. Worüber habt ihr gerade geredet?«

»Ich habe Charlie von den vermissten Agenten erzählt«, antwortet Crystal. »Anfangs dachten wir, ehemalige Mitglieder der Arrows hätten sich aus dem Staub gemacht, weil es ihnen nicht passt, dass ich jetzt das Sagen habe.« Sie seufzt und rührt mit ihrem Papierschirmchen unruhig in ihrem Drink herum. »Aber jetzt bin ich mir nicht mehr so sicher. Das Seltsame ist, dass sie anscheinend vom Erdboden verschwinden. Sie sind nicht auffindbar – weder tot noch lebendig. Und wir verfügen über ein weitreichendes Überwachungsnetzwerk. Was wollte Cal eigentlich von mir?«

Ich erzähle ihr von Minos Nachricht und dass im Haus des letzten verschwundenen Agenten Kampfspuren gefunden wurden. Sie seufzt tief, während Cupid sich auf den Stuhl neben mir setzt und mir einen Drink reicht.

»Ich sollte zurück«, sagt sie. »Wenn ich mir mal einen Abend freinehme –« Sie verstummt abrupt, und eine zarte Röte überzieht ihre Wangen, als ihre blauen Augen sich auf etwas hinter mir richten.

Ich drehe mich um. Cal steht stocksteif hinter meinem Stuhl, seinen Bogen über die Schulter geschlungen. Er taxiert Crystal mit vorwurfsvollem Blick. »Ich hab den ganzen Abend versucht, dich anzurufen.«

Er wirft einen Blick auf die Drinks auf unserem Tisch.

»Wie schön, dass ihr alle euren Spaß habt. Danke für die Einladung übrigens.«

Charlie und ich rutschen verlegen auf unseren Stühlen hin und her, und Crystal versteift sich sichtlich. Cupid ist plötzlich sehr an dem Schirmchen in seinem Drink interessiert.

»Das war nicht geplant, Cal«, sagt Crystal, gleitet von ihrem Barhocker herunter und streicht ihr Kleid glatt. »Ich wollte gerade zurückgehen.«

Er zuckt die Achseln. »Natürlich.«

»Ähm ... alles okay, Bruderherz?«, erkundigt sich Cupid.

»Nein.«

»Willst du das vielleicht näher ausführen?«

Cal wendet sich mir zu, sein Gesicht noch grimmiger als üblich. Er sieht mich eindringlich an. »Lila, du bist in Gefahr.«

Mich durchzuckt eine kalte Angst. »Was?«

»Cal!«, ruft Cupid entsetzt.

»Wir haben ihr schon mal was verheimlicht«, erwidert Cal, »und du weißt, was wir damit angerichtet haben.«

»Ja, aber du musst doch nicht gleich so dramatisch werden.«

»Cal, was ist los?«

Seine silbrigen Augen begegnen meinen, und ein dunkler Schatten legt sich über sein Gesicht. »Mino ist in die Matchmaking-Agentur gekommen, kurz nachdem ihr weg wart. Im Haus des vermissten Agenten, von dem ich euch vorhin erzählt habe, wurde etwas gefunden. Blutspuren und« – er greift in seine Hosentasche und hält mir einen Umschlag hin – »das hier.«

Mir bleibt fast das Herz stehen, als ich darauf meinen Namen in eleganter Schönschrift sehe. Die Schrift ist dieselbe wie auf der Karte, die ich in Charlies Match-Box gefunden habe.

Cupid spannt sich an und drückt die Handflächen auf den Tisch, als würde er jeden Moment aufspringen.

Mit zitternden Fingern ziehe ich die Karte aus dem Umschlag.

Rosen sind rot, Veilchen sind blau. Ich weiß von dem Match, und dich finde ich auch.
Von deinem Valentine

5. Kapitel

Mein Herz pocht wie wild, als ich die Nachricht auf den Tisch lege. Cal steht reglos wie eine Statue hinter mir.

»Jetzt hältst du Kampftraining bestimmt auch für eine gute Idee, oder?«, frage ich.

Er wirkt alles andere als amüsiert. Auch Cupids Anspannung ist deutlich spürbar. Charlie beugt sich mit einem Stirnrunzeln über den Tisch, um die Karte zu lesen, die Crystal ihr zuschiebt.

»Das ist nicht witzig!«, braust Cal auf.

»Ist Mino noch in der Agentur?«, fragt Crystal.

Bei der Erwähnung des Minotaurus verfinstert sich Cals Gesicht. Er nickt schroff, und Crystal greift sich ihre Handtasche.

»Er könnte noch mehr Informationen haben«, sagt sie, dann wendet sie sich an mich. »Er hat sich auf meine Anweisung hin einen Job bei der Polizei beschafft. Ich dachte, er könnte nützlich sein. Er ist gut darin, die Gedanken anderer Leute zu lesen – ihre Geheimnisse herauszufinden.«

Cal stößt ein verächtliches Schnauben aus.

»Ich weiß, dass ihr beide nicht miteinander auskommt«, fährt Crystal ihn ärgerlich an, »aber im Moment ist er unsere beste Chance. Lila, wer immer die Nachricht geschickt hat … wir werden ihn kriegen. An erster Stelle« – sie sieht die anderen der Reihe nach an – »steht jetzt Lilas Sicherheit. Wir bilden eine Schutzeinheit. Vorerst muss einer von euch sie bewachen. Sieht so aus, als würde sich hier irgendwo ein Killer rumtreiben – und Lila steht auf seiner Abschussliste.«

Ehe ich etwas erwidern kann, dreht sie sich um und rauscht in einer Wolke zuckersüßen Parfüms davon. Ich sehe ihr nach, wie sie über die Tanzfläche schreitet. Als ich mich wieder den anderen zuwende, liegt eine deutlich spürbare Spannung in der Luft, und einen Moment herrscht Schweigen. Dann fährt sich Cupid mit der Hand über den Mund und begegnet Cals Blick.

»Ich weiß, was du denkst, Bruderherz«, sagt er seufzend, holt die Karte, die Charlie und ich neulich gefunden haben, aus der Hosentasche und reicht sie Cal. Cals Augen verengen sich, während er sie liest, und seine Haltung versteift sich.

Er begegnet meinem Blick. »Wann hast du die gekriegt?«

Charlie beugt sich vor und nimmt ihm die Karte aus der Hand. »Das ist doch die Nachricht, die wir in meiner Match-Box gefunden haben.« Sie blickt zu mir auf und zieht die Stirn kraus. »Dann war sie doch nicht von Cupid?«

Ich schüttele den Kopf. »Nein.«

Cal sieht Cupid an, und irgendetwas scheint zwischen den beiden vorzugehen.

»Ich dachte, du hättest dich um ihn gekümmert«, flüstert Cal leise und nachdrücklich. Die Musik ist so laut, dass ich ihn nur mit Mühe verstehe.

»Das habe ich«, erwidert Cupid mit grimmigem Gesicht.

»Von wem redet ihr?«, fragt Charlie.

»Valentine«, antworte ich.

Cals Augen weiten sich kaum merklich. »Er hat dir von ihm erzählt?«

»Er meinte –«

»Ich hab ihr gesagt, was sie wissen muss«, unterbricht Cupid mich hastig.«Er ist ein gefährlicher Liebesagent, der vom Valentinstag besessen ist, und er kann es nicht gewesen sein.«

»Die Karten, der potentielle Mord, diese ganze Valentinstagsmasche, die Tatsache, dass er es auf dein *Match* abgesehen hat – das klingt ganz nach ihm«, entgegnet Cal ungehalten.

»Ich hab mich um ihn gekümmert!«

Cal verschränkt unnachgiebig die Arme vor der Brust.

Cupid kratzt sich am Kinn und rollt die Augen. »Okay, ich habe keinen Weg gefunden, ihn zu töten. Aber ich habe ihn an einen Ort gebracht, wo er niemandem schaden kann.«

»Nun, meinst du nicht, du solltest mal nachsehen, ob er immer noch dort ist?«, faucht Cal. In seinem Hals pulsiert eine Ader. Er starrt seinen Bruder unverwandt an, sein schlanker Körper straff gespannt wie eine Bogensehne.

Schließlich seufzt Cupid, und die Stimmung entspannt sich etwas. Er fährt sich durch seine ohnehin schon zerzausten Haare und blickt zu Cal auf. »Ich hab mein Auto bei der Agentur stehen lassen«, sagt er.

Cal greift in seine Tasche und wirft ihm seinen Autoschlüssel zu. Cupid fängt ihn mühelos und steht auf. »Kann ich auf dich zählen, Bruderherz?«

Cal nickt. »Ich werde sie beschützen.«

Ich springe auf. »Moment. Was?! Wo willst du hin?«, frage ich.

Er begegnet meinem Blick. »Nach Dublin.«

Verblüfft ziehe ich die Augenbrauen hoch. »Wie lange?«

Er deutet mit dem Kopf zur Tür. »Komm kurz mit raus – wir können reden, bevor ich aufbreche.«

Ich zögere, nicke dann aber. Cupid wirft seinem Bruder einen entschlossenen Blick zu. Cals einzige Antwort ist ein steifes Nicken. Charlie, die neben ihm sitzt, schiebt ihm einen der rosafarbenen Drinks hin, und er beäugt ihn voller Abscheu. Ich fühle seinen Blick im Rücken, als ich mit Cupid über die Tanzfläche zum Ausgang gehe.

Draußen fröstele ich leicht in der kalten Abendluft. Cupid, dessen Hand sanft auf meinem Arm ruht, führt mich zum Marktplatz, wo Cals roter Lamborghini gefährlich nahe am Brunnen parkt – auf dem Kopfsteinpflaster dahinter sind Reifenspuren zu sehen.

»Warum hat er ihn nicht ganz normal auf den Parkplatz gestellt?«, frage ich. »Er hat Glück, dass der Wagen noch nicht abgeschleppt wurde.«

»Mein Bruder liebt dramatische Auftritte«, sagt Cupid mit einem kleinen Lächeln.

Er lehnt sich an den Brunnen, und ich drehe mich zu ihm. Als er meinem Blick begegnet, weicht das amüsierte Glitzern in seinen Augen etwas Dunklerem, viel Intensiverem.

»Du fährst wirklich nach Irland?«, frage ich.

Er nickt. Seine Miene bleibt ernst. »Ja.«

»Wann kommst du zurück?«

»Kommt drauf an.«

»Worauf?«

Sein Gesicht verfinstert sich. »Darauf, was ich dort finde.«

»Kann Crystal nicht jemand anderen beauftragen, nach Valentine zu sehen?«

Er schüttelt den Kopf. »Ich habe Valentine in eine Sim gesteckt und in die Krypta einer Kirche in Irland gesperrt. Nur ich weiß, wo genau. Außerdem will ich noch nicht, dass die anderen Agenten davon erfahren. Du hast gesehen, wie panisch sie geworden sind, als ich in die Stadt gekommen bin.

Valentine …« Er reibt sich das Kinn. »Valentine wird sie in noch schlimmere Panik versetzen.«

Er atmet langsam aus. Dann schiebt er die Hand unter meine offene Lederjacke und lässt sie an meiner Hüfte ruhen. Seine rauen Finger streichen über meine nackte Haut, wo mein Top hochgerutscht ist.

»Tut mir leid, dass ich dich immer wieder in so etwas hineinziehe«, sagt er leise.

»Es ist nicht deine Schuld, dass mir dieser Killer-Liebesagent seltsame Karten schickt.«

»Doch, ist es«, widerspricht er, wendet jedoch schnell den Blick ab und presst die Lippen aufeinander, als wäre ihm das unbeabsichtigt herausgerutscht.

»Du denkst, er macht Jagd auf mich, um sich an dir zu rächen«, vermute ich. »Weil du ihn in die Krypta gesperrt hast.«

»So in etwa«, murmelt er und starrt betreten zu Boden, was in mir den Verdacht weckt, dass an der Sache mehr dran ist, als er mir verraten hat.

Ich taxiere ihn mit eindringlichem Blick. »Cupid –«

»Wenn er entkommen ist, wenn er in Forever Falls ist … dann ist es hier nicht mehr sicher. *Du* bist hier nicht sicher.« Unsere Blicke begegnen sich, und ich erschrecke zutiefst, als ich die Angst in seinen Augen sehe. »Mein Bruder wird dich beschützen. Aber pass auf, dass du immer eine Waffe bei dir hast, okay?«

Er richtet sich auf und tritt näher an mich heran. Ich weiche nicht zurück, und seine Wärme hüllt mich ein.

»Das könnte echt übel werden, Lila«, sagt er. »Versprich mir, dass du vorsichtig bist.«

»Ja«, hauche ich – mein Atem beschleunigt sich, so ängstlich ist sein Blick.

Er streicht mir sanft über die Haare. Als ich den Kopf hebe, drückt er mir einen zärtlichen Kuss auf die Lippen. Dann, noch ehe ich die Chance habe, den Kuss zu erwidern, löst er sich von mir – in seinen Augen flackert eine Verletzlichkeit auf, die ich noch nie an ihm gesehen habe.

»Was ist los?«, frage ich.

»Nichts. Dieses ganze Drama mit Valentine erinnert mich nur daran, dass ...« Seine Stimme ist leise und rauer als sonst. Ich umfasse sein Gesicht, seine Haut ist glühend heiß. Er ringt sich ein Lächeln ab. »Ich will dich nur nicht verlieren, das ist alles.«

Er tritt einen Schritt zurück, und die Aufrichtigkeit in seinen Augen weicht einem gequälten Gesichtsausdruck, als er hinter mich deutet.

»Sorg dafür, dass mein Bruder heute Abend auf dich aufpasst, okay?«

Als ich mich umdrehe, sehe ich Cal und Charlie auf uns zukommen. Charlie plappert munter vor sich hin, doch Cals Aufmerksamkeit gilt ganz allein uns.

Mich durchflutet eine Woge der Enttäuschung. Cupid muss gehen, und wir können uns nicht einmal in Ruhe verabschieden. Außerdem verheimlicht er mir etwas, und ich habe keine Ahnung, warum.

»Ich schwöre, er hat irgendeine Superkraft, die ihn immer dann auftauchen lässt, wenn ich ihn absolut nicht sehen will«, murrt Cupid, aber seine Lippen verziehen sich zu einem flüchtigen Lächeln. »Ich komme so bald wie möglich zurück. Ich kann mir nicht vorstellen, dass ich mehr als ein paar Tage weg sein werde.« Er hält meinen Blick noch einen Moment länger fest. »Sei vorsichtig.«

Dann wendet er sich ab und winkt zu Cal und Charlie hinüber, bevor er in den Lamborghini steigt.

Ich sehe schweren Herzens zu, wie er in der Dunkelheit verschwindet.

6. Kapitel

Nachdem wir Charlie nach Hause gebracht haben, sitzt Cal stocksteif neben mir auf dem Beifahrersitz. Ohne Charlie, die Cal mit der Frage bestürmt, wann sie denn endlich ihren eigenen Firmenwagen bekommt, herrscht unangenehmes Schweigen. Ich glaube, seit dem Kampf in Venus' Gerichtssaal waren wir kein einziges Mal miteinander allein.

Hin und wieder erwische ich ihn dabei, wie er den Mund öffnet, als wolle er etwas sagen, ihn aber gleich wieder schließt.

»Also ... ähm ... diese ganze Sache mit Valentine ist ziemlich verrückt, was?«, sage ich im Versuch, die Stimmung etwas zu lockern und ihm nebenbei noch ein paar Informationen abzuringen.

»Ja.« Er sieht aus dem Seitenfenster.

»Cupid macht das Ganze anscheinend ganz schön zu schaffen.«

»Das sollte es auch. Wenn Valentine wirklich zurück ist ...« Er schüttelt den Kopf. »Er hat behauptet, er hätte sich um ihn gekümmert.«

Ich biege in meine Straße ein.

»Cupid meinte, er und Valentine hätten eine gemeinsame Vergangenheit. Ich nehme an, die beiden kannten sich schon, bevor er Valentine in eine Sim gesperrt und anschließend in einer Krypta eingeschlossen hat?«

Cal nickt.

»Was ist passiert?«

Eine Weile sagt er nichts. Als ich in meiner Einfahrt parke, dreht er den Kopf und blickt mich einen kurzen Augenblick an, bevor er sich wieder zum Fenster umwendet. Ich ziehe den Schlüssel aus dem Zündschloss.

»Das ist eine lange Geschichte.«

Ich will ihm noch mehr Fragen stellen, aber an dem harten Zug um seinen Mund und seinem grimmigen Stirnrunzeln kann ich sehen, dass ich vorerst nicht mehr aus ihm herausbekommen werde.

»Informativ wie immer, Cal.« Ich seufze und lehne mich auf meinem Sitz zurück. »Also ... ähm ... willst du mit reinkommen? Ich kann dich unbemerkt an meinem Dad vorbeischleusen.«

»Nicht nötig. Ich stehe draußen Wache.«

»Bist du sicher? Es ist ziemlich kalt.«

»Ja.«

Er greift sich seinen Bogen und Köcher vom Rücksitz und steigt aus. Bis ich meine Tasche aufgehoben habe und aus dem Auto springe, ist er schon weg – wahrscheinlich lungert er in den Schatten irgendwo auf der anderen Straßenseite herum. Ich verdrehe die Augen.

»Gute Nacht, Cal ...«

Dad sitzt mit einer Tasse Kaffee an seinem Laptop, als ich in die Küche komme. Als er mich sieht, breitet sich ein Lächeln auf seinem Gesicht aus.

»Warst du mal wieder mit diesem Cupid unterwegs?«, fragt er mit hochgezogenen Augenbrauen und schüttelt konsterniert den Kopf. »Cupid, was für ein alberner Name. Ich werde euch junge Leute nie verstehen.«

Er widmet sich wieder seinem Laptop, während ich ein Glas aus dem Schrank hole und mir Saft einschenke.

»Ich hab mich auch mit Charlie getroffen«, sage ich. »Arbeitest du noch?«

»Ich muss bis morgen die Betriebsabrechnung machen.« Er verzieht das Gesicht, aber ich sehe ihm an, dass ihm sein neuer Job im Krankenhaus gefällt. Das liegt bestimmt auch an der Ärztin Sarah, mit der Cupid und Cal ihn bekannt gemacht haben, nachdem ich im Kampf mit Venus verletzt worden war. Genau genommen vermute ich, er hat es ihr zu verdanken, dass er den Job bekommen hat.

»Lila«, sagt er plötzlich.

»Ja?«

Dad holt tief Luft, und seine Wangen röten sich. Er fährt sich nervös mit der Hand durch die Haare. »Ich ... ich habe am Freitag ein Date. Mit Sarah. Also ... äh ... es könnte sein, dass ich Freitagabend nicht da bin«, stammelt er hastig.

Ich verdrehe die Augen. »Ich weiß, dass du mit ihr ausgehst, Dad. Du musst nicht so komisch werden.«

Er atmet auf, sichtlich verlegen, aber erleichtert. »Dann hast du nichts dagegen?«

»Natürlich nicht!« Ich laufe zu ihm und umarme ihn kurz, bevor ich in mein Zimmer hochgehe. Mein Lächeln verblasst jedoch, als mir dieser ganze verrückte Abend noch einmal durch den Kopf geht – zwei gruslige, an mich adressierte Valentinskarten, ein Mörder auf freiem Fuß, und zu allem Überfluss wird Cupid ein paar Tage weg sein.

Ich frage mich, ob er schon im Flugzeug nach Irland sitzt.

Ich frage mich, was er finden wird, wenn er dort ankommt.

Mitten in der Nacht schrecke ich aus dem Schlaf und blinzle verwirrt zur Decke hoch.

Warum bin ich aufgewacht?

Ich glaube, ich habe etwas gehört.

Mit wild hämmerndem Herzen blicke ich mich im dunklen Zimmer um. Irgendetwas stimmt hier nicht ...

Wieder ertönt ein dumpfes Geräusch von draußen vor dem Fenster, und ich fahre erschrocken hoch.

Valentine.

Was, wenn er mich gefunden hat?

Ich atme tief durch, um mich zu beruhigen.

Dann schwinge ich die Beine aus dem Bett und hole den schwarzen Köcher voller Pfeile darunter hervor, den ich aus der Matchmaking-Agentur mitgenommen habe. Mit zittrigen Fingern streiche ich über einen Ardor – einen Folterpfeil. Der goldene Schaft fühlt sich kühl an.

Ich greife ihn mir und schleiche leise zum Fenster.

Vorsichtig blicke ich zur Straße hinunter, spähe durch die Dunkelheit. An einem Baum auf der anderen Straßenseite bewegt sich etwas. Den Pfeil fest umklammert, schaue ich genauer hin.

Und atme erleichtert auf.

Dort steht Cal, vom Fenster abgewandt, sein Gesicht im Schatten verborgen. Die Spitze seines Bogens glänzt im Licht der Straßenlaterne neben ihm.

In meinem Dämmerzustand hatte ich ganz vergessen, dass er auf mich aufpasst.

Während ich ihn beobachte, sein Haar fast weiß im fahlen Mondlicht, beschleicht mich ein ungutes Gefühl. Ich beuge mich vor, um besser sehen zu können. Sein Kopf bewegt sich, als würde er mit jemandem reden, der sich im Schatten des Baumes verbirgt. Als er sich umdreht, sehe ich sein beunruhigtes Gesicht. In seinen silbrigen Augen schimmert etwas, das in seinem Gesicht völlig fehl am Platz wirkt: Angst.

So leise wie möglich öffne ich das Fenster einen Spaltbreit und lasse die winterlich kalte Luft hereinströmen. Sie trägt Stimmen zu mir herüber.

»Die Dinge sind nicht, wie sie sein sollten«, höre ich eine Frau in eisigem Ton sagen. Sie hat einen starken Akzent. »Die Verschwundenen sind nicht wirklich verschwunden. Die Toten ... Das Mädchen ...«

»Halt dich von Lila fern!«

»Sie beobachtet uns.«

Cal wendet sich abrupt zu meinem Fenster um. Als er mich sieht, weiten seine Augen sich vor Schreck. Dann dreht er sich wieder zum Baum um. »Warte ...«

Keine Antwort.

Er beruhigt sich ein wenig, die Anspannung weicht aus seinen Schultern. Dann wirft er mir einen strengen Blick zu. *Schlaf weiter*, formt er lautlos mit den Lippen.

Ich blicke in der Hoffnung, einen Blick auf das Mädchen zu erhaschen, mit dem sich Cal unterhalten hat, die Straße hinunter. Als ich niemanden entdecke, wende ich mich wieder Cal zu und schüttele den Kopf.

»Ich komme runter«, flüstere ich zurück.

Er wirft mir einen mürrischen Blick zu, widerspricht aber nicht. Ich stecke den Pfeil wieder in den Köcher unter meinem Bett, dann schlüpfte ich in meine dicken Fellhausschuhe, ziehe einen Kapuzenpulli über meinen Flanellpyjama und schleiche mich aus meinem Zimmer.

Die Gesprächsfetzen, die ich aufgeschnappt habe, gehen mir immer wieder durch den Kopf.

Die Dinge sind nicht, wie sie sein sollten. Die Verschwundenen sind nicht wirklich verschwunden. Die Toten ... das Mädchen ...

Das Ganze wird immer seltsamer.

Ich will wissen, mit wem er geredet hat.

Und was das alles mit mir zu tun hat.

7. Kapitel

Leise schließe ich die Tür und laufe zur Straße, den Pulli fest um mich geschlungen, um die Kälte abzuhalten.

Cal lehnt mit verschränkten Armen am Baum und beobachtet mich. Als ich ihn erreiche, nimmt er sich einen Moment Zeit, um mich von oben bis unten zu mustern – besondere Aufmerksamkeit schenkt er dabei den quietschgelben Enten mit Zylinder, die meinen Schlafanzug zieren. Seine Mundwinkel zucken leicht.

»Mach dich ruhig darüber lustig. Ich finde sie süß!«

»Ich wollte gar nichts sagen.« Er sieht zu mir auf. Dann schüttelt er den Kopf und seufzt schwer. »Du solltest nicht hier draußen sein. Das ist gefährlich.«

Ich lehne mich neben ihn an den Baum, so dass sich unsere Schultern berühren. Ich kann seine Körperwärme spüren. Seinen Bogen hat er zu seinen Füßen abgestellt.

»Mit wem hast du geredet?«, frage ich.

Er weicht meinem Blick aus. »Mit jemandem, den du lieber nicht treffen solltest.«

»Tja, dann ist ja alles klar …«

Er seufzt. »Sie führt ein Geschäft mit ihren beiden Schwestern. Sie kümmern sich um ein paar Dinge im IT-Bereich der Matchmaking-Agentur.«

»Ich hab gehört, was sie gesagt hat – dass die Dinge nicht so sind, wie sie sein sollten«, sage ich. »Dass die Verschwundenen nicht wirklich verschwunden sind.«

Endlich begegnet er meinem Blick und schüttelt leicht den Kopf. »Ich weiß nicht, was sie damit meint. Aber dass sie es für nötig hält, sich einzumischen, ist kein gutes Zeichen.« Er wendet sich wieder ab und sieht zu meinem Fenster hoch. »Ein Teil ihres Jobs hat mit dem Tod zu tun. Ich nehme an, es geht um die vermissten Agenten.«

Schatten huschen über sein Gesicht, und ich spüre die Anspannung in seiner Schulter, die immer noch an meiner lehnt.

»Was sie auch meint, es ist sicher nichts Gutes«, sagt er. »Irgendetwas Schreckliches kommt auf uns zu.«

Ich sitze mit Charlie in der Mittagspause. Ihre ganze Aufmerksamkeit gilt ihrer Match-Box, die am Eingang der Cafeteria steht. Ein paar Mädchen aus der Jahrgangsstufe unter uns gehen laut kichernd darauf zu und werfen einen Zettel hinein. Charlie redet gedankenverloren über etwas, was ihr einer der Matchmaking-Agenten im Training erzählt hat – irgendetwas darüber, dass es früher nur eine Pfeilsorte gab, die auf Cupids genauso gewirkt hat wie auf Menschen. Ich höre allerdings nicht richtig hin, ich muss immer wieder an letzte Nacht denken.

Heute Morgen hat Cupid mir geschrieben, dass er gut in Dublin angekommen sei, aber seitdem habe ich nichts mehr von ihm gehört. Ich weiß, dass er als Cupid-Original nicht getötet werden kann. Aber die Art, wie Cal und er über Valentine geredet haben, macht mir Angst. So mächtig und unsterblich sie auch sind, die Vorstellung, dass Valentine zurück sein könnte, hat sie erschüttert.

Noch mehr beunruhigt mich, was Cupid gestern zu Cal gesagt hat.

Ich habe keinen Weg gefunden, ihn zu töten.

Heißt das, Valentine kann auch nicht getötet werden?

Nach der Mittagspause gehen wir zum Unterricht und setzen uns an unsere üblichen Plätze in der hintersten Reihe, während Ms Green den Computer hochfährt.

»Machst du dir Sorgen?«, flüstert Charlie, holt ihr rosafarbenes Notizheft aus ihrer Tasche und legt es vor sich auf den Tisch.

»Ja.«

»Wegen Valentine?«

»Ja. Cupid und Cal wollten nicht viel über ihn sagen.«

»Ich gehe heute Abend zur Matchmaking-Agentur. Wenn du willst, kann ich die Akten durchsehen. Vielleicht finde ich ja was über ihn. Willst du mitkommen?«

»Ja, das hatte ich sowieso vor. Cal will mit mir trainieren.«

Charlie sieht mich mit einem merkwürdigen Glitzern in den Augen an. »Natürlich will er das …«

Ms Green öffnet eine Powerpoint-Präsentation über die Zeit der Römer, und im Klassenzimmer kehrt Stille ein.

Ich werfe Charlie einen grimmigen Blick zu. »So ist das nicht mit Cal und mir«, flüstere ich aufgebracht. »Ich bin mit Cupid zusammen … also, zumindest denke ich das.«

»Dann hat er dich noch nicht gefragt, ob du seine Freundin sein willst? Das ist echt blöd.«

Ms Green beginnt ihren Vortrag, und Charlie und ich verstummen abrupt. Ich sollte zuhören – dieses ganze Cupid-Drama ist nicht gut für meine Noten –, aber meine Gedanken schweifen immer wieder ab. Ich erinnere mich, wie Cupid seine Lippen zärtlich auf meine gedrückt, sich dann aber plötzlich zurückgezogen hat, anstatt mich richtig zu küssen.

Ich habe das Gefühl, als würde sich eine Kluft zwischen uns auftun – dass er sich mir trotz allem, was passiert ist, nicht ganz öffnet. Und vielleicht öffne ich mich ihm auch nicht ganz.

Unsere Beziehung ist etwas völlig Neues für mich. Cupid ist so anders als alle, die ich kenne.

Aber dass wir zusammen sind, ist auch gefährlich. Als wir uns zum ersten Mal erlaubt haben, unseren Gefühlen nachzugeben, haben wir eine Göttin wiedererweckt, die mich umbringen wollte. Und jetzt scheint es, als wären wir erneut in Gefahr.

Charlie kneift mich in den Arm, und ich zucke zusammen – fast schleudere ich vor Schreck meinen Stift weg. Ich werfe ihr einen bösen Blick zu. »Was soll das?!«

Sie deutet an den vier Reihen tagträumender Schüler vorbei auf die Powerpoint-Präsentation. »Hat Cupid nicht gesagt, Valentine hätte den Valentinstag erfunden?«

Ich folge ihrem Blick. *Mythos des Valentinstags* steht oben auf der Folie. Ich setze mich auf und blinzele die vernebelten Gedanken weg.

»Da schon fast Valentinstag ist, dachte ich, sprechen wir doch zum Spaß ein bisschen über St. Valentine«, sagt Ms Green.

»Klingt nach einer Menge Spaß«, flüstert Chloe, eine Cheerleaderin, von ganz vorne, und ihre Freundinnen kichern leise.

Ms Green wirft ihr über ihren dicken Brillenrand einen strengen Blick zu, und als sich alle wieder beruhigt haben, streicht sie sich ihre kurzen lockigen Haare aus dem Gesicht und wendet sich an die ganze Klasse. »Kennt jemand den

Ursprung des Valentinstags oder den Grund für die Valentinskarten?«

Ich beuge mich interessiert vor und fühle, wie sich Charlie neben mir anspannt.

Ms Green schenkt mir ein kleines Lächeln. »Valentine war ein Mann, der im alten Rom angeblich eine Reihe unerlaubter Ehen geschlossen hat«, sagt sie. »Dafür wurde er vom Kaiser verhaftet und ins Gefängnis gesteckt. Der Sage nach hat er sich während seiner Gefangenschaft in die Tochter des Gefängniswärters verliebt, und als er schließlich für seine Sünden hingerichtet wurde, hat er eine Nachricht in seiner Zelle hinterlassen. Darauf stand …«

Sie betätigt die Maus, und eine neue Textzeile erscheint auf dem Bildschirm.

Von deinem Valentine.

Ich sehe zu Charlie. Ihre dunklen Augen funkeln, als sie meinem Blick begegnet.

»Du denkst, das ist der gleiche Valentine, wegen dem Cupid und Cal so besorgt sind?«, fragt sie, während Ms Green von irgendetwas anderem anfängt.

»Ich weiß es nicht.«

Ich wende mich wieder zu der Bildschirmprojektion an der Wand um, und ein kaltes Grauen erfasst mich, als ich die Worte noch einmal überfliege; dieselben Worte, die auch auf den beiden gruslichen Karten standen, die ich bekommen habe.

Von deinem Valentine.

»Aber wenn er es ist, dann ist er vermutlich nicht tot.«

8. Kapitel

Everlasting Love – Matchmaking-Agentur steht in eleganter Schrift über der Tür. An der Klinke hängt ein Schild mit der Aufschrift: *Im Moment nehmen wir keine neuen Kunden auf.*

Als Cal und ich mit den Kaffeebechern, die wir uns unterwegs geholt haben, auf das Gebäude zusteuern, sehe ich den Minotaurus durch das große Fenster. Er lehnt an der Rezeption, die Arme lässig auf den Empfangstresen gestützt, während er mit Crystal plaudert. Sie steht vor ihm in der Mitte des Raums und hat einen ernsten Ausdruck im Gesicht.

Cal drückt die Tür auf.

»Das ist übel, Mino. Es verschwinden nicht nur Agenten aus unserer Filiale«, sagt Crystal gerade. »Es gibt auch Berichte aus den anderen Niederlassungen –« Als sie die Türglocke klingeln hört, unterbricht sie sich und dreht sich zu uns um.

Mino grinst uns zu. »Hallo, Lila«, sagt er.

Über seine dunkle Haut zieht sich ein Tattoo bis unter die kurzen Ärmel seines Shirts. Es sieht aus wie ein dichtes Netz. *Oder ein Labyrinth.*

Ich schaudere, als ich seinem Blick begegne – unwillkürlich muss ich an unsere erste Begegnung in seiner Sim denken. Cupid meinte, er sei gefährlich.

Und ich glaube ihm.

Ich nicke dem Minotaurus zur Begrüßung bedächtig zu.

Mino wendet sich Cal zu – seine Augen blitzen bedrohlich, als er ihn von Kopf bis Fuß mustert, und Cal spannt sich an. Irgendetwas scheint zwischen den beiden vorzugehen. Crystal beobachtet die beiden nervös, und ich sehe, wie sie den silbernen Bogen, der über ihrer Schulter hängt, fester umfasst.

»Cal, alter Kumpel«, sagt Mino, »wie schön, dich zu sehen.« Sein Ton ist aufrichtig, aber in seinen Augen flackert etwas Höhnisches auf – wie eine stille Herausforderung.

»Was machst du hier?«

»Ich besuche nur eine gemeinsame Freundin«, sagt er mit einem breiten Grinsen und sieht wie beiläufig zu Crystal hinüber.

Cals Augen werden schmal, doch Crystal schüttelt warnend den Kopf und sagt schnell: »Er hat uns erzählt, wie es mit den Polizeiermittlungen bezüglich der Mordfälle vorangeht.« Ihr Gesicht verfinstert sich. »Einer der vermissten Agenten – der, in dessen Haus Kampfspuren entdeckt wurden – wurde heute Morgen am Strand von Malibu aufgefunden. Tot. Und –« Sie hält abrupt inne.

»Was?«, fragt Cal.

Ihr Blick schweift kurz zu mir, bevor sie sich wieder ihm zuwendet. »Sein Herz ist weg.«

Mich packt blankes Entsetzen. »Was?! Der Mann, der mir geschrieben hat, dass wir uns bald sehen werden, hat einen Agenten getötet und ihm das Herz rausgenommen?!«

Mino mustert mich mit forschendem Blick. »Das ist echt Pech, meine Liebe.«

Ich atme tief durch, um mich zu beruhigen. Dann nicke ich. »Heutzutage versuchen ständig irgendwelche Agenten, mich umzubringen.« Ich versuche, lässig zu klingen, aber mein Mund ist wie ausgetrocknet. »Das ist nichts Neues …«

Er lacht leise. »Mich wollten sie auch mal umbringen«, sagt er, »aber zu unserem Glück sind Liebesagenten nicht besonders widerstandsfähig.« Seine dunklen Augen richten sich auf Cal, der sich bei seinen Worten sichtlich versteift.

Mino stößt sich vom Tresen ab und kommt gemächlich zu uns herüber. Er greift in seine Tasche und holt zwei Goldmünzen heraus, die ich noch nie zuvor gesehen habe. »Die wurden bei dem toten Agenten gefunden.«

Ich blicke zu Cal, dem das Unbehagen deutlich anzumerken ist, und dann wieder auf die dünnen Münzen in Minos Hand. Das Metall scheint leicht verbogen zu sein. Sie sehen alt aus, und was auch immer einst darauf abgebildet gewesen sein mochte, ist längst verblasst.

»Obolus«, murmelt Cal.

Mino nickt. »Eine uralte Währung«, erklärt er mir.

Crystal kommt zu uns herüber und nimmt die Münzen ebenfalls in Augenschein. »Sagt dir das etwas, Cal?«

Er wirft Mino einen kalten Blick zu, dann sieht er wieder auf dessen ausgestreckte Hand hinunter. Er schüttelt den Kopf. Crystal seufzt und streicht ihren blonden Zopf glatt, der ihr über die Schulter hängt.

»Du meintest, noch mehr Agenten seien verschwunden«, sagt Cal und wendet sich mit grimmigem Blick wieder an Crystal. »Auch in anderen Geschäftsstellen. Das hast du gesagt, als wir reingekommen sind.«

Sie nickt ernst. »Ja. Ich glaube, es geht etwas Großes vor. Etwas sehr, sehr Schlimmes.«

Ich begegne Cals Blick. »Valen –«

»Wenn du mich brauchst, Lila und ich gehen trainieren«, unterbricht er mich hastig.

Er legt mir eine Hand auf die Schulter und drückt sie warnend, dann hält er Crystal zu ihrer Überraschung einen Becher Kaffee hin. »Hier, für dich. Ein Karamell-Macchiato. Dein Favorit.« Ohne ein weiteres Wort wendet er sich ab und führt mich durch den weißen Eingangsbereich.

»Wir sehen uns!«, ruft Mino uns nach.

Wir betreten das Großraumbüro und schlängeln uns zwischen den Tischen, Liebesagenten und schwarzen Steinsäulen hindurch. Als wir auf den Hof hinaustreten, schließe ich zu Cal auf und nippe dabei an meinem Cappuccino. »Anscheinend erzählen wir niemandem von Valentine?«

Er bleibt neben dem kleinen Teich stehen – im Wasser spiegeln sich die Wolken, die durchs Dachfenster hoch über uns zu sehen sind. Die Luft riecht süß und leicht muffig – der Geruch erinnert mich an ein Museum, in dem ich als Kind oft mit Mom war. Das kommt mir ewig her vor.

»Cupid wird sich bald melden«, sagt Cal. »*Dann* können wir die Massenpanik auslösen.«

»Aber du denkst, dass er es ist, oder?«

Er sieht zu der Stelle, wo die Statue von Venus stand. »Ja.«

»Ich verstehe nicht, warum du nicht wenigstens Crystal von ihm erzählst.«

»Das ist kompliziert.«

Ihm ist die Besorgnis deutlich anzumerken – ich sehe sie in den dunklen Schatten unter seinen Augen und dem harten Zug um seinen Mund. Und dahinter verbirgt sich noch etwas anderes: eine erschöpfte Traurigkeit.

»Warum?«

Er seufzt. »Wegen unserer Vorgeschichte.«

Ich sehe ihn fragend an.

»Du hast gesehen, was passiert ist, als die Matchmaking-Agentur herausgefunden hat, dass Cupid wieder in der Stadt ist. Valentine ... er ist noch viel schlimmer.«

»Schlimmer als dein Bruder? Aus deinem Mund ist das echt ein vernichtendes Urteil.« Als mir Cal einen wütenden Blick zuwirft, hebe ich beschwichtigend die Hände. »Sorry«, murmele ich, »ich wollte dich nur aufmuntern.«

Er atmet schwer aus, wendet den Blick ab und reibt sich den Nasenrücken. Dann richtet er sich auf und marschiert zu einem der bogenförmigen Ausgänge des Hofes, ohne mich anzusehen. »Jetzt komm, gehen wir trainieren.«

Ich folge ihm den schwarzweiß karierten Korridor hinunter und in den gigantischen Trainingsraum am anderen Ende. Außer uns ist niemand da. Ich vermute, die anderen sind zu beschäftigt mit den Vermisstenfällen, um zu trainieren.

Cal geht zu den Matten in der Mitte des Raums. Er wirft einen missbilligenden Blick auf den Kaffeebecher in meiner Hand, und ich stelle ihn ohne Murren ab. Als ich die Hände frei habe, nimmt Cal die beiden Bogen und Köcher, die auf dem Boden bereitliegen, und wirft mir je einen zu.

»Okay«, sagt er, »dann wollen wir doch mal sehen, wie gut mein Bruder dich trainiert hat.«

Ich hänge mir den Köcher über die Schulter, hole einen Capax hervor und lege ihn ein. Der gefiederte Schaft streift meine Wange, als ich tief durchatme und eine der zehn Zielscheiben anvisiere, die im Raum verteilt hängen.

Dann lasse ich den Pfeil von der Sehne schnellen.

Mit einem befriedigenden Geräusch trifft der Pfeil fast genau ins Schwarze.

Ich sehe Cal mit einem selbstgefälligen Lächeln an.

Er erwidert meinen Blick einen Moment lang. Dann runzelt er die Stirn. »Nicht gut genug.«

»Was?«

Blitzschnell zieht er einen Pfeil nach dem anderen aus seinem Köcher und schießt sie in rascher Folge ab. Eine Reihe dumpfer Schläge ertönt, als sich die Pfeile allesamt genau in die Mitte einer der Zielscheiben am anderen Ende des Raums bohren. Im nächsten Moment lösen sie sich auf, und Asche regnet auf den Boden hinab.

Cal wendet sich mir zu und hebt eine Augenbraue.

»Angeber«, murre ich.

Er fixiert die Zielscheiben mit ernstem Blick, dann drückt er mir einen weiteren Pfeil in die Hand. »Also los. Noch mal«, sagt er. »Was auch immer Cupid über Valentine herausfindet – jemand macht Jagd auf dich, Lila. Du musst auf alles vorbereitet sein.«

Wir sind mitten im Training, als mein Handy klingelt. Ich erstarre, den Bogen schussbereit gespannt.

Cal begegnet meinem Blick.

Ich lasse den Pfeil los, ohne darauf zu achten, ob er ins Ziel trifft, werfe den Bogen auf die Matte und eile mit Cal zu dem Waffentisch, auf dem ich mein Handy abgelegt habe.

»Cupid?«, sage ich und halte das Telefon an mein Ohr. Meine Hand zittert. »Ich hab mir schon Sorgen gemacht.«

»Mir geht's gut, Sonnenschein.« Trotz des Verkehrslärms im Hintergrund höre ich den amüsierten Unterton in seiner Stimme. Mich durchströmt eine unsägliche Erleichterung.

Anscheinend ist er mit dem Auto unterwegs. »Hör zu, ist mein Bruder bei dir?«

»Ja.«

»Stell mich auf Lautsprecher.«

Mit zittrigen Fingern drücke ich die Lautsprechertaste, dann werfe ich Cal einen eindringlichen Blick zu.

»Was ist los?«, fragt er barsch.

»Ja, mir geht's gut, Bruderherz, danke, dass du fragst …« Cal wirkt alles andere als amüsiert.

»Was hast du herausgefunden?«, erkundige ich mich.

Cupid legt eine lange Pause ein. »Ich bin auf dem Weg zurück zur Matchmaking-Agentur.«

»Und …?«, fragt Cal.

Cupid seufzt schwer. »Wir hatten recht. Er ist es wirklich. Er ist entkommen.« Wieder hält er einen Moment inne. »Valentine ist zurück.«

Die Temperatur scheint mit einem Mal radikal zu sinken, die Spannung ist körperlich spürbar. Ich schlucke schwer, dann nicke ich.

»Okay, dann kümmern wir uns um ihn. Wir machen ihn ausfindig und erschießen ihn mit einem schwarzen Pfeil oder so. Wir töten ihn, bevor er … äh … mich tötet?«

»So einfach ist das nicht«, sagt Cupid.

»Warum nicht?«

»Bruderherz?«

Cal beäugt das Handy in meiner Hand, dann nickt er steif, sein Gesicht noch blasser als sonst. »Ich werde ihr alles erzählen.«

9. Kapitel

Cal führt mich zurück in sein Büro. Er öffnet die Tür für mich, dann folgt er mir und setzt sich an seinen Schreibtisch. Sein Gesicht ist kreidebleich, seine Lippen sind fest aufeinandergepresst. Ich lasse mich auf den ramponierten roten Sessel vor ihm sinken.

»Du machst mir Angst, Cal.«

»Gut.«

Trotz der Fragen, die mir unter den Nägeln brennen, sehe ich mich rasch um, ob ich vielleicht irgendetwas entdecke, das mir Aufschluss über das Rätsel geben kann, das Cal immer noch für mich darstellt. Aber soweit ich sehen kann, gibt es hier weiterhin nur einen einzigen persönlichen Gegenstand; die angeschlagene Tasse mit der Aufschrift *Der beste feste Freund der Welt*, die neben einem schäbigen Plastikwasserkocher an der Wand steht.

Ich erinnere mich, was er mir darüber erzählt hat. Eine Frau, die er liebte, aber in einen Cupid verwandeln musste, um dem Zorn seiner Mutter zu entgehen, hat sie ihm geschenkt. Amena.

Als ich mich ihm wieder zuwende, ist er mit seinem Handy beschäftigt, den Blick starr auf das Display gerichtet.

»Cupid hat immer die meiste … *Aufmerksamkeit* bekommen«, sagt er. »Statuen, Geschichten, Gemälde …«

Ich sehe ihn fragend an. Er schiebt sein Handy zu mir rüber und bedeutet mir mit einer Kopfbewegung, es zu nehmen. Auf dem Display ist ein Bild zu sehen. Ein Gemälde.

»Das ist aus dem Victoria and Albert Museum.«

Ich blicke mit hochgezogenen Augenbrauen auf. »Zeigst du mir Babybilder von dir, Cal? Das ist ja echt süß, aber jetzt ist wohl kaum der geeignete Zeitpunkt.«

»Sehr lustig.« Er verschränkt die Hände auf der Glasoberfläche seines Schreibtischs. »Das Bild heißt *Three Cupids Playing Instruments*.«

»Wie originell.«

»Sieh dir das nächste an. Das ist aus dem Metropolitan Museum of Art.«

Ich rufe das nächste Bild auf – darauf sind geflügelte Babys zu sehen, die zwischen Blumenranken spielen. Langsam schaue ich zu Cal auf. »Das sind auch drei«, sage ich.

Er nickt steif, dann öffnet er eine Schublade am Aktenschrank und kramt eine Weile darin herum, bis er schließlich ein Objekt hervorholt, das ganz hinten versteckt war. Es macht ein schabendes Geräusch, als er es mir über die Tischplatte zuschiebt.

Eine alte, orange-schwarz bemalte Keramikschüssel, wie es sie im Alten Griechenland gab.

»Was ist das?«, frage ich.

Das Gefäß fühlt sich kühl an und ist erstaunlich schwer.

Cal antwortet nicht, sondern beobachtet mich über seinen Computerbildschirm hinweg mit erwartungsvollem Blick. Ich drehe die Schüssel in den Händen und sehe sie mir genauer an. Darauf ist etwas abgebildet – drei schlecht gemalte Jungen mit Pfeilen in der Hand.

Ich schlucke schwer. »Drei Cupids.«

»Die hat mein Bruder gemacht, als wir klein waren.«

»Cupid hat die gemacht?« Mein Mund ist wie ausgetrocknet, denn ich fürchte, ich weiß die Antwort bereits.

»Nein«, sagt er. »Unser anderer Bruder. Valentine.«

Wir verfallen beide in Schweigen. Cal beobachtet mich aufmerksam, als warte er auf eine Reaktion. Ich stelle die Schüssel vorsichtig zurück auf den Tisch und puste eine Haarsträhne weg, die mir ins Gesicht gefallen ist.

»Wow, du hast echt einen verkorksten Familienstammbaum«, sage ich. Cal antwortet nicht. Er sieht mich einfach nur an, immer noch wartend. Plötzlich wird mir klar, worauf er hinauswill. »Deshalb ist es nicht so einfach.« Ich erinnere mich an Cupids Worte im Love Shack. »Deshalb meinte Cupid, er hätte noch keinen Weg gefunden, ihn zu töten. Wenn er euer Bruder ist …«

Cal nickt grimmig. »Er ist eins der Originale«, sagt er. »Das bedeutet, der *Finis* ist der einzige Pfeil, der ihn töten kann. Und der ist verschwunden, als du Venus getötet hast.« Er senkt den Blick und dreht gedankenverloren eine Büroklammer in den Fingern. Schließlich sieht er wieder zu mir auf. »Er ist hinter dir her, Lila. Und wir können ihn nicht töten.«

Ich rutsche unruhig auf dem Sessel hin und her. »Na ja … dann sperren wir ihn eben einfach wieder in die Sim. Das hat Cupid doch schon mal getan.«

Cal schüttelt den Kopf. »Valentine ist nicht wie Cupid und ich. Jedenfalls nicht zu dieser Jahreszeit.«

»Wie meinst du das?«

»Schon bevor … es passiert ist, war Valentine der Skrupelloseste von uns. Der Liebling unserer Mutter.«

In seiner Stimme schwingt Verbitterung mit. Ich frage mich, ob er sich trotz allem nach der Anerkennung seiner Mutter sehnt.

»Vor langer Zeit hatte Valentine eine Auseinandersetzung mit Cupid und dann auch mit dem Rest der Matchmaking-Agentur. Seine Ansichten wurden immer radikaler, zynisch und grausam. Wir hätten ihn gleich einsperren sollen, aber er war unser Bruder, also haben wir ihn verbannt. Und eine lange Zeit hörten wir nichts mehr von ihm. Wir dachten, er hätte seinen Weltuntergangsphantasien und seinem Hass auf die Menschheit abgeschworen.«

»Aber das hatte er nicht.«

»Nein. Ein paar Jahrhunderte später tauchte sein Name wieder auf. Es ging das Gerücht, dass er im alten Rom unerlaubte Ehen geschlossen hatte. Wir dachten uns, dass er etwas Schreckliches plante. Also haben wir ihn – nachdem wir ein paar Liebesagenten in Kaiser Claudius' Elitegarde eingeschleust hatten – aufgespürt und gefangen genommen.«

Ich beuge mich vor, ohne den Blick von Cal abzuwenden. »Ms Green, unsere Lehrerin, hat uns eine ähnliche Geschichte erzählt. Sie sagte, Valentine sei ins Gefängnis geworfen worden und dort gestorben.«

Sein Gesicht verfinstert sich. »Das wollte Valentine den Menschen weismachen.« Er schüttelt den Kopf. »Er hat uns an der Nase herumgeführt; es war von Anfang an sein Plan, sich gefangen nehmen zu lassen.«

»Warum?«

Cal zieht die Stirn kraus. »Er hat sich zum Märtyrer gemacht. Natürlich konnte er als Cupid-Original nicht getötet werden. Aber er hat sich foltern lassen und seinen Tod vorgetäuscht. Er war schlau. Dadurch gewann sein Name enorme Macht. Und auch wenn er anschließend verschwunden ist, hörten wir im 14. Jahrhundert erneut seinen Namen – als Symbol für Romantik und Liebeswerben. Ab dem 18. Jahrhundert wurde sein Name mit Liebesbotschaften, Süßigkeiten und Blumen assoziiert. Und jetzt ... nun, du weißt, wie die Läden schon wochenlang vor dem Valentinstag aussehen – sie verwandeln sich ihm zu Ehren förmlich in Schreine.«

»Und?«

»Venus hat ihre Macht dadurch erlangt, dass sie ihre Agenten Liebende zusammenbringen ließ. Indem Valentine seinen Tod vorgetäuscht und sich als Märtyrer ins Bewusstsein der Menschen eingeprägt hat, konnte er diese Macht anzapfen. Jetzt kommen die Menschen ganz von selbst einmal im Jahr in seinem Namen zusammen. Und an diesem Tag sowie auch in der Zeit davor fließt all diese Macht in ihn.«

»Am Valentinstag«, flüstere ich entsetzt.

Cal nickt.

Ich schlucke schwer. »Und wie mächtig wird er genau?«

Um uns herum – durch die Glaswände von Cals Büro – kann ich Liebesagenten sehen, die ihrem täglichen Geschäft nachgehen. Aber hier drinnen herrscht eine drückende Stille.

»Seine Macht wächst mit jedem Tag, den der 14. Februar näher rückt. Und am Valentinstag« – er schließt einen Moment die Augen – »ist er ebenso mächtig wie Venus.«

»Oh ...« Mein Herz schlägt rasend schnell und pumpt eiskaltes Blut durch meine Adern. »Und jetzt ermordet er Liebesagenten? Warum?«

»Ich weiß es nicht.« Cal reibt sich die Nasenwurzel. »Aber das wäre nicht das erste Mal. Wir haben entdeckt, dass am 14. Februar eine ganze Reihe von Morden und Massakern verübt wurden. Das letzte, das ich zu ihm zurückverfolgen konnte, war das Chicago-Massaker Anfang des 19. Jahrhunderts. Es wurde als Bandenkrieg ausgegeben, aber die Toten waren alle Cupids. Valentine hat eine Karte bei einem der Opfer hinterlassen. Eine Drohung. Sie wurde von der Matchmaking-Agentur in Chicago gefunden. Darauf stand: *Von deinem Valentine.*«

»Das Gleiche wie auf der Karte, die er mir geschickt hat.«

»Ja.« Cal sieht mich durchdringend an. »Jetzt weißt du, warum Cupid und ich uns solche Sorgen machen. Er ist ein Cupid-Original. Er ist viel mächtiger als wir. Und er macht Jagd auf dich, Lila.«

10. Kapitel

Etwa eine halbe Stunde später stehe ich vor der Matchmaking-Agentur und lehne mich an die Wand der Boutique nebenan.

Es ist Nacht, und in unregelmäßigen Abständen kommen Leute auf dem Weg zu irgendeiner Bar oder Kneipe vorbei, ohne dem eleganten Schriftzug über dem Eingang der Agentur Beachtung zu schenken. Die kühle Luft riecht nach Kiefernnadeln von den Bäumen am Straßenrand, vermischt mit Parfüm und Autoabgasen. Ich atme tief durch.

Cal wird nicht glücklich sein, dass ich mich ohne ihn weggeschlichen habe. Aber ich musste dringend mal raus. Und ich bin schließlich nicht allein. Charlie steht in engen Jeans und einem schwarzen Top neben mir. Aus ihrer Schultasche ragen drei Pfeile.

»Cupid ist also auf dem Rückweg?«, fragt sie.

Ich nicke. Es ist erst vierundzwanzig Stunden her, dass er die Stadt verlassen hat, aber nach allem, was ich in der Zwischenzeit erfahren habe, kommt es mir viel länger vor.

»Was will er wohl? Dieser Valentine-Typ.«

»Du meinst, abgesehen von mir?«

Sie schenkt mir ein mitfühlendes Lächeln.

»Ich hab keine Ahnung«, seufze ich. »Cupid scheint zu denken, das Ganze wäre seine Schuld – aber ich weiß nicht, warum.«

»O Mann, das ist echt blöd. Wenn Valentine ein Problem mit Cupid hat, weiß ich nicht, warum er dich mit da reinzieht. Soll er doch Jagd auf deinen unsterblichen Freund machen statt auf dich harmlose Sterbliche.«

»Vielleicht ist genau das der Grund. Dass er unsterblich ist und ich nicht.« Ich drehe den Kopf zu ihr. »Aber ich glaube, es steckt noch mehr dahinter. Warum sollte er Liebesagenten ermorden? Und ihre Herzen entfernen?«

»Weil er total gruslig ist!«, ruft Charlie.

Ich werfe ihr ein schwaches Lächeln zu und blicke dann wieder zur anderen Straßenseite. Eine Weile herrscht Schweigen, während ich alles, was passiert ist, noch einmal im Kopf durchgehe.

»Hey, weißt du noch, als unser Leben stinknormal war?«, fragt Charlie.

»Kaum. Vermisst du die gute alte Zeit?«

Sie streicht gedankenverloren über einen der Pfeile, die aus ihrer Tasche ragen. »Nein. Du?«

Ich denke an die Gefahr, in der ich schwebe: die Drohbriefe, den toten Liebesagenten und den Original-Cupid, der hinter mir her ist.

Aber dann denke ich an Cupids meergrüne Augen und das aufregende Gefühl, das mich jedes Mal erfasst, wenn ich einen Pfeil abschieße – durch die Matchmaking-Agentur ist mein Leben so viel spannender geworden.

»Nein«, pflichte ich Charlie bei.

Sie dreht sich grinsend zu mir um.

Doch plötzlich nimmt ihr Gesicht einen verwirrten Ausdruck an. Etwas regt sich in der Luft. Der Wind kühlt schlagartig ab und trägt einen süßen, aber auch sauren Geruch zu uns herüber. Er kommt mir irgendwie bekannt vor – der Gestank von Verfall. Genau diesen modrigen Geruch habe ich auch neulich Abend vor der Schule wahrgenommen.

Wir drehen beide gleichzeitig den Kopf, sehen ruckartig zur anderen Straßenseite hinüber.

Mein Herz setzt einen Schlag aus.

Dort stehen drei Gestalten, im Schatten verborgen. Zwei spannen ihre Bogen. Ich nehme lediglich eine schemenhafte Bewegung wahr.

Wir werfen uns zu Boden, als zwei Pfeile die Dunkelheit durchschneiden und sich in die Wand bohren, wo gerade noch mein Kopf war. Asche rieselt auf uns herab. Charlie sieht mich mit sorgenvollem Blick an, fragt mich lautlos, ob alles in Ordnung ist. Ich nicke ihr zu. Ängstlich sehen wir zur anderen Straßenseite hinüber. Mein Herz rast.

Die Cupids – denn wer sonst sollte mit Pfeil und Bogen auf uns schießen? – stehen immer noch dort. Ich kann ihre Gesichter nicht erkennen; nur ihre Silhouetten, durch die Palmen vor dem Licht der Straßenlaternen geschützt. Der in der Mitte ist deutlich größer ist als die anderen beiden, die jetzt auf uns zukommen.

Ihre Bewegungen sind seltsam steif. Unnatürlich.

Charlie und ich springen auf, und ich greife mir einen Pfeil aus ihrer Tasche.

Da höre ich aus der Ferne ein Auto die Straße herunterrasen. Unsere Angreifer bleiben wie angewurzelt stehen. Dann drehen sie sich um und treten wie ein Mann den Rückzug an.

Wir sehen ihnen einen Moment schockiert nach. Dann stürze ich vor. Ich bin noch nicht weit gekommen, da packt Charlie mich am Arm und zieht mich auf den Bürgersteig zurück.

»Was machst du da?!«, fährt sie mich an.

Sie taxiert mich mit stechendem Blick, aber meine Aufmerksamkeit gilt allein den dunklen Schemen, die sich immer weiter entfernen.

»Was willst du?!«, schreie ich. »Du machst mir keine Angst, Valentine!«

Die Gestalt in der Mitte bleibt abrupt stehen. Langsam dreht sie sich zu mir um, das Gesicht in Schatten gehüllt.

Im selben Moment tauchen Scheinwerfer aus der Dunkelheit auf und überfluten die Straße mit Licht. Die Gestalt dreht sich um und verschwindet zwischen den großen Bürogebäuden auf der anderen Straßenseite. Als das Auto in Sicht kommt, durchströmt mich eine Woge der Erleichterung.

Ein roter Lamborghini.

Cupid.

Wenig später eilt er auf uns zu. Er trägt Jeans und ein graues T-Shirt, und seine Haare sind zerzaust, als wäre er gerade erst aufgestanden. Als er näher kommt, umhüllt mich der vertraute Duft seines Aftershaves, der sich mit dem Geruch von Schweiß und Fastfood vermischt. Ich vermute, er hat seit gestern nicht mehr geduscht.

Sein Grinsen verblasst, als er unsere erschrockenen Gesichter sieht – Charlie hält meinen Arm immer noch fest umklammert.

»Was ist los?«, fragt er mit Blick auf den schwarzen Pfeil, den ich in meiner geballten Faust halte, und zieht die Augenbrauen hoch. »Du weißt schon, dass du mit dem Ding jemandem das Auge ausstechen könntest?«

»Das ist irgendwie auch Sinn der Sache«, sagt Charlie. »Wir wurden angegriffen.«

Mein Blick schweift zur anderen Straßenseite. »Ich glaube,

es war Valentine.« Meine Stimme ist belegt. Das Blut rauscht mir in den Ohren.

Cupids Gesicht verfinstert sich. »Wo?«

Ich zeige ihm, wo die Angreifer hergekommen sind.

Er tritt einen Schritt zurück und blickt auf den Pfeil in meiner Hand. »Darf ich?«

Ich zögere.

»Hey, ich bin ein Original-Liebesgott, schon vergessen?«, sagt er. »Die sind verdammt zäh.«

Ich seufze tief, dann werfe ich ihm den Pfeil zu. Er fängt ihn mühelos auf.

»Geht rein. Erzählt meinem Bruder, was passiert ist.« Er läuft über die Straße, hinein in die Dunkelheit. »Wenn Valentine hier war, werde ich ihn finden. Ich habe noch eine Rechnung mit ihm offen.«

11. Kapitel

Mein Magen krampft sich zusammen, als Cupid aus meinem Blickfeld verschwindet. Ich weiß, dass er auf sich aufpassen kann, aber ich muss unwillkürlich daran denken, was Cal über Valentine gesagt hat; dass der unaufhaltsam näher rückende Valentinstag ihm Macht verleiht.

Und an den beiden Agenten, die uns angegriffen haben, war etwas äußerst seltsam.

»Ich weiß, was du denkst«, sagt Charlie und steckt ihren Pfeil zurück in ihre Tasche. »Aber es hat keinen Sinn, ihm zu folgen. Komm, lass uns Cal suchen.«

Ich warte noch einen Moment und spähe angestrengt in die Dunkelheit, folge ihr dann aber in den hell erleuchteten Eingangsbereich der Matchmaking-Agentur.

Wir steuern auf die Rezeption zu, als die Glastür daneben plötzlich auffliegt. Cal rauscht herein, an dem überraschten Mann vorbei, der an Crystals früherem Platz sitzt. Er ist sichtlich aufgewühlt, doch als er uns bemerkt, flackert eine Mischung aus Erleichterung und Verärgerung in seinem Gesicht auf.

»Wo warst du? Ich hab überall nach dir ge–« Er verstummt abrupt. Sein Blick huscht über die Schultern meiner schwarzen Lederjacke und Charlies schwarzes Top, und er kneift argwöhnisch die Augen zusammen. »Ist das etwa ein aufgelöster Pfeil?!«

Charlie und ich wechseln einen unsicheren Blick.

»Wir wurden angegriffen«, sage ich.

Cal wird kreidebleich. »Was?! Hier?! Erklärt mir das!«

Ich erzähle ihm, was passiert ist – von den seltsamen Cupids, wie sie auf uns geschossen haben, und auch von meiner Theorie, dass einer von ihnen Valentine war.

Cals Gesicht wird noch finsterer. Sein Blick schweift zur Glasfront der Agentur.

»Ich sollte –« Er unterbricht sich jäh, als die Tür hinter uns aufschwingt. Ich drehe mich um und sehe Cupid auf uns zukommen, den schwarzen Pfeil immer noch in der Hand. Mich durchströmt eine tiefe Erleichterung.

»Oh. Und Cupid ist wieder da«, sage ich, als er schon neben mir steht.

Ich sehe ihn fragend an, und er schüttelt den Kopf, den Mund zu einer harten Linie zusammengepresst. »Wer immer euch angegriffen hat, ist lange weg«, sagt er, sein Gesicht von Sorge überschattet. »Bist du sicher, dass es Valentine war?«

Ich schüttele den Kopf. »Nein, sicher bin ich nicht.«

»Also, was genau ist passiert?«, fragt Cal ungehalten.

Ein kleines Lächeln schleicht sich auf Cupids Gesicht. »Mir geht's gut, danke der Nachfrage. Freut mich auch, dich wiederzusehen, Bruderherz.«

Cal funkelt ihn wütend an. »Wo ist Valen–« Der Name seines anderen Bruders bleibt ihm im Hals stecken. Er sieht hastig zu dem Mann an der Rezeption, der das Ganze mit unverhohlener Neugier beobachtet.

Cupid folgt seinem Blick, dann deutet er mit dem Kopf auf die neonfarbenen Sessel, die um den Tisch im Wartebereich herumstehen. Zusammen gehen wir dorthin.

Cupid lässt sich auf den rosaroten Sessel fallen, und ich setze mich auf die Armlehne. Von hier kann ich seine Körperwärme deutlich spüren – sie hüllt mich ein und lockt mich noch näher zu ihm. Cupid sucht meinen Blick. Sein Gesicht wird ernst, und er sieht mir eindringlich in die Augen.

»Nun?«, fragt Cal, der stocksteif neben uns steht. »Erzählst du uns jetzt endlich, was passiert ist?«

»Ja, sicher«, sagt Cupid und reißt den Blick von mir los. »Also, ich war in der Krypta. Die Gruft, in die ich Valentine gesperrt hatte, wurde aufgesprengt. Ich habe ein bisschen rumgefragt, und wie sich rausgestellt hat, ist der Schaden schon vor Monaten entstanden.« Er beugt sich vor und stützt die Ellbogen auf die Knie. »Also schon vor dem Sommer. Valentine ist verschwunden, bevor Lila und ich uns auch nur kennengelernt haben.«

Cals Gesicht nimmt einen bestürzten Ausdruck an.

»Davor?«, murmele ich.

»Also, warum tut er das jetzt?«, überlegt Cal laut. »Was hat er vor?«

»Ich weiß es nicht sicher, aber er hat etwas in der Krypta hinterlegt – direkt auf der Steinplatte, auf der ich ihn zurückgelassen hatte. Ich nehme stark an, er wollte, dass ich es finde.«

Cupid greift in seine Hosentasche und holt etwas heraus. Eine goldene, offensichtlich sehr alte Münze.

»Die sieht genauso aus wie die beiden Münzen, die Mino bei dem toten Agenten gefunden hat«, stelle ich fest.

Cupid zieht überrascht die Augenbrauen hoch. »Wirklich?« Er dreht sie in der Hand und steckt sie dann in seine Tasche zurück. An seinen Bruder gewandt fährt er fort: »Danach bin ich zur Matchmaking-Agentur in Dublin gefahren, um zu sehen, ob es dort irgendwelche seltsamen Vorfälle gab, seit er ausgebrochen ist.« Er holt einige Dokumente aus seiner Tasche. »Sie haben mir die hier gegeben – Aufzeichnungen über die Agenten aus ihrer Geschäftsstelle, die seit Valentines Flucht verschwunden sind«, erklärt er und reicht sie Cal. »Hast du Crystal schon von der Rückkehr unseres geliebten Bruders erzählt?«

Cal wird blass. Er schüttelt schroff den Kopf, und die beiden fangen an zu streiten – Cal widerstrebt es offenbar, seiner Chefin die Neuigkeiten zu erzählen. Aber ich höre nicht richtig zu. Ich denke an die schattenhaften Gestalten, die den Mann, von dem ich immer noch stark annehme, dass es Valentine war, begleitet haben.

»Mit den beiden Agenten, die uns angegriffen haben, stimmte irgendwas nicht«, sage ich unvermittelt.

Cal und Cupid verstummen abrupt.

»Inwiefern?«, fragt Cupid.

»Wie sie sich bewegt haben«, erkläre ich. »Merkwürdig steif und unnatürlich.«

»Und hast du auch den komischen Geruch bemerkt?«, fragt Charlie.

Natürlich, dieser süßliche Verwesungsgestank. Er hat mich daran erinnert, wie einmal, als ich noch klein war, eine Maus in den Wänden unseres Hauses gestorben ist. Mom sprühte daraufhin den ganzen Raum mit Duftspray ein, aber es roch immer noch widerwärtig. Ich nicke.

Cals blonde Brauen ziehen sich zusammen. »Bist du sicher, dass du nicht nur *ihn* gerochen hast?« Er blickt demonstrativ zu seinem Bruder.

Ich bin nicht sicher, ob Cal einen seiner seltenen Witze macht oder ob er es ernst meint, aber die Bemerkung lockert die angespannte Stimmung und bringt mich zum Lachen. Cals Wangen laufen hochrot an.

»Nun, wenn sie ihm folgen, können wir wenigstens davon ausgehen, dass nicht alle verschwundenen Agenten tot sind«, meint Cupid nachdenklich. »Wahrscheinlich haben sie sich mit ihm verbündet.«

Cal wirft ihm einen grimmigen Blick zu. »Aber es ist äußerst beunruhigend, dass sich Liebesagenten mit unserem Feind zusammentun und Lila angreifen.«

»Ja«, stimmt Cupid zu, »da hast du recht.« Er blickt zu mir auf und verzieht das Gesicht. »Das ist echt übel, Sonnenschein.«

»Ja, danke für dein Mitgefühl.«

Er grinst und legt schützend einen Arm um meine Schultern. »Komm, ich fahr dich nach Hause. Ich bin müde, und momentan können wir nicht viel tun. Vielleicht kannst du mich unbemerkt in dein Zimmer schleusen. Natürlich nur, damit ich auf dich aufpassen kann.«

Er sieht mich mit amüsiert glitzernden Augen an, und mein Herz macht einen Satz. Dann wirft er einen Blick über meine Schulter. »Soll ich dich mitnehmen, Charlie?«

»Nein danke.« Sie grinst breit und zwinkert mir zu, und ich wende hastig die Augen ab. »Wir sehen uns morgen, Lila.«

Cupid und ich verlassen die Matchmaking-Agentur Arm in Arm. Cal murrt etwas darüber, dass Cupid sein eigenes Auto nehmen soll, aber wir sind schon draußen, bevor er zu Ende geredet hat. Wie von selbst wandert mein Blick über die Straße, in die Dunkelheit, aus der die drei Cupids angegriffen haben.

Als ich Valentines Namen gerufen habe, hat sich einer von ihnen umgedreht.

Ein kalter Schauer läuft mir über den Rücken.

Schnell folge ich Cupid zu Cals rotem Lamborghini, während er mit dem Schlüssel darauf deutet und die Türen nach oben aufschwingen.

Er begegnet meinem Blick über das Auto hinweg und grinst schelmisch. Mir steigt die Hitze ins Gesicht.

Cupid war noch nie bei mir zu Hause. Und er will, dass ich ihn heimlich in mein Schlafzimmer schmuggele.

12. Kapitel

Cupid parkt das Auto in meiner Straße und zieht den Schlüssel aus dem Zündschloss. Der Motor geht aus, und plötzlich herrscht vollkommene Stille. Langsam dreht er sich zu mir um – seine Augen leuchten im Licht der Straßenlaterne.

Ich will ihn so viel fragen; nach Valentine, der Krypta in Dublin, was genau vor all den Jahren vorgefallen ist, als Valentine sich zum Märtyrer machte. Warum er mir verschwiegen hat, dass er noch einen Bruder hat. Es gibt so viel über Cupid und seine Unsterblichkeit, das ich nicht weiß.

Und ich möchte es unbedingt wissen, ich will alles über ihn wissen. Ich will, dass er aufhört, mir ständig etwas zu verheimlichen.

Aber ich will ihn auch küssen. Ich will meine Lippen auf seine drücken und die Nervosität vertreiben, die wie ein Tornado in meinem Innern wütet. Ich will vergessen, dass ein Serienmörder hinter mir her ist. Ich will, dass wir ausnahmsweise mal nur ein normales Paar sind – wenn wir das denn wirklich sind.

Sind wir das? Warum habe ich solche Angst davor, ihn danach zu fragen?

In meinem Kopf herrscht blankes Chaos – ein wildes Durcheinander aus diffusen Gedanken und unerwünschter Begierde.

Mein Blick senkt sich auf seinen Mund. Der Anflug eines Grinsens, das seine Lippen immer umspielt – selbst wenn er nicht lächelt –, verschwindet, als wüsste er, woran ich denke.

»Sollen wir reingehen?«, fragt er mit rauer Stimme.

Ich schlucke schwer. Dann werfe ich einen Blick auf die Uhr am Armaturenbrett. Es ist halb zehn. Ich glaube, Dad wollte heute zeitig ins Bett, weil er morgen früh ein Meeting hat. Aber er wartet bestimmt auf mich, und ich kann Cupid nicht einfach im Haus herumspazieren lassen.

»Warte kurz hier«, sage ich. »Ich muss sichergehen, dass mein Dad dich nicht sieht.«

Cupid nickt und hält meinen Blick länger als nötig fest, seine stille Intensität lässt mein Herz schneller schlagen. Ich wünschte, er hätte nicht so eine überwältigende Wirkung auf mich. Wir müssen reden. Jemand versucht mich umzubringen, und Cupid und Cal wissen so viel mehr, als sie durchblicken lassen.

Ich atme tief durch, dann steige ich aus dem Auto. Ich kann spüren, wie er mich beobachtet, während ich auf mein Haus zulaufe.

Ich schließe die Tür auf und gehe hinein.

»Lila? Bist du das?«, ruft Dad von oben.

Erst jetzt merke ich, dass ich die Luft angehalten habe.

»Nein! Ein Einbrecher!« Ich verziehe das Gesicht, als ich die erzwungene Fröhlichkeit in meiner Stimme höre.

»Oh, könnten Sie das Haus dann bitte leise ausrauben? Ich gehe ins Bett.«

»Na klar. Gute Nacht, Dad!«

Ich höre ein leises Rumoren von oben, dann kehrt Stille ein – nur unterbrochen vom Ticken der antiken Wanduhr im Flur.

Ich atme noch einmal tief durch.

Das ist das erste Mal, dass Cupid zu mir nach Hause kommt. Der Gedanke macht mich nervös, aber ich freue mich auch. Ich werfe einen Blick in den Spiegel, fahre mir im Versuch, sie zu bändigen, durch meine dunklen Haare und klopfe mir die Asche von den Schultern.

Dann öffne ich leise die Haustür, schleiche die Auffahrt hinunter und winke Cupid zu. Ich warte drinnen auf ihn, ziehe meine Schuhe aus und stelle sie ins Regal, um mich abzulenken.

Ich spüre seine Anwesenheit, bevor ich ihn sehe oder höre – seine vertraute Wärme strömt von hinten auf mich ein. Trotz seiner Größe bewegt er sich erstaunlich anmutig, wenn er es darauf anlegt. Als ich mich umdrehe, steht er direkt vor mir.

Ich ziehe die Augenbrauen hoch, als ich den eleganten schwarzen Bogen sehe, der über seiner Schulter hängt. »Echt unauffällig«, flüstere ich. »Gut, dass Dad schon im Bett ist.«

Ein Lächeln breitet sich auf seinem Gesicht aus, er zuckt die Achseln. Ich lege einen Finger an die Lippen und schleiche langsam die Treppe hinauf, Cupid dicht hinter mir.

»Lila?«, ertönt Dads Stimme durch die geschlossene Tür am oberen Ende der Treppe.

Ich bleibe wie angewurzelt stehen. Mein Herz rast. Hastig und alles andere als anmutig schubse ich Cupid in mein Schlafzimmer. Mit schreckgeweiteten Augen stolpert er durch die Tür.

»Ja?«, rufe ich zurück und hoffe inständig, dass ich nicht zu schuldbewusst klinge.

»Ich werde schon weg sein, wenn du aufstehst«, ruft Dad. »Ich hab morgen früh ein Meeting.«

Mich durchflutet eine Woge der Erleichterung. »Okay, Dad. Gute Nacht!«

Ich bleibe noch einen Moment im Flur stehen, bevor ich in mein Zimmer gehe.

Cupid wandert gelassen umher und sieht sich meine Sachen an – Bogen und Köcher hat er an meinem Ganzkörperspiegel abgestellt.

Ich beobachte eine Weile schweigend, wie er über den cremefarbenen Teppich schlendert. Es ist seltsam, ihn in meinem Schlafzimmer zu sehen; jemand Neues zwischen all den vertrauten Sachen, die sich seit meiner Kindheit angesammelt haben. Sein Blick wandert über die rosaroten Kissen auf meinem Bett; die Schneekugel auf meinem Schreibtisch, die Charlie und ich auf einem Jahrmarkt gewonnen haben, als wir noch klein waren; und den Kleiderhaufen auf meinem Stuhl, den ich weggeräumt hätte, wenn ich gewusst hätte, dass er kommt.

Als ich die Tür leise hinter mir zuziehe, dreht er sich zu mir um. Das Mondlicht, das zum Fenster hereinscheint, beleuchtet ihn von hinten und taucht seine zerzausten, sandblonden Haare in einen fahlen Schein. Mein Blick wandert nach unten, über seine stoppligen Wangen und sein kräftiges Kinn. Seine Lederjacke ist offen, so dass ich freien Blick auf sein enganliegendes Top habe, unter dem sich seine Bauchmuskeln abzeichnen.

»Ich schätze, du willst reden.«

Langsam sehe ich zu ihm auf. »Ja«, flüstere ich.

Dann durchquere ich das Zimmer.

Seine Augen werden groß, als ich ihn an seinem Top packe und an mich ziehe. Im nächsten Moment treffen unsere Münder gierig aufeinander. Er vergräbt die Hand in meinen Haaren, während ich den Stoff seines Tops noch fester umklammere. Hitze durchströmt meinen gesamten Körper.

Seit jener Nacht auf dem Balkon, in der seine Haut nach Salz und Regen schmeckte, habe ich ihn noch ein paarmal geküsst, aber es fühlte sich nie wieder an wie damals: innig und ungehemmt. Es fühlte sich immer an, als würden wir etwas zurückhalten.

Aber jetzt nicht. Jetzt ist sein ganzer Körper angespannt und seine Haut glühend heiß. Sein Mund ist nicht sanft, sondern fordernd. Seine Zunge erkundet meinen Mund, und seine Finger graben sich in meine Taille, als hätte er Angst, ich könnte ihm entgleiten – dieser Moment könnte ihm entgleiten.

Ein Teil von mir küsst ihn, um zu vergessen, dass Valentine hinter mir her ist – um so zu tun, als wäre alles in Ordnung. Aber hauptsächlich küsse ich ihn, weil ich das brauche. Ich brauche das schon, seit er sich letzte Nacht von mir verabschiedet hat und nach Dublin abgereist ist.

Er hebt mich hoch, ohne seinen Mund von meinem zu lösen, geht zum Bett und lässt mich auf die Laken sinken.

Und dann küssen wir uns auf dem Bett, unsere Gliedmaßen so fest ineinander verschlungen, dass die Sprungfedern meiner Matratze in meinen Rücken drücken und sich sein Körper in voller Länge an meinen presst. Doch plötzlich zieht er sich zurück. Seine Brust hebt und senkt sich stoßartig, als er seine Stirn an meine legt.

Ich blicke ihm in die Augen und sehe einen Anflug von Verletzlichkeit darin aufblitzen, ehe er sein charakteristisches Grinsen aufsetzt. »Ich dachte, du willst reden.«

»Das will ich. Aber ich wollte dich auch küssen.«

Sein Grinsen wird noch breiter. »Verständlich. Mir wurde gesagt, dass ich ziemlich unwiderstehlich bin.«

Mit einem entnervten Stöhnen schiebe ich ihn von mir. Er dreht sich auf die Seite und stützt sich auf den Ellbogen. Auch ich wende mich zu ihm um, bleibe aber liegen. »Interessant. Hat dir jemals jemand gesagt, dass du dir ganz schön viel einbildest?«

»Komischerweise schon.«

Ich sehe ihn an, wie er lässig auf meiner Bettdecke fläzt, und ziehe ärgerlich die Stirn kraus.

»Warum hast du mir nicht gesagt, dass Valentine dein Bruder ist?«, will ich wissen.

Er seufzt. »Ich schätze, ich wollte nicht zugeben, dass ich nicht wirklich der Bad Boy der Familie bin.«

»Ich mein's ernst, Cupid.«

Er hält meinen Blick noch einen Moment fest, dann rollt er sich auf den Rücken, die Arme hinter dem Kopf verschränkt. »Ich weiß. Ich rede nur nicht gern über ihn. Cal auch nicht. Das weckt schlimme Erinnerungen. Ich schätze, ich habe gehofft, er wäre immer noch eingesperrt und ich müsste mich nicht mit ihm befassen.«

»Aber das ist er nicht. Und das müssen wir.«

Sein Gesicht nimmt einen niedergeschlagenen Ausdruck an. »Ich weiß.«

»Warum ermordet er Liebesagenten?«, frage ich. »Was will er mit ihren Herzen? Und was hat das alles mit mir zu tun?«

»Ich weiß es nicht.«

Eine schwere Stille senkt sich über uns. Ich kann sehen, wie Cupid angestrengt nachdenkt, sein Gesicht ungewöhnlich ernst. Schließlich beugt er sich zu mir herüber und drückt mir einen sanften Kuss auf die Stirn, dann steht er auf und geht zum Fenster.

»Schlaf ein bisschen. Ich halte Wache.« Er sieht in die Dunkelheit hinaus. »Valentine ist irgendwo dort draußen.«

Als helles Morgenlicht mein Bett flutet, seufze ich – *Warum ist heute Schule?* – und strecke mich. Mein Zimmer riecht warm und heimelig; anders als sonst, auch wenn ich in meinem benommenen Zustand nicht erkennen kann, wieso. Ich blinzele verschlafen.

Und mit einem Mal stürzen die Erinnerungen an gestern Abend auf mich ein – wie Charlie und ich von seltsamen Liebesagenten angegriffen wurden, meine wahrscheinlich erste Begegnung mit Valentine, wie ich Cupid auf meinem Bett geküsst habe …

Mein Herz macht einen Satz.

Cupid. Wo ist er?

Mit einem Ruck fahre ich hoch und blicke mich fieberhaft um. Als ich sehe, dass sein Bogen nicht mehr an dem Spiegel in der Ecke meines Zimmers lehnt, bekomme ich Panik.

Da wird mir plötzlich klar, was das für ein heimeliger Geruch ist, der durch meine offen stehende Tür strömt.

Gebratener Speck.

Mein Magen grummelt.

Ich werfe einen Blick auf die Uhr auf meinem Nachttisch: sieben Uhr. Dad ist schon vor etwa einer Stunde arbeiten gegangen. Und er kocht nie.

Ein Lächeln erscheint auf meinen Lippen.

Ich wälze mich aus dem Bett und ziehe Jeans und einen grünen Pullover an. Meine ungekämmten Haare binde ich zu einem Knoten, dann husche ich barfuß die Treppe hinunter und werfe einen Blick in die Küche.

Cupid steht mit dem Rücken zu mir am Herd. Er trägt noch dieselben Klamotten wie gestern, sein graues Top ist völlig zerknittert. Die Sonne scheint auf seine dunkelblonden Haare, die abstehen, als wäre er mehrmals mit der Hand hindurchgefahren. Sein Bogen liegt mitten auf dem Tisch.

»Du solltest besser hoffen, dass Dad nicht früher nach Hause kommt«, sage ich und werfe einen demonstrativen Blick darauf.

Er dreht sich zu mir um, eine Hand immer noch am Pfannengriff. Seine Augen weiten sich leicht, als er mich sieht, dann verziehen sich seine Lippen zu einem frechen Grinsen. »Weil du letzte Nacht einen Liebesgott in dein Zimmer mitgenommen hast? Weil ich Pfeil und Bogen auf dem Tisch liegen gelassen habe? Oder weil ich seinen Speck klaue?«

Ich lache. »Wegen allem.« Ich spähe an ihm vorbei in die brutzelnde Pfanne. »Was ist das?«

»Du hast im Schlaf über mich geredet, und das wurde langsam peinlich, darum dachte ich, ich lasse dich lieber allein.«

Ich reiße erschrocken die Augen auf, und sein Grinsen wird noch breiter.

»Ja, du hast alles Mögliche gesagt; wie toll ich bin, wie sehr du mich magst, lauter solche Sachen.«

Mein Gesicht läuft hochrot an.

»Ehrlich gesagt war mir das ein bisschen unangenehm; so viele Komplimente sind schwer zu ertragen für mein kleines, bescheidenes Ego.«

Ich kneife die Augen zusammen. »Lügner.«

Seine Augen funkeln amüsiert. Er schweigt einen Moment, dann nickt er. »Ja, okay, ich hab gelogen. Du sahst sehr friedlich aus«, sagt er mit einem Achselzucken. »Ich wollte dir nur Frühstück machen.«

Er wirft den Speck auf zwei mit Butter bestrichene Brötchen, die auf der Arbeitsplatte bereitliegen, und reicht mir einen Teller. Ich setze mich auf den Küchenschrank und lasse die Beine baumeln.

»Steht unser Date am Freitag noch?«, erkundigt er sich.

»Klar. Jetzt, wo ich weiß, dass du tatsächlich einen Herd bedienen kannst, freue ich mich umso mehr darauf«, antworte ich grinsend.

Ein strahlendes Lächeln erhellt sein Gesicht. »Gut. Wie war's eigentlich gestern in der Schule? Ist irgendwas Aufregendes passiert, während ich weg war?«

»In der Schule? Nein.« Ich beiße in mein Sandwich. »Oh, aber es ist was Aufregendes passiert.«

Plötzlich fällt mir Cals Gespräch mit dem mysteriösen Mädchen vor meinem Fenster ein.

Die Verschwundenen sind nicht wirklich verschwunden. Die Toten ... Das Mädchen ...

Ich erzähle Cupid davon.

»Er sagte, sie arbeite im IT-Bereich der Matchmaking-Agentur.«

Er zieht die Stirn kraus. »Bist du sicher? Sie mischen sich normalerweise nicht in ... nun, eigentlich mischen sie sich nie in irgendwas ein.«

»Wer sind sie?«

»Die Parzen.«

»Die was?«

»Ähm ... die Moiren?«

»Hä?«

»Oh, sorry, ich benutze ihre alten Namen. Sie sind auch als die Schicksalsgöttinnen bekannt«, erklärt er. »Total mächtig. Selbst die Götter von einst hatten Angst vor ihnen. Weißt du, wen ich meine? Die Schicksalsgöttinnen? Sie spinnen das Geflecht des Lebens. Du hast doch sicher schon von ihnen gehört?«

Ich nicke langsam, als ich mich an eine Seite aus dem Sagenbuch erinnere, das mir Cal geschenkt hat. »Sie existieren tatsächlich?!«

»Ja.« Cupid nickt grimmig. »Und ihr Auftauchen bedeutet sicher nichts Gutes.«

13. Kapitel

Trotz Valentines Rückkehr und des eigenartigen Angriffs vor der Matchmaking-Agentur gehen die nächsten Tage ohne Zwischenfälle vorüber.

In der Schule informiert Charlie mich, dass sie »Lila-Aufsicht« hat, und besteht darauf, mich zum Unterricht und sogar zur Toilette zu begleiten – was echt nervig wäre, wenn es sich um irgendjemand anderen handeln würde. Abends trainiere ich mit Cupid und Cal, während Crystal und Mino herauszufinden versuchen, wo Valentine steckt und was er vorhat.

Donnerstagmorgen sitzen Charlie und ich in der Mittagspause zusammen in der Cafeteria. Charlie scrollt auf ihrem Handy herum und erstellt eine Wunschliste potentieller Firmenwagen, mit denen sie Cal immer noch in den Ohren liegt.

»Ich könnte auch so ein schickes Auto wie Cal kriegen«, sagt sie.

»Denkst du nicht, deine Eltern würden misstrauisch werden, wenn du eines Tages mit einem brandneuen Lamborghini zu Hause vorfährst?«

»Hmmm. Gutes Argument.«

»Wie wäre es mit –« Ich unterbreche mich abrupt, als ich aus dem Augenwinkel ein bekanntes Gesicht sehe. Das Mädchen mit den kurzen Haaren, dem ich neulich Abend vor der Schule begegnet bin, schlendert durch die Cafeteria. Sie kommt von Charlies Match-Box.

»Dieses Mädchen«, sage ich. »Das ist das Mädchen, das ich letzten Sonntag gesehen habe. Das mir gesagt hat, ich solle mich in Acht nehmen, weil bald Valentinstag ist. Ich glaube, sie hat gerade eine Nachricht in deine Schachtel geworfen.«

Charlie begegnet meinem Blick, und wir springen beide gleichzeitig auf.

»Ich sehe nach«, sagt Charlie. »Lauf du ihr hinterher!«

Ich nicke und eile aus der Cafeteria. Als ich in den Korridor einbiege, ist er jedoch leer. Ich laufe bis ans andere Ende und spähe um die Ecke, aber sie ist nirgends zu sehen.

Charlie erscheint hinter mir, als es zum Unterricht klingelt. »Und, was gefunden?«, fragt sie, während eine Flut von Schülern aus der Cafeteria strömt und uns mitreißt.

»Nein. Du?«

Sie wirft mir einen grimmigen Blick zu – in der Hand hält sie ein Stück Papier. »Sie weiß etwas«, sagt sie und reicht mir den Zettel.

Ich nehme ihn und lese die Nachricht, die in unordentlicher Handschrift darauf gekritzelt ist.

Lila. Bald ist Valentinstag. Halt dich von deinem Match fern.

Nach der Schule warte ich vor ihrem Englisch-Klassenzimmer auf Charlie. Jetzt, da ich allein bin, muss ich immerzu an die seltsame Botschaft denken, die ein Loch in meine Jeanstasche brennt.

Bald ist Valentinstag. Halt dich von deinem Match fern.

Wer ist dieses Mädchen? Es ist bestimmt kein Zufall, dass sie mir ausgerechnet jetzt, wo Valentine wieder auf freiem Fuß ist, kryptische Nachrichten über den Valentinstag schickt.

Charlie und ich haben den ganzen Nachmittag in unseren Klassen herumgefragt, ob sie jemand kennt, aber frustrierenderweise konnte uns niemand helfen. Wenn Charlie das nächste Mal in der Matchmaking-Agentur ist, wird sie in der Datenbank nachsehen, ob jemand Neues an unsere Schule gekommen ist.

Während ich an der Wand lehne und warte, kommt James vorbei. Er trägt sein Fußball-Outfit, anscheinend ist er auf dem Weg zum Training. Ich stöhne innerlich, als er mich sieht und sofort zu mir herüberjoggt. Eine unangenehme Unterhaltung mit meinem Exfreund hat mir gerade noch gefehlt.

»Hey, Lila«, sagt er. »Wie geht's?«

Ich zwinge mich zu einem Lächeln. »Gut, danke. Und dir?«

»Auch gut. Hör zu, ich hab gehört, du hättest nach dem neuen Mädchen gefragt.«

Ich begegne seinem Blick, plötzlich sehr interessiert daran, was er zu sagen hat. »Ja. Kennst du sie?«

»Nein. Aber ein Kumpel von mir – Mike aus dem Holzverarbeitungskurs – war auf ein paar Dates mit ihr. Daraus ist allerdings nichts geworden. Anscheinend ist ihr Vater sehr streng. Ich glaube, er arbeitet in einem Gefängnis. Und außerdem meinte er, sie würde noch irgendeinem anderen Typen nachhängen – «

Er verstummt, als Charlie aus dem Klassenzimmer auftaucht und uns entdeckt. Plötzlich liegt eine unangenehme Spannung in der Luft. James reibt sich den Nacken und tritt sichtlich nervös von einem Fuß auf den anderen.

»Ähm … Ich sollte lieber gehen. Wir sehen uns, Lila.« Er dreht sich um und eilt hastig davon, bevor Charlie uns erreicht.

»Was zur Hölle war das denn?«

Ich zucke die Achseln. »Nichts.«

»Triffst du dich heute Abend mit Cupid?«, erkundigt sie sich.

»Ich denke nicht«, antworte ich, als ich mich an die Nachricht erinnere, die er mir vorhin geschickt hat. »Der Leichnam des ermordeten Agenten ist verschwunden. Er sollte in der Leichenhalle des Los Angeles Community Hospital sein, wurde aber wohl fälschlicherweise woandershin transportiert. Crystal will, dass er zur Matchmaking-Agentur gebracht wird, für den Fall, dass die Behörden etwas übersehen haben. Cupid hilft bei der Suche.«

»Igitt«, murmelt Charlie. »Wollen wir uns dann treffen?«

»Klar, gern. Im Love Shack?«

Zusammen machen wir uns auf den Weg durch den Schulflur. Charlie zieht die Augenbrauen hoch. »Wie um alles in der Welt verbummelt man einen Leichnam?!«

Am Freitag nach der Schule vertreibe ich mir die Zeit mit Charlie in der Bibliothek, während ich auf Cupid warte.

»Also, du hast heute Abend ein Date mit Cupid, ja?« Sie wackelt anzüglich mit den Augenbrauen, und ich muss lachen. »Was wird er wohl für dich kochen?«

»Keine Ahnung! Ehrlich gesagt mache ich mir keine großen Hoffnungen.«

Charlie fängt an zu spekulieren, als plötzlich mein Handy piepst.

Auf dem Display erscheint eine Nachricht von Cupid.

> Hey, Sonnenschein. Ich bin in der Turnhalle.
> Ich muss dir was zeigen.

»Er ist schon da«, informiere ich Charlie.

»Ruf mich nachher an! Ich will alles wissen!«

Der Unterricht ist schon eine Weile zu Ende, und die Schulflure sind so gut wie leer. Auf dem Weg zur Turnhalle sehe ich immer wieder nervös über die Schulter – mich erfasst eine vage Unruhe, als gehe irgendetwas nicht mit rechten Dingen zu.

Als ich die Turnhalle betrete, erinnere ich mich unwillkürlich an meine erste Trainingsstunde mit Cal. Seitdem hat sich so viel verändert.

»Cupid?«, sage ich leise – meine Stimme hallt von den grauen Wänden wider.

Anscheinend ist niemand da.

Langsam bewege ich mich durch die Schatten und kleinen Lichtinseln, die von den schmalen Fenstern unter der Decke geworfen werden. In der Stille klingen meine Schritte ohrenbetäubend laut. Ich spähe zum Geräteraum am anderen Ende der riesigen Halle, und als ich dort auch nichts entdecke, hole ich mein Handy aus der Hosentasche, um Cupid anzurufen.

Irgendetwas stimmt hier nicht.

Plötzlich fliegt ein Pfeil auf mich zu und reißt mir das Handy aus der Hand. Mit einem lauten Klappern landet es ein paar Meter von mir entfernt auf dem Boden. Mir bleibt fast das Herz stehen. Die Tür der Turnhalle kracht zu.

Ich will mich gerade umdrehen, als ich am Eingang des stockfinsteren Geräteraums eine Bewegung ausmache.

Eine schemenhafte Gestalt kommt durch die Schatten auf mich zu.

Hektisch greife ich in meine Tasche und ziehe den Ardor heraus, den ich vorhin dort verstaut habe. Denn noch bevor er spricht, weiß ich, wem ich nun von Angesicht zu Angesicht gegenüberstehe.

Mein Herz hämmert wild, und das Blut gefriert mir in den Adern. Ich muss ein Zittern unterdrücken.

»Hallo, Lila.« Seine Stimme ist barsch und spöttisch, mit einem leichten irischen Akzent. »Ich hoffe, du verzeihst mir, dass ich dich mit Hilfe einer Täuschung hergelockt habe«, sagt er und hält Cupids Handy hoch. »Ich dachte, es wird höchste Zeit, dass wir uns treffen.«

Er tritt ins Licht.

»Ich bin Valentine. Und ich glaube, du bist Cupids Match.«

14. Kapitel

Ich erstarre. Die Zeit scheint stillzustehen. Einen Moment höre ich nichts als meinen eigenen Herzschlag, der mir in den Ohren dröhnt.

Valentine.

Valentine ist hier.

Meine Hand, die in meiner Tasche verharrt ist, umklammert den Ardor fester, doch das kalte Metall kann mich nicht beruhigen.

Rosen sind rot, Veilchen sind blau. Ich weiß von dem Match, und dich finde ich auch.

Valentine rührt sich nicht. Er beobachtet mich mit feurigem Interesse – ich kann fast fühlen, wie sich sein Blick in mich hineinbrennt. Und auch wenn alles in mir danach schreit, wegzulaufen, bewegen meine Beine sich nicht.

Ich bin wie gelähmt.

In seinem Blick gefangen.

»Ich habe lange darauf gewartet, dich zu treffen, *Lila*.«

Er spricht meinen Namen eigenartig aus; voller Belustigung, als wäre er die Pointe eines Witzes, den nur er kennt.

Ich sehe langsam zu ihm auf und zucke zusammen, als sich unsere Blicke begegnen. Seine Augen sind schockierend blau, und ihre schiere Intensität jagt mir einen kalten Schauer über den Rücken.

»Ich kann nicht behaupten, dass es mir genauso geht«, sage ich. Die Worte kommen leiser heraus als beabsichtigt. Ich habe Angst, aber das darf ich ihm nicht zeigen.

Seine Lippen verziehen sich zu einem teuflischen Grinsen, und er lacht hämisch. Das Geräusch hallt in der verlassenen Turnhalle wider, und meine Nackenhärchen stellen sich auf.

Während er mich von Kopf bis Fuß betrachtet, mustere ich ihn ebenfalls und suche nach einer Schwachstelle. Doch ich kann keine finden.

Er ist groß, mindestens genauso groß wie Cupid, und hat breite Schultern. Seine schwarzen Haare sind kurzgeschoren, und er trägt einen schicken schwarzen Anzug über einem weißen Hemd mit aufgeknöpftem Kragen. Über seiner Schulter hängt ein elegant verzierter Bogen.

Seine Haltung – selbstsicher, arrogant, wachsam – und sein schroffes, gleichzeitig aber auch gepflegtes Aussehen erinnern mich an einen Soldaten; jemanden, der zum Töten ausgebildet wurde.

Aber er hat auch etwas Anziehendes an sich. Er strahlt Macht aus. Und Gefahr. Sie strömt von ihm aus und bringt die Luft um uns herum zum Knistern.

Seine bedrohlich blitzenden Augen richten sich auf mein Gesicht. Er sieht mich an wie ein Spielzeug, wie eine Maus in den Klauen einer Katze.

Das ist der Mann, der einem Liebesagenten das Herz herausgerissen und mir Drohungen geschickt hat, der irgendein Problem mit Cupid und der Matchmaking-Agentur hat und Jagd auf mich macht.

Ich muss hier weg.

Ich muss so schnell wie möglich hier weg.

Mein Körper erwacht plötzlich wieder zum Leben, und ich wirbele herum. Mein Blick fällt auf die geschlossene Tür der Turnhalle.

Zehn Meter. Das kann ich schaffen.
Ich renne los.
Und …
»Das würde ich nicht tun, wenn ich du wäre.«
… bleibe wie angewurzelt stehen.

Ich spüre seinen heißen Atem im Nacken, sein tiefes Knurren klingt ganz nah. Mein Herz wird bleischwer, und das Blut gefriert mir in den Adern. Denn das ist unmöglich. Er kann nicht direkt hinter mir sein. Gerade war er noch am anderen Ende der gigantischen Halle.

Mein Adrenalinspiegel schießt in die Höhe.

Ich drehe mich um, ziehe den Ardor aus meiner Tasche und stoße zu.

Er packt mich am Handgelenk, kurz bevor ich sein blütenweißes Hemd mit dem Folterpfeil durchstoßen kann. In seinen Wangen bilden sich Grübchen, als er mich hämisch angrinst.

»Lila«, flüstert er mit rauer Stimme. »Das ist nicht sehr nett.«

Ich versuche, ihm den Pfeil in die Brust zu rammen, aber er ist stark. Zu stark. Übernatürlich stark. Ich denke an alles, was Cal mir über ihn erzählt hat – dass er annähernd, vielleicht sogar genauso mächtig ist wie Venus. Und da wird mir klar, dass ich ihn nicht nur nicht mit dem Pfeil treffen kann – ich kann mich auch nicht aus seinem Griff befreien. Er hält mich einfach fest, seine Finger wie ein Schraubstock um mein Handgelenk, während ich den Ardor mit aller Kraft umklammere, als würde mein Leben davon abhängen. Mein Atem beschleunigt sich.

»Was willst du, Valentine?!«

»Das hab ich dir doch schon gesagt – ich wollte dich endlich kennenlernen«, sagt er lächelnd. »Du hast etwas, das ich brauche.« Er sieht auf den Pfeil zwischen uns hinab. »Aber wenn du dich dadurch besser fühlst …«

Er lässt mein Handgelenk los, und ich ramme ihm den Folterpfeil ungehindert in die Brust.

Ein Stöhnen entringt sich seiner Kehle, während ich mich umdrehe und zur Tür renne.

Ich bin fast da.

Doch plötzlich steht er wieder vor mir.

Ich pralle in vollem Lauf gegen ihn.

Das ist nicht möglich! Wie kann er vor mir sein?! Ich taumele zurück, und meine Augen weiten sich vor Angst, als ich seinem Blick begegne.

Er hebt eine dunkle Augenbraue. »Wo willst du hin?«, fragt er.

»Wie … Was …« Mein Mund ist wie ausgetrocknet. Die Worte bleiben mir fast im Hals stecken.

Er sollte schreiend am Boden liegen. Oder auf den Knien kauern. Sein Gesicht sollte rot anlaufen. Seine vollen Lippen sollten sich vor Schmerz verziehen und die Adern in seinem Hals hervortreten.

Immerhin habe ich ihn gerade mit einem Folterpfeil getroffen.

Aber er wirkt vollkommen ruhig. Gelassen blickt er auf das Loch in seinem Hemd hinunter, das der Pfeil hinterlassen hat, und wischt die Asche weg.

Seine Augen, tiefblaue Höhlen der Gewalt, begegnen meinen – sie funkeln amüsiert, als wisse er genau, wie verwirrt ich bin; als genieße er es, mich so zu sehen.

Er schnalzt tadelnd mit der Zunge. »So gewalttätig, Lila ...« Seine Lippen verziehen sich zu einem Grinsen. »Du enttäuschst mich nicht.« Er kommt auf mich zu, und ich weiche zurück, um den Abstand zwischen uns zu wahren, bis ich mit dem Rücken an die Wand stoße. »Wie der Zufall es will, mag ich Gewalt.«

Mein Puls rast. Er riecht nach Schweiß und Meeresluft. Aber ich nehme noch etwas anderes wahr. Einen süßlichen, penetranten Verwesungsgestank. Ich glaube, er kommt von draußen. Als ich zittrig einatme, strömt er mir in den Rachen, und ich muss würgen.

Was ist das?!

Ich blicke zum Ausgang der Turnhalle. Valentine folgt meinem Blick. »Ich entschuldige mich für den Gestank. Ein paar meiner Jungs bewachen die Tür. Die beiden, die gestern Nacht bei mir waren. Ich wollte nicht, dass wir wieder unterbrochen werden. Sie sind schon ein bisschen überreif. Ich habe noch keine Möglichkeit gefunden, das zu verhindern«, erklärt er und mustert mich mit erwartungsvollem Blick – er will wissen, wie ich darauf reagiere.

»Was willst du von mir?!«, stoße ich zwischen zusammengebissenen Zähnen hervor.

»Ich will nur reden.« Sein Grinsen wird breiter. »Jedenfalls vorerst. Und wir haben *so viel* zu bereden, Lila.«

Mein Blick huscht durch den Raum. Mein Handy liegt auf dem Boden. Es wurde mir mit einem Pfeil aus der Hand geschossen – höchst unwahrscheinlich, dass es noch funktioniert. Selbst wenn ich es mir irgendwie holen könnte, wäre es also keine Hilfe.

Aber Cupid ... Cupid fragt sich bestimmt, wo ich bleibe.

»Ich nehme an, meine Brüder haben dir von mir erzählt?«, fragt Valentine.

»Sie haben mir erzählt, dass du ein Mörder bist.«

»Das sehe ich anders.«

»Aber die Agenten, die du ermordet hast, würden dem sicher zustimmen.«

Er lacht – ein tiefes, grollendes Geräusch, das mich erschauern lässt.

»Sie werden dich kriegen«, sage ich. »Cupid holt mich von der Schule ab.«

»Cupid ist momentan anderweitig beschäftigt.«

Mein Magen krampft sich zusammen. Und plötzlich geht mir etwas auf, das mir schon viel früher hätte aufgehen sollen.

»Du hast mir von Cupids Handy geschrieben. Was hast du mit ihm gemacht?!«

»Ich habe nur ein paar meiner Jungs zu ihm geschickt. Wie die draußen vor der Tür. Wie schon gesagt, ich wollte nicht unterbrochen werden.«

Mich überkommt eine heftige Übelkeit. Der bestialische Gestank, Valentines Nähe, dass ich mit dem Rücken an der Wand stehe, dass Cupid in Gefahr ist … das ist alles zu viel.

»Wenn ihm etwas zustößt …«

»Was wirst du dann tun? Mich töten? Das bezweifle ich, Lila.« Er lächelt.

Es gefällt mir ganz und gar nicht, wie er meinen Namen sagt – als würde er das Gefühl in seinem Mund genießen.

Er mustert mich von oben bis unten und reibt sich nachdenklich das Kinn. »Du fühlst dich unwohl«, stellt er fest und tritt einen kleinen Schritt zurück.

Ich entspanne mich ein wenig; aber da ich weiß, wie schnell

er ist, bleibe ich wachsam. Ich glaube nicht, dass ich hier wegkomme, wenn er mich nicht gehen lässt. Ich weiß nicht, ob ich überhaupt lebend hier wegkommen werde.

Könnte Charlie noch in der Schule sein? Hab ich ihr gesagt, dass ich mich in der Turnhalle mit Cupid treffe?

Ich versuche fieberhaft, mich zu erinnern.

Nein. Ich habe ihr gesagt, dass ich mich mit Cupid treffe, aber nicht, wo. Und wie sollte sie ihn besiegen? Sie ist eine Liebesagentin, aber gegen Valentine hat sie keine Chance.

Ich bin allein.

Aus dieser misslichen Lage muss ich mich selbst befreien.

Meine Gedanken überschlagen sich. Ich muss ihn dazu bringen weiterzureden, um mir Zeit zu verschaffen und einen Plan zu entwickeln.

»Wirst du mich töten?«

»Ich bin kein Monster, Lila«, sagt er, ohne mich aus den Augen zu lassen. »Ich tue nur, was getan werden muss.«

Mir wird flau im Magen. »Was muss getan werden?«

Er schüttelt grinsend den Kopf. »Weißt du, ich hab schon lange ein Auge auf dich geworfen – schon sehr lange, bevor ich dir die erste Nachricht geschickt habe. Daher weiß ich *alles* über dich.« Die Art, wie er das sagt, macht mir Angst. »Es ist, als wären wir alte Freunde, Lila. Aber trotzdem wollte ich dich endlich von Angesicht zu Angesicht treffen. Schon seit ich dich in der Datenbank der Matchmaking-Agentur gefunden habe.«

Er klingt amüsiert. Wieder ist es, als kenne nur er die Pointe eines sehr lustigen Witzes. Was er da sagt, jagt mir einen kalten Schauer über den Rücken, und mein gesamter Körper versteift sich. Mein Mund ist staubtrocken.

»Was ... was meinst du damit?«

»Hast du dich denn nie gefragt –«

In diesem Moment fliegt die Tür der Turnhalle auf. Zwei leblose Gestalten landen mit einem Krachen auf dem Boden – schwarze Pfeile in der Brust.

Valentine und ich sehen beide ruckartig zur Tür.

Dort steht Cupid. Sein Gesicht ist wutverzerrt. Blut rinnt ihm aus der Nase, und er hat einen Kratzer an der Augenbraue. Er sieht furchteinflößend aus – und zornig. Seine Muskeln wölben sich unter seinem kurzärmligen weißen Shirt, das schweißbedeckt an seiner Brust klebt.

Seine Lippen verziehen sich zu einem Lächeln, das jedoch nicht seine Augen erreicht. »Hallo, Bruder.«

15. Kapitel

Eine bleierne Stille senkt sich über die Turnhalle. Von Cupid, der immer noch stocksteif in der Tür steht, geht eine unbändige Wut aus. In der Hand hält er einen Bogen.

Sein Blick schweift zu mir, und in seinen Augen leuchtet eine Frage auf: *Alles in Ordnung?*

Ich nicke, um ihn zu beruhigen – aber ich weiß nicht, ob an dieser Situation irgendetwas in Ordnung ist. Ein Serienmörder steht nur ein kleines Stück von mir entfernt, er bewegt sich schneller als irgendjemand sonst, und ich bin mir nicht sicher, ob Cupid es mit ihm aufnehmen kann.

»Ah, du bist hier!«, ertönt Valentines spöttische Stimme hinter mir. »Ich war mir nicht sicher, ob du es schaffst. Aber wie es aussieht, bist du ein paar meiner neuen Freunde begegnet.«

Cupid wischt sich das Blut von der Nase, ohne Valentine aus den Augen zu lassen. »Lass sie in Ruhe.«

Er sieht kurz zu mir herüber und neigt unauffällig den Kopf. Ich weiß sofort, was er von mir will. Aber ich weiß nicht, wie ich ihm klarmachen soll, dass das nicht funktionieren wird.

Mit einer schnellen Bewegung holt er einen Pfeil aus seinem Köcher, spannt den Bogen und schießt.

Ich springe zur Seite, als der Ardor an meinem Ohr vorbeisaust. Valentine stößt ein schmerzerfülltes Ächzen aus, während ich mich aufrappele und auf den Ausgang zuhaste. Cupid packt mich am Arm und zieht mich hinter sich.

Mein Herz hämmert wild.

Als ich mich umdrehe, sehe ich, wie Valentine den Folterpfeil aus seiner Schulter zieht und ihn in seiner Hand zu Asche zerdrückt.

Seine Lippen verziehen sich zu einem grauenhaften Lächeln, und mir läuft es eiskalt über den Rücken.

»Begrüßt man so seinen Bruder nach all der Zeit?«

Cupid hängt den Bogen wieder über seine Schulter und tritt vor – der Verlust seiner tröstlichen Körperwärme lässt meine Angst wieder aufflammen.

»Es ist etwa ein Jahrhundert her, oder?«, fragt er. Seine Stimme klingt immer noch bedrohlich, aber nicht mehr so aufgewühlt wie noch vor einem Moment. Jetzt, da ich hinter ihm und nicht mehr bei Valentine stehe, wächst seine Zuversicht. »Wie hat es dir in Dublin gefallen?«

»Leider habe ich nicht viel davon gesehen. Ich war die meiste Zeit in einer Krypta eingesperrt«, erwidert Valentine grinsend.

»Ein Jammer«, sagt Cupid. »Irish Stew ist echt köstlich.«

Valentine lächelt. Er hat einen überheblichen Ausdruck in den Augen, als wisse er etwas, das uns verborgen bleibt. Das macht mich nervös. Cupid tritt noch einen Schritt auf ihn zu, und Valentine tut es ihm gleich.

Ich kann die Luft zwischen den beiden förmlich knistern hören.

»Wo wir schon bei unserer letzten Begegnung sind – wie geht's dem kleinen Cal?«, fragt Valentine. »Als wir uns das letzte Mal gesehen haben, hat er dich fast ebenso sehr gehasst wie mich.«

Cupid zuckt die Achseln. »Seitdem hat sich viel geändert.«

»Ja«, sagt Valentine höhnisch. »Wegen *ihr*.« Er blickt über Cupid hinweg zu mir.

Cupids breite Schultern versteifen sich. »Sieh sie nicht an!«, grollt er.

Und greift urplötzlich an.

Er packt Valentine am Hemdkragen und schmettert ihn mit voller Wucht gegen die Wand. Fast noch im selben Moment stößt Valentine die Hände gegen seine Brust und schleudert ihn wie eine Puppe quer durch die Turnhalle. Pfeile fallen aus Cupids Köcher, als er auf dem Boden aufschlägt.

Während er sich auf den Bauch rollt, schlendert Valentine auf ihn zu und hebt gemächlich einen Ardor auf.

»Verschwinde von hier, Lila!«, ruft Cupid und rappelt sich auf.

»Nein, Lila, bleib bei uns«, widerspricht Valentine.

Cupid blickt Valentine mit grimmigem Blick entgegen, als dieser auf ihn zukommt. Im nächsten Moment stürmen die beiden aufeinander los. Mit einem brutalen Hieb schleudert Valentine Cupid an die Wand, und ich höre ein markerschütterndes Krachen, als er hart dagegen prallt. Valentine zieht ihn am Kragen seines weißen T-Shirts hoch und schlägt seinen Kopf wieder und wieder gegen die Wand.

Da renne ich los, springe auf Valentines Rücken und ziehe ihn mit meinem gesamten Körpergewicht nach hinten. Mit diesem Angriff hat er nicht gerechnet, und wir gehen beide zu Boden. Valentine lacht überrascht auf. Als ich versuche wegzukrabbeln, packt er mich am Fußgelenk und zieht mich zurück, als wöge ich nichts.

Er blickt auf mich hinunter, sein Gesicht dicht an meinem. »Lila, was soll diese ganze Gewalt? So gerne ich mich auch mit dir auf dem Boden wälzen würde – und ich wette, dazu haben wir später noch Gelegenheit –, das ist eine Sache zwischen mir und meinem Bruder.«

Ich ramme ihm mein Knie zwischen die Beine, und ein raues Stöhnen entringt sich seiner Kehle – seine strahlend blauen Augen verdunkeln sich einen Moment. Ehe er auf meinen Angriff reagieren kann, ächzt er erneut. Als ich aufblicke, sehe ich, wie Cupid ihm einen Ardor in den Rücken stößt.

Sein Gesicht ist finster wie eine Gewitterwolke. Er schlingt einen Arm um Valentines Kehle und zieht ihn hoch.

»Was hast du gerade gesagt?!« Er wirbelt ihn herum und schmettert ihm die geballte Faust ins Gesicht, so dass Valentine zurücktaumelt. »Halt dich von Lila fern!«, schreit er und schlägt erneut zu.

Doch diesmal fängt Valentine seinen Angriff ab. Cupid stößt einen zornigen Schrei aus und stürzt sich auf ihn, und die beiden gehen nicht weit von den toten Agenten, die Cupid Valentine vor die Füße geworfen hat, zu Boden. In diesem Moment, während ich mich auf den Bauch rolle und Cupid Valentine zurückzerrt, fällt mir etwas auf, das mich bis ins Mark erschüttert.

Die beiden Leichname sehen aus, als wären sie nicht erst tot, seit Cupid sie mit den schwarzen Pfeilen erschossen hat. Ihre Haut ist grau und feucht, ihre Augen eingesunken. Und sie stinken grauenerregend.

Als ich sie mir genauer ansehe, bemerke ich noch etwas anderes. Bei dem Anblick bleibt mir fast das Herz stehen.

Sie bewegen sich.

Die Finger des einen zucken. Und der andere blinzelt.

»Ähm ... Cupid?!«, sage ich, den Blick wie gebannt auf die beiden toten Agenten gerichtet.

Er hört mich nicht. Er versetzt Valentine gerade einen harten Schlag, durch den dieser zurücktaumelt und er endlich die Oberhand gewinnt.

»Cupid ...«

Einer der Leichname greift nach seinem Fuß.

»Cupid! Pass auf, unter dir!«

Als ihm die Beine weggezogen werden, wirkt er genauso überrascht wie ich eben. Er schlägt hart auf dem Boden auf, und seine schreckgeweiteten Augen schweifen zu mir. Die beiden toten Agenten setzen sich langsam auf, während Valentine Cupid seelenruhig am Kragen packt und ihn gut zehn Meter an die gegenüberliegende Wand wirft.

Wieder ertönt ein markerschütterndes Krachen, als Cupid dagegen prallt und bewusstlos zu Boden sinkt – aus seinem Mundwinkel läuft Blut.

Ich versuche panisch, zu ihm zu rennen, aber die beiden Agenten, die tot sein sollten, sind wieder auf den Beinen und versperren mir den Weg. Sie drehen sich zu mir um und starren mich aus schwarzen, eingesunkenen Augen an.

Mein Herz hämmert ohrenbetäubend laut, ich kann keinen klaren Gedanken fassen.

Da höre ich Schritte hinter mir. Der widerliche Gestank wird stärker. Ich werfe einen raschen Blick über die Schulter. Und kann mich nur mit Mühe aufrecht halten.

Denn von hinten nähern sich fünf weitere Liebesagenten mit aschfahler Haut und leeren Augen. Fünf weitere Liebesagenten, die aussehen, als wären sie schon lange tot. Sie umzingeln mich und Valentine.

Valentine sieht zu Cupid, der zusammengesunken an der Wand liegt. Dann dreht er sich zu mir um und fährt sich mit der Zunge über die Lippen. Dann lächelt er hämisch.

»Also, wo waren wir?«

16. Kapitel

Valentines Augen glitzern amüsiert, als sie sich auf mich richten.

Also, wo waren wir?

Seine Worte hallen in dem gigantischen Raum wider.

Mein Herz pumpt das Blut so schnell durch meinen Körper, ich glaube, ich bekomme jeden Moment eine Panikattacke. Mir ist eiskalt, und die Luft in der Turnhalle ist drückend und widerlich süß – es riecht nach Tod. Der Gestank hüllt mich ein, nimmt mir die Luft zum Atmen.

Ich schließe die Augen, nur einen kurzen Moment. Obwohl mich der Verwesungsgestank fast zum Würgen bringt, atme ich tief ein und zwinge mich zur Ruhe. *Reiß dich zusammen, Lila.* Dann öffne ich die Augen wieder und versuche, mir einen Überblick über die Situation zu verschaffen.

Um mich herum stehen sieben Agenten, die nicht lebendig aussehen. Mein Blick schweift zu dem, der Valentine am nächsten ist. Sein Hemd ist zerrissen, und ich erkenne eine genähte Wunde an der Stelle, wo sein Herz sein sollte.

Mich überläuft es eiskalt.

Ich muss hier weg – aber ich weiß nicht, wie.

Besorgt blicke ich zu Cupid, der reglos an der Wand liegt. Er sieht nicht gut aus. Selbst aus der Entfernung kann ich erkennen, dass sein Gesicht gerötet und mit Blutergüssen übersät ist, und ihm läuft immer noch Blut aus der Nase.

Eine kalte Angst legt sich um mein Herz, aber ich kämpfe gegen ihren Griff an. Cupid ist unsterblich. Er wird sich erholen.

Ich allerdings …

Schnell sehe ich wieder zu Valentine. Er richtet die Ärmelaufschläge seines weißen Hemdes, wischt mit dem Handrücken einen Tropfen Blut von seiner Anzugtasche und wendet sich dann mir zu.

Seine stechend blauen Augen bohren sich förmlich in mich hinein. Er grinst. »Ich muss dir sicher nicht sagen, dass ein Fluchtversuch keinen Zweck hat«, sagt er und sieht demonstrativ zu den Agenten, die mich umzingeln.

Ich folge seinem Blick, und die Härchen an meinen Armen stellen sich auf, als ich ihre eingefallenen Gesichter und ihre leeren, leblosen Augen sehe. Sie stehen in Habachtstellung – vollkommen reglos.

Mein Bedürfnis nach Antworten überlagert einen Moment meine Panik.

»Das sind die Agenten, die verschwunden sind«, sage ich leise.

»Sehr gut geraten.«

»Was zum Teufel hast du mit ihnen gemacht? Sind sie …« Ich beiße mir auf die Lippen. »Sind sie tot?«

Er reibt sich das Kinn, als müsste er darüber nachdenken. »Ja und nein.«

Mein Blick huscht erneut zu Cupid. Er ist immer noch ohnmächtig. Aber in dem Köcher auf seinem Rücken stecken noch Pfeile.

Wenn ich irgendwie an den Agenten vorbeikommen und mich bewaffnen könnte, hätte ich zumindest eine Chance.

Valentine folgt meinem Blick und stößt wieder dieses tiefe, grollende Lachen aus. Es reißt mich aus meinen Gedanken und macht mich rasend.

»Keine Sorge, deinem Freund geht es gut«, sagt er. »Nur ein kleiner Kampf unter Brüdern. Und er hat es verdient. Aber um weitere Streitereien zu vermeiden, sollten wir gehen, bevor er aufwacht.«

Ich rühre mich nicht von der Stelle. Erschüttert blicke ich zu ihm auf. »Gehen?«

Er hebt eine dunkle Augenbraue, und sein Grinsen wird noch breiter. »Ja. Du kommst mit mir.«

Ich verschränke die Arme vor der Brust und stoße ein freudloses Lachen aus. »Das soll wohl ein Witz sein.«

Er grinst erneut. Dann schnippt er mit den Fingern und deutet auf zwei seiner Männer. Sie verlassen den Kreis, den sie um uns gebildet haben, und kommen mit ruckartigen, unmenschlichen Bewegungen auf mich zu. Als sie sich nähern, schlägt mir ihr widerlicher Gestank entgegen, und das reißt mich aus meiner Schockstarre.

Nein.

Das wird nicht passieren.

Niemals!

Als einer von ihnen, ein Mann mit dunklen, nass aussehenden Haaren, nach meinem Arm greift, schlage ich ihm mit voller Wucht ins Gesicht. Er taumelt zurück.

Ich wische mir die Hand an meiner Jeans ab, und im nächsten Moment stürzt sich auch schon der Nächste auf mich. Ich stolpere rückwärts. Ein anderer packt mich von hinten, aber als er mich hochheben will, gehe ich blitzschnell in die Knie und werfe ihn über meine Schulter, genau wie ich es im Training mit Cupid gemacht habe.

Valentine lacht leise. Er spielt mit mir. Er will sehen, wie ich reagiere.

Kurzentschlossen renne ich an den Agenten vorbei und lasse mich neben Cupid auf die Knie fallen.

Ich erwarte jeden Moment Valentines Hände auf mir zu spüren, aber er lacht immer noch. Ich kann spüren, wie er mich beobachtet. Er genießt das Schauspiel.

Wut und eine heftige Übelkeit wallen in mir auf, als ich Cupid reglos vor mir liegen sehe.

Ich will ihn an mich ziehen und nachsehen, ob es ihm gutgeht.

Stattdessen reiße ich ihm den Bogen von der Schulter und hole eine Handvoll Pfeile aus seinem Köcher. Als ich herumwirbele, schnippt Valentine erneut mit den Fingern und alle sieben Agenten stürzen auf mich zu. Ihre Bewegungen sind nicht mehr langsam, sondern ruckartig und unfassbar schnell.

Adrenalin rauscht durch meine Adern wie eine Feuersbrunst. Ich denke an mein Training. Ich mag kein Cupid sein, doch ich kann ein Ziel treffen.

Aber sieben Ziele, die sich noch dazu bewegen?

Ja.

Ich kämpfe gegen die Zweifel an, zücke den Bogen und ziele mit einem schwarzen Pfeil auf einen der Angreifer, der mich schon fast erreicht hat. Der gefiederte Schaft des Pfeils kitzelt meine Wange, ehe er durch die Luft saust und den Agenten in die Brust trifft. Er stürzt zu Boden.

Ich habe keine Zeit, mich zu freuen.

Blitzschnell lege ich den nächsten Pfeil ein, ziele und schieße.

Wieder treffe ich mein Ziel.

Aber die anderen Agenten sind schon ganz nah. Sie haben

mich fast erreicht. Fünf von ihnen. Ihre dunklen, eingesunkenen Augen starren mich unverwandt an.

Ich greife nach dem nächsten Pfeil, spanne den Bogen, ziele ...

Und im nächsten Moment fallen sie über mich her. Ich werde grob hochgezogen, und wieder schlägt mir dieser widerliche Verwesungsgestank entgegen. Ich schwinge Cupids Bogen und höre ein Krachen, als ich einem der Agenten den Kiefer breche. Das reicht nicht aus. Ich schlage und trete wild um mich, aber sie sind zu fünft, und sie scheinen keinen Schmerz zu fühlen. Sie schleifen mich über den Boden; weg von Cupid, hin zu Valentine.

»LASST MICH LOS!«

Die ganze Zeit kann ich Valentines zufriedenen Blick auf mir spüren – eine reglose Gestalt inmitten des Chaos.

Ich wehre mich weiter mit Händen und Füßen, doch keiner meiner Schläge scheint zu treffen. Selbst in meiner Panik weiß ich, dass ich besser kämpfen könnte, wenn ich mich beruhigen würde. Aber mein Adrenalinspiegel ist gefährlich hoch – hier geht es nicht mehr um Kampf oder Flucht, ich bin vollkommen außer Kontrolle.

Inmitten des Tumults begegne ich Valentines Blick. Er beobachtet mich, einen undurchschaubaren Ausdruck im Gesicht. Während ich weiter um mich schlage, sehe ich, wie er sich mit der Hand über den Mund fährt, als wäre er tief in Gedanken. Dann seufzt er schwer.

»Okay, das reicht. Ihr macht dem armen Mädchen Angst.«

Er schnalzt erneut mit den Fingern. Der Griff der Agenten lockert sich nicht, aber das brutale Reißen und Zerren hört auf. Auch ich halte inne. Ich sehe mit herausforderndem

Blick zu Valentine auf, ein paar Haarsträhnen haben sich aus meinem Zopf gelöst und hängen mir ins Gesicht.

»Ich habe keine Angst!«, stoße ich zwischen zusammengebissenen Zähnen hervor.

Seine vollen Lippen zucken. »Doch, natürlich. Du bist von Untoten umgeben, du hast keine übernatürlichen Kräfte, dein Freund liegt bewusstlos am Boden, und du hast zweifellos ein paar sehr schlimme Dinge über mich gehört.« Ein Grinsen breitet sich auf seinem Gesicht aus. »Es wäre dumm, keine Angst zu haben. Aber ich will dir keine Angst machen, Lila.« Seine Augen funkeln höhnisch. »Ich will nur dein Herz.«

»Was?!«

Er streckt mir die Hand entgegen. »Also bitte, komm einfach mit.«

Plötzlich hält er inne. Sein Blick richtet sich auf irgendetwas hinter mir. Und zum ersten Mal sehe ich Unsicherheit in seinen Augen aufblitzen. Er zieht seine Hand zurück.

Ich versuche mich umzudrehen, aber die Agenten halten mich unerbittlich fest.

Dann wird einer von ihnen von mir weggerissen. Und noch einer. Sie werden rückwärts durch die Turnhalle geschleudert. Von wem?

Cupid?

Nein. Er liegt immer noch bewusstlos am Boden.

Cal? Charlie?

Ich reiße meinen Arm aus dem Griff der beiden Agenten los, die mich immer noch festhalten, und schlage einem von ihnen ins Gesicht, während der andere zu Boden geworfen wird. Blitzschnell drehe ich mich um.

Und sehe einen Wirbelsturm der Bewegung. Dunkle Haare, gebräunte Haut und eisblaue Augen, die nicht zum Teint des Mädchens passen. Sie rammt einem der Agenten eine Schere in die Brust, und als er zusammenbricht, verfährt sie mit dem anderen genauso.

Voller Erstaunen sehe ich zu, wie die beiden Agenten, die sie gerade erstochen hat, zu Staub zerfallen.

Was zum ...?!

Als die drei übriggebliebenen Agenten auf sie zustürzen, hechtet sie an mir vorbei, fängt sie auf halber Strecke ab und schlitzt mit einer einzigen schnellen Bewegung allen dreien die Kehle auf.

Sie fallen zu Boden und lösen sich genau wie die anderen in nichts auf.

Ich drehe mich mit wild pochendem Herzen zu Valentine um.

Er ist verschwunden.

Rasch wende ich mich wieder dem Mädchen zu.

Niemand sagt etwas. Ich atme keuchend, aber sie ist kaum ins Schwitzen geraten. Aufrecht und still steht sie vor mir, in einem schwarzen Tanktop, das ihre Muskeln und das Sleeve-Tattoo an ihrem Arm zur Geltung bringt. Ihre kalten Augen richten sich einen Moment auf mich, und als sich unsere Blicke begegnen, läuft mir ein eisiger Schauer über den Rücken – doch dann sieht sie hastig weg, als könnte sie den Blickkontakt nicht ertragen.

Irgendetwas an ihr macht mich nervös. Genau wie Valentine strahlt sie Macht und Gefahr aus. *Und Tod.*

Sie hält den Blick gesenkt, und das Licht, das durch eins der kleinen Fenster hereinfällt, spiegelt sich in den Piercings in ihrem Ohr. Seelenruhig wischt sie ihre Waffe an ihrer dunklen Jeans ab.

»Dein Freund ist wach.« Ihre Stimme klingt vertraut. Tief, mit Akzent. Sie sieht mich nicht an.

Mein Blick huscht zu Cupid, der leise stöhnt. Als ich sehe, dass er zu sich kommt, durchströmt mich eine Woge der Erleichterung. Ich renne zu ihm und lasse mich neben ihm auf die Knie fallen. Seine Augen öffnen sich schlagartig, groß und voller Angst, doch als er mich erblickt, entspannt er sich etwas.

»Cupid«, sage ich und berühre behutsam seine Wange, auf der ein Bluterguss prangt. Er zuckt zusammen, und ich ziehe die Hand schnell weg.

»Au«, ächzt er. Sein Gesicht nimmt einen besorgten Ausdruck an. »Alles okay?«

»Ja. Und bei dir?«

»Mir ging's schon mal besser.« Er atmet langsam aus und wischt sich das Blut von der Nase. Dann verfinstert sich sein Gesicht, hinter seinen Augen zieht ein Sturm auf. Er blickt starr geradeaus, als erinnere er sich plötzlich wieder, was passiert ist.

»Wo ist er?«, stößt er zwischen zusammengebissenen Zähnen hervor. »Ich bringe ihn um!«

»Er ist weg«, flüstere ich.

Seine Augen blitzen zornig. »Hat er dir weh getan?«

Ich schüttele den Kopf. Seine Anspannung scheint etwas nachzulassen, als er erneut tief durchatmet.

»Ich werde ihn trotzdem umbringen.« Er wirft einen Blick auf die toten Agenten, dann schaut er mich wieder an. »Hab ich mir das nur eingebildet oder waren sie …«

»Zombies?« Ich nicke grimmig.

»Ja«, murmelt er und verzieht das Gesicht, »das dachte ich mir.« Er richtet sich auf, und ich fasse ihn am Arm, um ihn zu stützen. Er bewegt sich, als wäre sein Körper zu schwer. Beim Anblick seines zerschundenen, mit Schrammen und Kratzern übersäten Gesichts verspüre ich den heftigen Drang, ihn zu berühren – ihn zu küssen. Aber jetzt ist nicht der richtige Zeitpunkt; nicht in Anwesenheit der seltsamen Kriegerin, die Valentine in die Flucht geschlagen hat.

Als Cupid sie bemerkt, versteifen sich seine Schultern. Sie wischt immer noch ihre Waffen sauber und schenkt uns keine Beachtung. Vielleicht bilde ich mir das nur ein, aber es kommt mir vor, als stelle sich Cupid unauffällig vor mich, um mich vor ihr zu schützen.

»Hallo, Cupid«, sagt sie und sieht auf, begegnet jedoch nicht seinem Blick.

Er neigt den Kopf, sein Gesicht wie versteinert. »Morta.« Seine Stimme ist ruhig, aber ein Anflug von Nervosität schwingt darin mit. »Was verschafft uns das Vergnügen? Ich hoffe, du bist nicht geschäftlich hier?«

»Du weißt, warum ich hier bin. Die Toten sind nicht tot.«

Die Verschwundenen sind nicht wirklich verschwunden. Die Toten ...

Sie ist das Mädchen, mit dem sich Cal neulich nachts unterhalten hat. Eine der Schicksalsgöttinnen.

Morta.

Der Zombie-Agent, den ich mit einem Pfeil getroffen habe, regt sich. Morta marschiert wortlos zu ihm hinüber und stößt ihm ihre Schere in die Brust. Dann wendet sie sich dem nächsten zu.

»Nein!«, ruft Cupid.

Ihre Schultern spannen sich an. »Nein?«

Cupids Hand ballt sich zur Faust. »Bringen wir ihn zur Matchmaking-Agentur. Wir müssen herausfinden, womit wir es zu tun haben – wie er das anstellt.«

Sie schüttelt den Kopf. »Die Dinge müssen ihren natürlichen Lauf nehmen. Er muss zurück ins Totenreich.«

»Morta, sei vernünftig!«

Sie dreht sich zu ihm um und taxiert ihn mit zornigem Blick. Cupid zuckt zusammen. Dann schließt er die Augen und nickt. Mit einer raschen Bewegung tötet sie den letzten von Valentines Agenten.

Nun, zumindest den letzten, den er heute dabeihatte.

Morta wendet sich wieder uns zu, sieht uns aber weiterhin nicht in die Augen. »Meine Schwestern und ich mischen uns nicht in die Geschicke der Menschen ein, wenn sie ihren Lauf nehmen. Unsere Gesetze verbieten es uns. Aber dieselben Gesetze besagen auch, dass die Toten nicht wiederauferstehen dürfen. Dein Bruder hat das Schicksal manipuliert. Er muss aufgehalten werden.« Damit dreht sie sich um und marschiert zur Tür. »Die Dinge sind nicht, wie sie sein sollten. Die Verschwundenen sind nicht wirklich verschwunden. Die Toten sind nicht wirklich tot ... und dieses Match ...«

Cupid und ich halten den Atem an.

Sie sieht über die Schulter zu uns zurück – ihr Blick wandert zwischen Cupid und mir hin und her.

»Über dieses Match müssen wir noch reden«, sagt sie. »Ihr werdet von mir hören.«

Teil 2:
Die Schicksalsgöttinnen

17. Kapitel

Ich sitze mit einer dampfend heißen Tasse Kaffee in den Händen an Cupids Küchentheke. Cupid lehnt am Kühlschrank und drückt eine Packung gefrorener Erbsen an seine geschwollene Wange. Die Sonne scheint durch die Glasfront seines Hauses herein und überzieht ihn mit einem sanften Schimmer. Er wirkt jedoch nicht so heiter wie sonst. Seine Muskeln sind angespannt, sein Kiefer verkrampft, und seine Gedanken scheinen weit entfernt von seinem behaglichen Zuhause. Unsere Essenspläne wurden von Valentine brutal zunichtegemacht – jetzt warten wir auf Cal, Crystal und Charlie, um ihnen zu erzählen, was passiert ist, und gemeinsam zu entscheiden, was wir machen.

»Was denkst du, was Morta meinte?«, frage ich. Meine Stimme zerreißt die Stille. »Mit ihrer Bemerkung über unser Match.«

Cupid nimmt die Packung gefrorener Erbsen weg, so dass ich den dunklen Bluterguss an seiner Wange sehen kann. Etwas Düsteres flackert in seinen Augen auf. »Ich hab keine Ahnung.«

»Bevor du in die Turnhalle gekommen bist, hat Valentine etwas gesagt«, setze ich an. »Er sagte, er habe mich in der Datenbank der Matchmaking-Agentur gefunden. Du denkst doch nicht ...«

»Was?«, fragt Cupid beunruhigt.

Ich beiße mir auf die Lippen und begegne seinem durchdringenden Blick.

»Sag es«, fordert er mich auf.

Ich seufze schwer, stütze die Ellbogen auf die Küchentheke und fahre mir mit den Fingern durch meine zerzausten Haare. Dann sehe ich langsam zu ihm auf.

»Glaubst du, dass Valentine uns zusammengebracht hat? Du solltest doch eigentlich nie ein Match haben.«

Sein Gesicht versteinert, und er starrt zur Decke hoch. »Ich weiß es nicht.«

»Wenn das wahr ist – wenn er das wirklich getan hat –, was hat das zu bedeuten?« Obwohl Cupid heftig den Kopf schüttelt, rede ich weiter. »Was, wenn ich nicht wirklich dein –«

Der Ausdruck in Cupids Gesicht lässt mich abrupt innehalten. Ich muss es nicht aussprechen. Er weiß auch so, was ich sagen will.

Was, wenn ich nicht wirklich Cupids Match bin?

Wir starren einander schweigend an, die Spannung zwischen uns ist fast greifbar.

Als wir uns noch kaum kannten, hat Cupid mir gesagt, er glaube nicht an Seelenverwandtschaft – nicht wirklich, nicht so wie Cal. Aber jetzt bin ich mir da nicht mehr so sicher.

Ich seufze tief und trinke einen Schluck Kaffee. »Nun, das spielt sowieso keine Rolle«, sage ich.

»Doch, das tut es.« Seine Antwort ist kaum mehr als ein heiseres Flüstern, aber sie trifft mich wie ein Schlag in den Magen.

Plötzlich bin ich wütend. Ich weiß nicht, was das alles zu bedeuten hat. Aber ich dachte, wir wären stark genug, uns davon nicht unterkriegen zu lassen. Selbst wenn Valentine diese Bindung arrangiert hat – warum sollte das irgendetwas an unserer Beziehung ändern? Andererseits haben wir ja gar keine Beziehung, oder? Darüber haben wir nie gesprochen.

»Ist das dein Ernst?«, fahre ich ihn an. »Was ist das zwischen uns überhaupt, Cupid?«

Seine Augen weiten sich leicht, und er setzt zu einer Antwort an.

»Störe ich gerade?« Crystals Stimme lässt uns beide erschrocken zusammenfahren. »Cal hat gesagt, wir könnten einfach reinkommen.«

»Natürlich hat er das«, murmelt Cupid.

Crystal betritt die Küche in Jeans und einem stylischen Top mit Blumenmuster. Als sie Cupids geschwollene Wange und den Blutfleck auf seinem Top bemerkt, zieht sie verwundert die Augenbrauen hoch. »Wow, du siehst ...«

Ich sehe die Veränderung in Cupids Gesicht; als würde er Scheuklappen aufsetzen, um die Dunkelheit, die ich gerade noch in seinen Augen erkennen konnte, zurückzuhalten.

»... umwerfend aus, ich weiß.« Er richtet sich auf. »Mir wurde gesagt, ein Veilchen würde mir ausgezeichnet stehen. Das trägt zu meinem Bad-Boy-Image bei.«

Sein Ton ist locker genug, dass Crystal stöhnt und entnervt den Kopf schüttelt, aber ich kann hören, dass er sich dazu zwingen muss. Ich atme tief durch, um den Frust, der in mir aufwallt, etwas zu lindern.

»Hi, Crystal«, sage ich.

Sie lächelt und nickt mir zu. Wenig später kommen Charlie und Cal herein.

Als Cal Cupids zerschundenes, blutiges Gesicht sieht, bleibt er wie angewurzelt stehen. In seinen Augen flackert ganz untypisch für ihn Sorge auf. Seine schlanken Schultern versteifen sich unter seinem enganliegenden grauen Rollkragenpullover, und sein Gesicht nimmt einen betroffenen Ausdruck an. Zwischen den beiden scheint etwas Unausgesprochenes vorzugehen.

»Also, ich hab mich vorhin wieder mit unserem Bruder vertraut gemacht«, sagt Cupid. »Genauer gesagt, mit seiner Faust.«

Er bemüht sich um einen unbekümmerten Ton, aber ich kann seine Wut hören.

Cal nickt grimmig, während Charlie sich zu mir an die Theke setzt und sanft meinen Arm drückt.

»Ich nehme an, ihr wisst, warum ich euch hergebeten habe?«, fragt Cupid.

Crystal seufzt und bedeutet uns mit erhobenem Zeigefinger, einen Moment zu warten.

Wir sehen alle schweigend zu, wie sie zur Kaffeemaschine geht, eine Tasse hineinstellt, wartet, während ein lautes Surren den Raum erfüllt, einen großen Schluck trinkt und sich schließlich wieder zu uns umdreht.

»Okay, ich hab Koffein intus. Kann losgehen.« Sie sieht erst mich, dann Cupid an. »Ihr wurdet also von Zombie-Agenten angegriffen, Valentine ist zurück, und Morta und die Schicksalsgöttinnen mischen sich ein?« Ihre Lippen verziehen sich zu einer harten Linie. »Will mir vielleicht mal jemand sagen, was zur Hölle hier abgeht?«

Cupid ergreift als Erster das Wort und erzählt ihr, wie er ein verdächtiges Geräusch gehört hat, als er mich abholen wollte, und von einer Gruppe bestialisch stinkender Agenten angegriffen wurde.

»Dann hat Valentine mir von Cupids Handy aus geschrieben«, sage ich. »Einer von ihnen muss es geklaut haben, während du mit ihnen gekämpft hast.«

Cupid stöhnt. »O Mann, daran hatte ich noch gar nicht gedacht. Ich muss meinen Vertrag kündigen.«

»Mein Handy ist auch nicht mehr zu gebrauchen«, sage ich. »Er hat es mir mit einem Pfeil aus der Hand geschossen, und jetzt ist das Display kaputt.«

»Können wir bitte wieder darauf zurückkommen, dass ein Serienmörder auf freiem Fuß ist und Tote auferstehen lässt?!«, braust Cal auf.

Cupid begegnet meinem Blick, und ein kleines Lächeln erscheint auf seinen Lippen. Einen Moment ist zwischen uns alles wieder in Ordnung.

Was spielt es schon für eine Rolle, ob Valentine uns zusammengebracht hat?

Natürlich spielt es eine Rolle ...

Ich wende den Blick ab und fahre mit unserer Geschichte fort. Ich erzähle den anderen, wie Valentine mir in der Turnhalle aufgelauert hat, wie Cupid gegen ihn gekämpft hat und von den Zombie-Agenten, die er als »seine Freunde« bezeichnete.

»Zombie-Agenten!« Crystal schüttelt den Kopf. »Das kann ich kaum glauben.«

»Du hast sie nicht gesehen«, erwidere ich. »Sie waren nicht lebendig, glaub mir. Außerdem habe ich Valentine gefragt, ob sie tot sind, und seine Antwort lautete: ›Ja und nein.‹«

»Du hast mit Valentine geredet?«, unterbricht Cal uns, die Augen argwöhnisch zusammengekniffen.

»Ja. Die beiden haben sich ausführlich unterhalten, während ich ohnmächtig war«, sagt Cupid.

Ich werfe ihm einen irritierten Blick zu – warum klingt er

so verbittert? Cal sieht stirnrunzelnd zwischen uns hin und her.

»Also darum haben die Agenten, die uns vor der Agentur angegriffen haben, so widerlich gestunken«, reißt Charlie mich aus meinen Gedanken. »Weil sie tot waren?«

»Ja.«

»Ist ja widerlich.«

Crystal setzt sich auf einen Küchenschrank und lässt die Beine baumeln. Ihr Gesicht nimmt einen nachdenklichen Ausdruck an. »Dann ist der Leichnam des Agenten, nach dem wir gesucht haben …«

»… auferstanden und aus dem Leichenschauhaus spaziert, ja«, beendet Cupid ihren Satz.

Crystal schüttelt den Kopf und trinkt noch einen Schluck Kaffee. »Wie macht Valentine das?«

»Keine Ahnung«, seufzt Cupid.

»Und dann ist Morta aufgetaucht und hat die Zombie-Agenten endgültig getötet?«, fragt Crystal und reibt sich die Nasenwurzel, als bereite ihr das Ganze Kopfschmerzen. »Das ist echt irre. Und es ist *nie* ein gutes Zeichen, wenn sie sich einmischt.«

Charlie zieht verwirrt die Stirn kraus. »Ähm … wer ist Morta?«

Cal wirft ihr einen abfälligen Blick zu, während er aufsteht und sich neben Crystal stellt. »Bringen sie euch in der Schule denn gar nichts bei? Sie ist eine der Schicksalsgöttinnen! Nona spinnt die Lebensfäden, Decima misst sie, und Morta durchtrennt sie.«

»Oh, natürlich«, murmelt Charlie und verdreht die Augen.

»Aber genau wie bei den Cupids ist das Ganze nicht mehr

ganz wörtlich zu verstehen«, fügt Crystal leicht genervt hinzu.

»Das ist noch nicht alles«, sagt Cupid. »Sie hat etwas über das Match zwischen Lila und mir gesagt.«

Cal wendet sich ihm ruckartig zu. »Was?!«

Cupid zuckt wie beiläufig die Achseln, aber die Besorgnis ist ihm deutlich anzusehen. »Sie sagte, wir würden von ihr hören.«

In der nach Kaffee riechenden Küche kehrt Stille ein. Ich denke an meine furchterregende Begegnung in der Turnhalle zurück; wie ich mit den Untoten gekämpft habe, an Valentines schockierend blaue Augen und sein Lachen, das mir einen eiskalten Schauer über den Rücken jagte. Und wie Morta mich gerettet hat, als ich schon dachte, es wäre alles verloren.

»Valentine schien Angst vor ihr zu haben«, sage ich, als ich mich an den Anflug von Panik in seinem markanten Gesicht erinnere.

»Tja, nun, sie ist ziemlich beängstigend«, sagt Cupid.

»Und sie will mit dir und Lila über euer Match sprechen?«, fragt Crystal.

Er nickt grimmig.

»Sie weiß offensichtlich irgendetwas – etwas, das uns helfen könnte.« Sie springt vom Küchenschrank herunter. »Wollen wir doch mal sehen, ob wir dieses Treffen irgendwie vorziehen können. Sie haben ein Büro in der Innenstadt – ich mache für morgen früh einen Termin aus.«

18. Kapitel

Wenig später sitzen Cupid und ich allein in seiner Küche. Bei Einbruch der Nacht, als sich Dunkelheit über die Glasfront seines Hauses senkt, gehen die Lichter an der Unterseite der Küchenschränke automatisch an. Der sanfte Schein mildert die Blutergüsse in Cupids Gesicht etwas. Er lehnt sich an die Theke und blickt mir forschend ins Gesicht.

Jetzt, da die anderen weg sind, sind die düsteren Gedanken zurück; ich sehe sie in seinem verkrampften Kiefer und seinen angestrengten Bemühungen, ruhig zu atmen. Ich spüre sie in der angespannten Stille, die bleischwer zwischen uns hängt.

Unsere Vermutung, dass Valentine unser Match arrangiert haben könnte, macht ihm eindeutig mehr zu schaffen, als er zugibt. Und das macht mir zu schaffen. Mir wird eng ums Herz, und in meinem Innern lodert ein Feuer.

Ich kippe den letzten Rest Kaffee hinunter, der inzwischen kalt geworden ist, und stehe so abrupt auf, dass mein Stuhl über den Boden schrappt. »Ich gehe –«

»Du kannst nicht nach Hause gehen, Lila«, unterbricht mich Cupid. »Nicht solange Valentine da draußen ist.«

»Ich weiß«, erwidere ich kühl. »Aber ich bin voller Zombieschleim. Ich gehe duschen, wenn das okay für dich ist.« Ohne ein weiteres Wort gehe ich zur Tür.

»Lila. Warte.«

Ich halte inne und sehe ihn erwartungsvoll an.

»Was ich vorhin gesagt habe …«, setzt er an. »Dass es eine Rolle spielen würde, wenn Valentine uns zusammengebracht hätte ... So hab ich das nicht gemeint. Nicht so, wie du denkst.«

Ich verschränke die Arme vor der Brust. »Und wie hast du es dann gemeint?«

Er seufzt und sinkt dabei förmlich in sich zusammen. »Es ist nur ... Das wäre nicht das erste Mal, dass Valentine mit meinem Liebesleben spielt«, sagt er. »Das ist alles.«

»Wie meinst du das?«

Er schüttelt den Kopf. »Er ... er hat mich mit jemandem zusammengebracht. Vor langer Zeit. Aber das war nicht echt. Und deshalb spielt es eine Rolle. Weil ... weil das mit uns was Echtes sein sollte.«

»Dann denkst du nicht, dass das mit uns was Echtes ist?!«, frage ich aufgebracht und trete einen Schritt zurück.

»Nein, so meinte ich das nicht!« Er reibt sich das Gesicht und stöhnt leise auf – entweder aus Frustration oder weil er an den Bluterguss an seiner Wange gekommen ist. Er sucht meinen Blick. »Hör zu. Es ist nur ... Der Gedanke, dass er uns zusammengebracht haben könnte, gefällt mir nicht. Okay? Aber das ändert nichts an meinen Gefühlen für dich.«

»Und was genau empfindest du für mich, Cupid? Das weiß ich ja nicht.«

Er runzelt die Stirn. »Du weißt nicht, was ich fühle? Ich habe keine Ahnung, was du für mich empfindest, Lila. Ja, wir albern herum, machen Witze, trainieren und treffen uns mit deinen Freunden im Love Shack – aber du lässt mich nicht näher an dich ran. Du öffnest dich mir nicht.«

Das Feuer der Wut in meinem Innern flammt auf. Ich stoße ein bitteres Lachen aus. »Ich öffne mich dir nicht?!

Du verheimlichst mir ständig Sachen. Als du hergekommen bist, hast du mir nicht gesagt, dass du vorhast, deine Mutter zurückzubringen! Obwohl ich bei diesem Plan eine ziemlich entscheidende Rolle gespielt habe, wie du dich vielleicht erinnerst. Du hast mir nicht gesagt, dass Valentine dein Bruder ist. Du –« Ich verstumme abrupt. Er fixiert mich mit unfassbar intensivem Blick, und seine Brust hebt und senkt sich stoßartig. »Was? Warum siehst du mich so an?«

Er starrt mich noch einen Moment wortlos an. Dann durchquert er den Raum mit großen Schritten, vergräbt die Finger in meinen Haaren und küsst mich stürmisch. Die Wirkung, die er auf mich hat, ist überwältigend; mein Herz hämmert zu schnell gegen meine Rippen, mein Magen zieht sich zusammen, und trotz meiner Wut erwidere ich seinen Kuss genauso leidenschaftlich, packe sein Top und ziehe ihn an mich.

Doch im nächsten Moment mache ich mich schwer atmend von ihm los. »Du kannst mich nicht einfach küssen und erwarten, dass plötzlich alles wieder gut ist.«

»Bist du sicher?«

Als ich ihn nur zornig anfunkele, seufzt er. »Ich bin nicht gut darin, Lila. Echt erbärmlich, oder? Ein Liebesgott, der noch nie ver–«

Ich ziehe verblüfft die Augenbrauen hoch. Sein Gesicht nur wenige Zentimeter von meinem entfernt, atmet er langsam aus, so dass sein warmer Atem meine Wange streift.

Schließlich schüttelt er den Kopf. »Es ist manchmal schwer, jemanden an sich ranzulassen«, seufzt er. »Es ist schwer, jemanden zu verlieren.«

»Ich weiß«, sage ich leise.

Sein Gesicht nimmt einen betroffenen Ausdruck an. »Deine Mom.«

Ich schlucke schwer. Dann nicke ich.

Er schließt einen Moment die Augen. »Du bist mir sehr wichtig«, sagt er.

Ich lege die Hände an seine Brust und lasse sie langsam höher gleiten, bis ich seinen Herzschlag spüre.

»Du bist mir auch sehr wichtig«, flüstere ich.

Er scheint sich etwas zu entspannen, und sein Gesicht wird sanfter. Doch als ich seinem Blick begegne, sind seine Augen immer noch von finsterer Sorge erfüllt.

»Es ist nur … Ich *hasse* Valentine«, sagt er. »Ich hasse es, dass er mit uns spielt. Ich hasse es, dass er dir weh tun will. Ich hasse es, dass er irgendwas im Schilde führt und wir keine Ahnung haben, was.«

»Wir werden ihn aufhalten. Wir lassen uns was einfallen.«

Er seufzt. »Ich hoffe es.«

Cupid und ich sitzen auf der Dachterrasse, lassen die Beine vom Geländer baumeln und blicken gedankenverloren auf die umliegende Landschaft hinab. Die Winterluft ist kühl, aber ich bin in eine warme Decke eingehüllt, die wundervoll nach Cupid riecht, und nehme die Kälte kaum wahr. Eine frisch gebackene Pizza liegt auf einem Teller zwischen uns, und in der Luft wabert der verlockende Duft von geschmolzenem Käse.

»Ich hab dir doch gesagt, dass ich für dich koche«, sagt Cupid und dreht sein Gesicht zu mir, so dass es vom Mond angeschienen wird.

»Jepp. Und du bist echt ein Meisterkoch«, erwidere ich und nehme mir ein leicht verkohltes Stück.

Er grinst mich an. Seine zerzausten Haare sind noch nass vom Duschen, und ich frage mich, ob ihm nicht kalt ist.

Er drückt gespielt verletzt eine Hand an die Brust. »Dieser Sarkasmus! Ich habe hart gearbeitet, um dir dieses Mahl zu kredenzen – ich hab den Pizzakarton aufgemacht, den Ofen angestellt und die Pizza in den Ofen geschoben!«

»Und sie anbrennen lassen!«

Er lacht und nimmt sich auch ein Stück. »Ja, okay. Kochen ist echt nicht meine Stärke. Cal hingegen macht richtig gutes Risotto.«

»Cal hat für dich gekocht?«, frage ich verblüfft. Ich kann mir nicht vorstellen, wie die beiden zusammen am Esstisch sitzen, ohne sich alle fünf Minuten in die Haare zu kriegen. »Wann?«

Er zuckt die Achseln. »Ich hatte ihn jahrelang nicht gesehen, bevor ich nach Forever Falls gekommen bin. Aber früher hab ich ihn hin und wieder mal besucht.«

Wir unterhalten uns eine Weile über albernes Zeug – ich in einer alten Jogginghose und einem Kapuzenpullover, die ich mir von ihm geliehen habe, und er in einem schlabbrigen grauen Sweatshirt –, und das fühlt sich gut an. Wir reden, als wäre alles ganz normal; als wäre Valentine nicht dort draußen, als hätten wir nicht gegen Zombie-Agenten kämpfen müssen und als hätte Morta nichts Seltsames über unser Match gesagt.

Ich frage mich, ob Valentine das alles wirklich eingefädelt hat. Und wenn ja, warum? Und was bedeutet das für uns?

Für den Moment schiebe ich diese Gedanken weg und

konzentriere mich stattdessen auf Cupids Geschichte, wie er Charlie bei ihrem ersten Matchmaking-Auftrag in Island geholfen hat. Und schon bald lache ich wieder über seine Witze.

Doch als die Pizza kleiner und die Luft immer kälter wird, fixieren sich meine Gedanken auf etwas, das er vorhin gesagt hat, bevor mich meine Wut abgelenkt hat.

»Was meintest du vorhin, als du gesagt hast, Valentine hätte dich mit jemandem zusammengebracht?«, frage ich.

Er seufzt leise. »Darüber rede ich nicht gerne«, sagt er und beißt in seine Pizza. Ich verschränke die Arme vor der Brust, und als er meinen grimmigen Blick bemerkt, hebt er beschwichtigend die Hände. »Aber das werde ich!«

»Was ist passiert?«

»Er hat mich mit einem Pfeil getroffen.«

Ich ziehe verwirrt die Stirn kraus. Seit ich ihn kenne, wurde er schon von unzähligen Pfeilen getroffen. »Was für einem?«

»Früher, bevor Venus eine ganze Armee Liebesagenten in ihren Diensten hatte, gab es nur meine beiden Brüder und mich. Unsere Pfeile hatten sich noch nicht zu den drei Pfeilarten entwickelt, die du kennst. Es gab nur eine Sorte, den Amore. Viel wirksamer als der Capax oder der Ardor. Er löste keine Anziehung oder Obsession aus. Er entfachte Liebe. Und er wirkte auf Cupids genauso wie auf Menschen.«

»Und Valentine hat dich damit getroffen?!«

»Ja. Und dann drängte er mich, eine Beziehung mit dem Mädchen einzugehen.« Er wirft die halbgegessene Pizzakruste auf den Teller neben sich. »Ich dachte, ich würde sie lieben. Stell dir vor, wie überrascht ich war, als ich herausfand, dass das nur eine Illusion war, die mein Bruder erschaffen hatte …« Er starrt gedankenverloren in die Ferne, seine Schultern unter seinem grauen Sweatshirt fest angespannt. Plötzlich wird mir klar, warum es ihm so viel ausmacht, dass Valentine uns womöglich zusammengebracht hat. Wenn das stimmt, scheint es wirklich, als würde sich die Geschichte wiederholen.

»Oh«, sage ich leise. »Warum sollte er das tun?«

Cupid dreht sich langsam zu mir um und stößt den Atem aus. »Warum sollte er Cupids ermorden, ihnen die Herzen rausreißen und sie dann wieder zum Leben erwecken?« Er schüttelt den Kopf. »Mein älterer Bruder ist mir ein noch größeres Rätsel als mein jüngerer.«

Trotz der gedrückten Stimmung muss ich lächeln. »Cal ist jünger als du? Das wusste ich gar nicht.«

Auf seinem Gesicht erscheint ein Grinsen, das jedoch sofort wieder verschwindet, als sein Handy piepst. Er zieht es aus seiner Hosentasche und wirft einen Blick aufs Display. Sein Gesicht verfinstert sich.

»Crystal hat einen Termin für uns ausgemacht«, sagt er. »Morgen früh treffen wir die Schicksalsgöttinnen.«

19. Kapitel

Als wir die Bestätigung haben, dass das Treffen morgen stattfinden wird, gehen Cupid und ich wieder nach drinnen.

Vor seinem Schlafzimmer bleiben wir stehen. Cupid verharrt unsicher im Türrahmen. Crystals Nachricht hat etwas zwischen uns verändert – als hätte sich zwischen unseren Körpern, unseren Gedanken und unseren Seelen eine Kluft aufgetan. Obwohl wir uns direkt gegenüberstehen, fühlt sich die Distanz zwischen uns unüberwindbar an.

Wir haben endlich über uns gesprochen, und der heutige Abend fühlte sich locker und unbefangen an – aber nach der Geschichte, die mir Cupid über Valentine erzählt hat, weiß ich nicht, wie er reagieren wird, wenn sich herausstellt, dass Valentine unser Match tatsächlich arrangiert hat. Und ich weiß auch nicht, wie ich reagieren werde.

Unwillkürlich erinnere ich mich an Valentines bohrenden Blick und dass er meinte, er wisse alles über mich. Ein kalter Schauer läuft mir über den Rücken.

»Also morgen …?«, frage ich.

»Ja.« Cupid verzieht das Gesicht.

»Machst du dir Sorgen?«

»Nein. Die Schicksalsgöttinnen sind ziemlich beängstigend. Selbst die anderen Götter fürchten sie. Aber es verstößt gegen ihre Gesetze, sich ins Leben eines Menschen einzumischen, also sind wir nicht in Gefahr. Wahrscheinlich …«

Einen Moment herrscht drückendes Schweigen. Darauf wollte ich mit meiner Frage nicht hinaus, und das weiß er.

Cupid reibt sich den Nacken, weicht meinem Blick aus und starrt stattdessen auf sein riesiges Himmelbett. Auf einmal ist uns beiden unbehaglich zumute.

»Ich ... äh ... ich sollte Wache halten«, stammelt er. »Falls Valentine oder seine toten Freunde uns einen Besuch abstatten. Schlaf du dich aus.«

Ich nicke. »Okay.«

Cupid atmet tief durch und umfasst die Ecken der roten Decke, die immer noch über meinen Schultern hängt. Er sieht mich so eindringlich an, dass es mir den Atem verschlägt. Sein Gesicht ist ungewohnt ernst. Er sieht aus, als versuche er, sich meine Gesichtszüge genau einzuprägen, und ich tue es ihm gleich; mein Blick wandert über seine markante Kieferpartie, das kleine Grübchen in seinem Kinn, den Bluterguss an seiner Wange, den Sturm der Leidenschaft in seinen Augen.

»Was immer morgen passiert – was immer wir über unser Match herausfinden –, das ändert nichts«, sagt er. »Nicht für mich.«

»Für mich auch nicht.«

Er drückt mir einen zärtlichen Kuss auf die Stirn, dann tritt er einen Schritt zurück. Die tröstliche Wärme seines Körpers fehlt mir sofort.

»Gute Nacht, Sonnenschein.« Er lächelt, aber in seinen Augen liegt eine unverkennbare Traurigkeit.

Als ich in sein Schlafzimmer gehe und mich auf sein Bett setze, frage ich mich, ob wir beide wirklich die Wahrheit gesagt haben. Ich habe ein ungutes Gefühl, es schnürt mir die Brust zusammen und liegt mir schwer im Magen.

Was wir morgen herausfinden, könnte alles ändern.

Ich schlafe unruhig, geplagt von düsteren Träumen. Jedes noch so leise Knarren im Haus und selbst das Flüstern des Windes draußen vor dem Fenster schrecken mich auf.

Ich weiß nicht, was mich diesmal geweckt hat, aber ich kann nicht wieder einschlafen. Die tiefen Schatten in Cupids Zimmer versetzen mich zurück in die Turnhalle. Der Gestank der Toten hat sich in meiner Nase festgesetzt, und die Erinnerung an Valentines blaue Augen hat sich in mein Gedächtnis eingebrannt.

Als mir klarwird, dass ich in nächster Zeit keinen Schlaf finden werde, tappe ich barfuß über den weichen, cremefarbenen Teppich zum Fenster und spähe hinaus auf das mondbeschienene Gelände.

Ich sehne mich nach den Antworten, die wir morgen bekommen werden, aber mir graut auch davor. Valentine scheint etwas zu wissen, von dem Cupid und ich keine Ahnung haben, und ich bin sicher, dass es um unser Match geht. Ich erinnere mich an Cals Gesicht, als Cupid ihm gesagt hat, dass Valentine schon vor unserer ersten Begegnung entkommen ist. Hat er es schon die ganze Zeit geahnt?

Aber das ergibt doch keinen Sinn. Warum sollte Valentine uns zusammenbringen? Was hätte er davon?

Ich vergrabe das Gesicht in den Händen. Mein Magen rumort unruhig.

Das Summen meines Handys auf dem Nachttisch holt mich in die Gegenwart zurück. Ich ziehe irritiert die Stirn kraus. Dann gehe ich zurück und setze mich auf die Bettkante.

Als ich einen Blick auf das gesprungene Display werfe, bleibt mir fast das Herz stehen.

Die Nachricht wurde von Cupids Handy gesendet.

Aber er hat sein Handy nicht mehr. Valentine hat es gestohlen.

Mit wild pochendem Herzen rufe ich die Nachricht auf.

> Rosen sind rot, Veilchen sind blau.
> Ich brauche dein Herz. Dann geht
> mein Plan auf.
> Es war schön, dich kennenzulernen,
> Lila Black.
> Von deinem Valentine

Aufgebrachte Stimmen von unten reißen mich aus dem Schlaf. Ich blinzele ein paarmal, um wach zu werden. Das Licht des frühen Morgens strömt zum Fenster herein und bringt eine Flut von Erinnerungen mit; die untoten Agenten, unser bevorstehendes Treffen mit den Schicksalsgöttinnen und die Nachricht von Valentine mitten in der Nacht. Mein Magen krampft sich zusammen.

Als hätte ich nicht sowieso schon genug, worum ich mir Sorgen machen muss, ohne dass mir ein verrückter Serienkiller Nachrichten schickt.

Ich stöhne frustriert und reibe mir die Augen. Obwohl ich die letzten Monate ziemlich hart trainiert habe, habe ich Muskelkater vom Zombietöten, und mein Kopf dröhnt. Ich werfe einen Blick auf mein Handy: 7.30 Uhr. Viel zu früh für einen Samstagmorgen. Auf dem Display wird eine Nachricht von Charlie angezeigt – anscheinend trifft sich Crystal heute mit Mino auf der Polizeistation; sie wollen ein paar der vermissten Agenten aufspüren, um so hoffentlich herauszufinden, wo Valentine sich versteckt hält.

Nicht dass wir ihn töten könnten, wenn wir wüssten, wo er ist … Ich hoffe, unser Treffen mit den Schicksalsgöttinnen wird uns Aufschluss darüber geben, wie wir ihn aufhalten können.

Ich wälze mich aus dem Bett und tappe zur Tür. Davor liegen die Klamotten, die ich gestern anhatte, gewaschen und ordentlich zusammengelegt, mit einem handgeschriebenen Zettel darauf.

Vom Zombieschleim befreit. Komm mit uns frühstücken. Cupid

Ein kleines Lächeln schleicht sich auf mein Gesicht. Ich wasche mich schnell und ziehe mich an, dann laufe ich die Wendeltreppe hinunter in die Küche.

Cal sitzt mit dem Rücken zu mir an der Küchentheke, als ich hereinkomme. Er ist winterlich gekleidet in einem Khakihemd, einer Bomberjacke mit Kapuze, einem gestreiften Schal und Jeans. Das Sonnenlicht, das durch die Glasfront hereinscheint, lässt seine blassblonden Haare strahlen und spiegelt sich in den Pfeilen auf der Theke.

Cupid, der am Küchenschrank lehnt und eine Schüssel Müsli isst, begegnet meinem Blick, als ich hereinkomme.

Cal dreht sich zu mir um. »Na endlich«, sagt er mit einem verächtlichen Schnauben, bevor irgendjemand anders das Wort ergreifen kann.

Er steht auf, greift sich Bogen und Köcher und wirft sie sich über die Schulter. Ich muss wohl ziemlich verdattert dreinschauen, denn Cupid grinst breit, als er mein Gesicht sieht.

»Endlich?!«, erwidere ich fassungslos. »Es ist gerade mal

halb acht. An einem Samstag! Und ich wusste gar nicht, dass du hier bist.«

Cal ignoriert mich, geht wortlos zur Tür, wo ich stehe, und schiebt mich einfach mit.

»Hey!«

Ich höre, wie Cupid seine Schüssel in die Spüle stellt, während Cal mich unsanft umdreht und zur Garage eskortiert.

»Himmel, Cal, kann ein Mädchen nicht mal einen Kaffee trinken, bevor sie sich ihrem Schicksal stellt?«

»Doch, das kann sie, wenn sie rechtzeitig aufsteht«, entgegnet Cal und beugt sich über mich, um die Tür zu öffnen.

Kühle Luft und der Geruch von Benzin schlagen uns entgegen, als wir auf das cremefarbene Auto in der Mitte der Garage zusteuern.

Cupid schließt in seiner schwarzen Lederjacke zu uns auf. »Wir besorgen dir unterwegs einen Kaffee«, sagt er in amüsiertem Ton und holt den Autoschlüssel aus seiner Tasche.

»Nein, das werden wir nicht«, widerspricht Cal und eilt an die Beifahrerseite von Cupids Aston Martin. »Wir haben keine Zeit. Crystal hat einen Termin um halb neun vereinbart. Und es gibt womöglich Stau. Es wäre nicht klug, die Schicksalsgöttinnen warten zu lassen.« Er wirft mir über die Motorhaube einen vorwurfsvollen Blick zu.

»Warum hast du mich dann nicht geweckt?!«, erwidere ich empört.

Er sieht zu Cupid. »Das ist eine ausgezeichnete Frage, Lila.«

Cupid verdreht die Augen. »Wir schaffen das schon«, sagt er. »Beruhig dich, Bruderherz. Wir müssen nicht mit tausend Stundenkilometern losrasen, nur weil du Angst vor ihnen hast.«

Cals Kiefer verkrampft sich vor Wut. Seine Augen werden schmal. »Und du musst das Treffen nicht hinausschieben, nur weil du Angst davor hast, was sie zu sagen haben.«

Etwas blitzt in Cupids Augen auf, aber Cal steigt ein und schlägt die Tür hinter sich zu, ehe er antworten kann.

Cupid wendet sich mir zu. »Das wird schon. Und wir besorgen dir unterwegs einen Kaffee.« Er steigt ebenfalls ein. »Jetzt komm.«

Ich atme tief durch, dann klettere ich auf den Rücksitz und lehne den Kopf an das kühle Leder.

»Bereit?«, fragt Cupid.

»Bereit«, antworte ich.

Er steckt den Schlüssel ins Zündschloss, die Garagentür öffnet sich, und wir machen uns auf den Weg.

20. Kapitel

»Also, wo genau fahren wir hin?«, frage ich, während der frühmorgendliche Verkehr am Fenster vorbeirauscht.

»Nach Los Angeles«, antwortet Cal, den Blick starr geradeaus gerichtet.

Ich warte, dass er das näher ausführt. Doch das tut er nicht. »Aufschlussreich wie immer, Cal.«

Cupid grinst und begegnet meinem Blick im Rückspiegel, die Hand fest am Lenkrad. »Die Schicksalsgöttinnen haben ein Büro unweit der Matchmaking-Agentur. Ich hab meinem Bruder gesagt, dass wir uns einfach dort treffen könnten, aber ...« Er sieht zu Cal hinüber und verzieht das Gesicht.

»Nun, es ist gut, dass ich hergekommen bin«, sagt Cal, ohne sich umzudrehen. »Ich wusste, dass ihr sonst zu spät kommt.«

»Wir kommen nicht zu spät, Bruderherz. Wie oft muss ich dir das noch sagen?!«

Ich überlasse sie ihren Streitereien, lehne mich zurück und schließe die Augen, um meine Gedanken zu sortieren. Mein Magen rumort vor Nervosität.

Ich erinnere mich an Morta und ihre blutverschmierten Scheren – sie strahlte Macht aus. Und Tod. Allein der Gedanke an sie lässt mich erschauern. Dass es Cupid und Cal ebenfalls vor diesem Treffen graut, macht das Ganze noch schlimmer.

»Ich verstehe noch nicht wirklich, wer diese drei Schwestern sind«, sage ich, als Cupid an der Matchmaking-Agentur vorbeifährt.

»Hast du das Buch, das ich dir gegeben habe, nicht gelesen?«, fragt Cal.

»Doch, Cal, den Teil über die Schicksalsgöttinnen habe ich gelesen. Irgendwas über alte Frauen, einen Webstuhl und Lebensfäden ... aber nichts davon schien mit einem Büro in L. A. zusammenzupassen.«

Cal schnaubt verächtlich.

»Sie bestimmen das Schicksal der Leute«, sagt Cupid, den Blick auf die Straße gerichtet. »Die Menschen kennen sie als drei alte Frauen, die an einem Webstuhl arbeiten. Jeder Faden steht für ein Leben. Sie fügen dem Webstuhl neue Fäden hinzu, messen ihre Länge und durchtrennen sie, wenn es für die Person an der Zeit ist, zu ... nun, zu sterben.«

Wieder sehe ich Morta vor mir; jung, stark, mit einem punkigen Gothic-Look.

»Aber sie sind keine alten Frauen«, sage ich.

Cupid schüttelt den Kopf. »Nein. Und so arbeiten sie auch nicht. Früher haben sie tatsächlich Fäden benutzt, von denen jeder für ein Leben stand. Aber jetzt ist die Welt viel belebter und hektischer. Sie haben ihr Gewerbe modernisiert. Jetzt sind die Lebensfäden eher metaphorisch.«

»Wie meinst du das?«

»Computercodes«, wirft Cal ein.

»Hä?«

Er seufzt tief, als wäre ich unglaublich schwer von Begriff.

»Cal! Warum bist du heute so ein –«

»Jetzt arbeiten sie mit Strängen von Computercodes«, unterbricht er mich, bevor ich ihm eine Beleidigung an den Kopf werfen kann. Ich sehe Cupids Grinsen im Rückspiegel.

Plötzlich fällt mir wieder ein, dass Cal meinte, die Schicksalsgöttinnen würden im IT-Bereich der Matchmaking-Agentur arbeiten. »Und das hat etwas damit zu tun, wie ihr die Matches bestimmt, nehme ich an.«

Cal nickt grimmig. »Als wir uns zum ersten Mal getroffen haben, habe ich dir ein wenig über den Algorithmus erzählt, mit dem wir die Matches ermitteln«, sagt er. »Der Code, den die Schicksalsgöttinnen schreiben, wird darin eingespeist.«

Wir fahren weiter die dichtbefahrenen Straßen entlang, bis wir uns einem großen, modernen Bürogebäude mit vollständig verglaster Front nähern. Cupid bleibt noch einen Moment sitzen, als der Motor ausgeht, das Lenkrad fest umfasst.

»Hey, ich hab gar keinen Kaffee gekriegt«, murmele ich.

Cupid wirft mir über die Schulter einen entschuldigenden Blick zu, während Cal mit einem entnervten Kopfschütteln aussteigt. Wir folgen ihm zur Drehtür des alles andere als einladenden Gebäudes. Darüber hängt ein Schild mit einer schwarzen Schere, um die ein Faden gewickelt ist; *Parzen IT-Solutions* steht in großer Schrift daneben.

»Also … mein Lebensfaden ist im System, richtig?«, frage ich zögerlich.

»Ja«, antwortet Cal.

»Was passiert, wenn er gelöscht wird?«

Cals Augen blitzen, als er meinem Blick begegnet. »Du stirbst.«

»Ja, das dachte ich mir … ich wollte nur sichergehen.«

»Sie sind so gut wie unmöglich zu löschen«, sagt Cupid. »Außer von den Schicksalsgöttinnen selbst, aber die mischen sich nicht mehr ein.« Er wirft mir einen Seitenblick zu. »Du solltest dich trotzdem besser gut mit ihnen stellen.«

Ich nicke. »Okay.«

Er grinst mir zu, dann tritt er entschlossen durch die Tür. Cal blickt mich nachdenklich an – seine Augen leuchten silbern im hellen Morgenlicht. Er sieht aus, als wolle er etwas sagen, aber dann seufzt er nur und folgt Cupid. Wenig später sind wir alle drinnen.

Der Eingangsbereich ist riesig – viel größer als in der Matchmaking-Agentur –, und das Licht, das durch die Glasfront hereinfällt, lässt den Linoleumboden und die strahlend weißen Wände noch heller erscheinen. Hinter dem Empfangstresen sind Bildschirme an der Wand angebracht, auf denen verschiedene Nachrichtensender laufen. Dazwischen hängt eine wunderschöne bronzefarbene Uhr mit römischen Ziffern und großen, schweren Zeigern.

8.25 Uhr.

Mein Magen zieht sich vor Nervosität zusammen, als ich erneut darüber nachdenke, was Morta über Valentine und unser Match zu sagen hat.

Cupid marschiert direkt auf die Rezeption zu. Die Besorgnis, die ich vorhin an ihm wahrgenommen habe, ist entweder verschwunden oder sehr gut versteckt. Unsere Schritte hallen von der Decke hoch über uns wider, als wir ihm folgen. Der Empfangstresen scheint unbesetzt zu sein, doch als wir uns nähern, öffnet sich die Aufzugtür am anderen Ende des Raumes und eine leger gekleidete junge Frau mit dunkler Haut und einem langen schwarzen Zopf, der ihr weit über den Rücken reicht, tritt heraus.

Sie schreitet geradewegs auf den Empfangstresen zu und setzt sich genau in dem Moment, in dem wir ihn erreichen.

Mit einem breiten Grinsen sieht sie zu uns auf. »Genau rechtzeitig. Ich habe euch erwartet«, sagt sie und wendet sich dann direkt an mich. »Sie haben dich also keinen Kaffee holen lassen? Das ist echt fies. Ich würde dir ja einen anbieten« – sie sieht demonstrativ zur Kaffeemaschine, die hinter den bunten Sofas im Wartebereich steht – »aber in ein paar Minuten wird ein Vogel gegen das Fenster fliegen und dich erschrecken. Dann verschüttest du ihn nur. Und die Sauerei müsste ich aufwischen, verstehst du?«

Ich starre sie verblüfft an, während sie sich ihrem Computer zuwendet und etwas eintippt.

»Einen Moment, ich suche nur schnell euren Termin. Ich bin übrigens Cassie.«

Ein lauter Knall lässt mich erschrocken zusammenfahren. Als ich mich umdrehe, sehe ich den Abdruck eines Vogels am Fenster.

»Das hätten wir«, sagt Cassie, ohne aufzublicken. »Ich sage ihnen immer wieder, dass wir das Glas tönen sollten, um so was zu vermeiden, aber hören sie auf mich? Nein.«

Ich wende mich Cupid zu, der gelassen am Tresen lehnt. Cassies Worte scheinen ihn überhaupt nicht zu beunruhigen. Cal steht stocksteif da und starrt zur Decke hoch, als wüsste er nicht, was er tun soll.

»Ah, da seid ihr ja«, sagt Cassie. »Wollt ihr euch setzen? Ich sage euch Bescheid, wenn Morta so weit ist.«

Sie sieht mich über ihren Bildschirm an. »Oh, und jetzt wäre ein guter Zeitpunkt, dir einen Kaffee zu holen«, sagt sie grinsend.

»Ich ... äh ... danke.«

»Keine Ursache.«

Sie nimmt sich ein Indie-Rock-Magazin und blättert darin herum, während Cal zum Wartebereich geht und sich auf dem knallroten Sofa niederlässt. Cupid legt mir eine Hand auf den Rücken, und wir folgen ihm. Er wirft einen Blick auf Cal, der kerzengerade dasitzt und mit dem Fuß unruhig auf den Boden klopft, und zieht die Augenbrauen hoch. »Entspann dich, Bruderherz.«

Cals Augen werden schmal. Er antwortet nicht, aber wenigstens hört er auf, mit dem Fuß auf den harten Linoleumboden zu klopfen.

Ich sehe zur Kaffeemaschine, zu dem Mädchen an der Rezeption, das im selben Moment zu mir aufblickt und mir beruhigend zunickt, und dann wieder zu Cupid.

»Was ist denn mit der los?!«, flüstere ich.

Cupid setzt sich auf das blaue Sofa. »Cassie? Sie ist ein Orakel«, sagt er. »Heutzutage arbeiten viele Orakel mit den Schicksalsgöttinnen zusammen. Ich weiß nicht, ob sie den Code besonders gut lesen können oder ob sie sogar Einfluss darauf haben.« Er zuckt die Achseln. »So oder so sind sie prophetisch veranlagt. Ein bisschen gruslig, aber kein Grund zur Sorge.« Er sieht zur Kaffeemaschine und lächelt mich ermutigend an. »Na, geh schon – hol dir einen Kaffee.«

Ich werfe Cassie noch einen argwöhnischen Blick zu, dann zucke ich die Achseln und folge ihrem Rat. Als die Maschine einen kleinen Pappbecher voll schwarzem Kaffee ausspuckt, höre ich hinter mir etwas vibrieren. Ich nehme den Becher und drehe mich im selben Moment um, in dem Cal sein Handy ans Ohr drückt.

»Was ist los, Crystal?«

Ich setze mich neben Cupid und gönne mir erst mal einen großen Schluck.

»Ernsthaft?«, fragt Cal hörbar erschüttert. »Was ist mit den Leichen?«

Cupid und ich drehen uns ruckartig zu ihm um – mein Herz setzt einen Schlag aus.

»Wie viele?«

Stille.

»War es …«

Stille.

»Okay … Tschüs.« Cal legt das Handy mit grimmigem Gesicht weg.

»Was ist los?«, frage ich.

Er seufzt schwer. »Crystal ist mit Mino auf dem Polizeirevier.« In seiner Stimme schwingt ein Anflug von Verbitterung mit. »Es gab einen Angriff auf den nichtmenschlichen Teil des Elysiums – weißt du noch? Der Club, in dem wir Selena getroffen haben.«

Ich nicke.

»Mino hat die Gedankenkontrolle eingesetzt, um dafür zu sorgen, dass die Information nicht außerhalb der Gemeinschaft von Paranormalen verbreitet wird«, sagt Cal. »Aber offenbar hatte Valentine etwas damit zu tun. Sie haben ein paar Agenten zum Elysium geschickt, um die Leichen zu holen.«

Cupid beugt sich vor und stützt die Ellbogen auf die Knie. »Wie viele waren es?«

»Zehn«, antwortet Cal.

»Und ihre Herzen?«

»Das weiß sie noch nicht. Sie haben gerade erst davon erfahren.«

Cupids Augen blitzen zornig. Er lehnt sich zurück und

fährt sich mit der Hand durch seine zerzausten Haare. »Ich werde ihn umbringen!«, murmelt er.

Cal starrt gedankenverloren ins Leere. »Noch zehn mehr auf der Liste.«

»Was denkt Crystal, wie viele er schon ermordet hat?«, frage ich.

Cal blickt mich mit finsterem Gesicht an. Ich kann die Besorgnis in seinen Augen sehen. Er zögert, als wolle er mir die Antwort ersparen, doch als ich fragend die Augenbrauen hochziehe, gibt er sich mit einem Seufzer geschlagen. »Hundert. Mindestens.«

Ich stoße ein leises Ächzen aus. »Er baut eine Armee auf.«

Cal nickt steif.

»Aber warum?«

Niemand antwortet, und wir verfallen in unbehagliches Schweigen, bis hinter der Rezeption ein lautes Klingeln ertönt. Wir blicken auf.

Cassie steht neben den Aufzügen, von denen sich einer geöffnet hat. Sie lächelt. »Morta wird euch jetzt empfangen.«

21. Kapitel

Ich werfe einen bekümmerten Blick auf meinen Kaffee, den ich noch kaum angerührt habe, und stelle die Tasse auf dem kleinen Glastisch ab. Dann gehen wir zum Aufzug. In der Luft hängt eine Vorahnung drohenden Unheils. Genau wie damals, als ich mit Cal in der Matchmaking-Agentur darauf warten musste, zur Geschäftsführerin gebracht zu werden.

Venus wird euch jetzt empfangen.

Die Worte hallen in meinem Kopf nach. Ihr Assistent Charles hat uns damals die Hiobsbotschaft überbracht. Ich bin mir fast sicher, dass Charlie mir erzählt hat, er sei unter den Agenten, die vermisst werden. Wahrscheinlich ist er tot, genau wie all die anderen verschwundenen Agenten – und genau wie all die Cupids, die im Elysium umgekommen sind.

Und genau wie ich, wenn Valentine seinen Plan in die Tat umsetzt.

Ich brauche dein Herz. Dann geht mein Plan auf.

Mich durchströmt eine eisige Kälte, und das hat nichts mit der Klimaanlage zu tun. Ich ziehe meine braune Lederjacke fester um mich. Cupid blickt grimmig geradeaus und bekommt nichts davon mit, aber Cal bemerkt es. Auch wenn es ihm sichtlich schwerfällt, setzt er ein beruhigendes Lächeln auf. Es sieht zwar eher aus wie eine Grimasse, aber der Gedanke zählt.

Als wir zu Cupid aufschließen, treibt Cassie uns durch die offene Aufzugtür.

»Das Büro am Ende des Gangs«, sagt sie. Ihre braunen,

fröhlich glitzernden Augen richten sich auf mich. »Sei vorsichtig. Der Boden wurde gerade gewischt und ist noch etwas rutschig, also … pass auf, wo du hintrittst.« Sie zwinkert mir zu, drückt einen Knopf und tritt zurück an die Rezeption.

Während sich die Aufzugtüren schließen, mustert sie uns nachdenklich. »Ich sollte euch doch noch irgendwas sagen …«

Cupid zieht die Augenbrauen hoch.

Doch sie schüttelt nur den Kopf und grinst. »Nein, ist mir entfallen.«

Cal macht ein entsetztes Gesicht. Die Türen sind schon fast zu, als sie hastig den Arm dazwischenhält.

»Oh, jetzt weiß ich's wieder! Ein Trojanisches Pferd wird euch reinbringen. Und Kerberos bewacht die Waffe.« Mit einem koketten Augenzwinkern tritt sie zurück und lässt zu, dass sich die Türen schließen.

Cals Gesicht verfinstert sich. Er zieht irritiert die Stirn kraus, während der Aufzug sich in Bewegung setzt. »Was soll das heißen?!«

»Keine Ahnung«, sagt Cupid achselzuckend und lehnt sich an die verspiegelte Wand.

Wenig später gehen die Türen auf und geben den Blick auf einen langen, blitzblanken Korridor frei – die Wand auf der einen Seite ist aus Glas, und der weiße Linoleumboden reflektiert das Morgenlicht so grell, dass ich die Augen abwenden muss.

Da ich der Tür am nächsten bin, gehe ich als Erste hindurch. Und erkenne sofort, warum der Boden so sehr glänzt.

Er ist nass.

Ich rutsche aus.

Mein Herz macht einen Satz, als Cal mich mit einer blitzschnellen Bewegung am Arm packt und gerade noch verhindert, dass ich hinfalle.

»Pass auf, wo du hintrittst«, wiederhole ich Cassies Worte und spüre, wie mir die Hitze ins Gesicht steigt. Cals Hand ruht noch immer auf meinem Arm. Als er meinen Blick bemerkt, macht er ein erschrockenes Gesicht, zieht sie hastig zurück und versenkt sie in seiner Hosentasche.

»Alles okay?«, fragt er.

»Ja.« Ich starre betreten zu Boden. »Danke.«

Zusammen gehen wir den Korridor hinunter. Die Luft riecht steril – eine Mischung aus Desinfektionsmittel und dem warmen elektronischen Geruch, den überhitzte Computer verströmen.

Ich werfe einen Blick durchs Fenster. Wir sind mindestens im zwanzigsten Stock – von hier oben sehen die Autos und Menschen auf den Straßen winzig klein aus. In der prallen Sonne fange ich an zu schwitzen. Auch Cals Gesicht ist leicht gerötet, in seiner Bomberjacke und seinem dicken Schal ist ihm sicher viel zu warm.

Als wir an der Tür am anderen Ende des Korridors ankommen, drückt Cupid auf die Klingel, und sie schwingt automatisch auf.

Er sucht meinen Blick, seine Miene plötzlich sehr ernst. Meine Nerven liegen blank. Womöglich erfahren wir gleich etwas, das alles ändern wird. Er sieht aus, als wolle er etwas sagen, aber Cal, der dicht hinter uns steht und offenbar nichts von der angespannten Stimmung mitbekommt, räuspert sich.

»Lassen wir Morta nicht warten.«

Cupid sieht mich noch einen Moment länger durchdringend an, dann nickt er, dreht sich um und geht durch die Tür. Cal und ich folgen ihm dichtauf.

Wir betreten ein weiträumiges, minimalistisch eingerichtetes Büro. Genau wie im Gang ist auch hier alles weiß – außer dem Sofa und zwei schwarzen Sesseln, die vor einem Mini-Kühlschrank auf einer Seite des Zimmers stehen. Viel mehr nehme ich jedoch nicht wahr; meine Aufmerksamkeit gilt dem Glastisch an der gegenüberliegenden Wand, an dem Morta sitzt und auf ihrem Laptop herumtippt. Sie blickt nicht auf, als wir hereinkommen.

»Setzt euch«, sagt sie in ausdruckslosem Ton.

Cupid führt uns zu der kleinen Sitzecke.

Als ich mich auf einen der Sessel fallen lasse, wechseln Cal und Cupid einen streitlustigen Blick. Sie können sich offenbar nicht einigen, wer auf dem anderen Sessel sitzen darf und wer sich mit Morta aufs Sofa setzen muss. Cupid gewinnt die stille Auseinandersetzung und lässt sich auf den Sessel plumpsen, während Cal sich sichtlich verdrossen an den äußersten Rand des Sofas drängt.

Wenig später kommt Morta zu uns herüber. In ihren Kampfstiefeln, engen schwarzen Jeans und einem ärmellosen Top mit irgendeiner Heavy-Metal-Band darauf wirkt sie in dem steril weißen Büro etwas fehl am Platz. Ihre kurzen schwarzen Haare sind an einer Seite abrasiert, und ihre eisblauen Augen sind dick mit Eyeliner umrandet.

Als sie kurz zu mir herübersieht, bekomme ich von der kalten Energie, die sie verströmt, eine Gänsehaut.

Mein Blick schweift zu Cupid. Auch wenn er sich sichtlich Mühe gibt, gelassen zu wirken, ist sein Kiefer verkrampft, und ich kann sehen, wie fest er die Armlehne umklammert. Auch

Cal wirkt angespannt, wie er unbehaglich am Rand des Sofas kauert. Ich knacke mit den Fingerknöcheln – mein Magen rumort vor Nervosität.

Die Stille hält an. Cupid reibt sich die Wange, dann sieht er zu Morta auf. Einen kurzen Moment begegnet sie seinem Blick, dann fixiert sie einen Punkt über seiner Schulter.

»Du hast gesagt, du willst mit uns reden. Über unseren Bruder.« Sein Gesicht verdüstert sich. »Und das Match zwischen Lila und mir.«

Sie nickt. »Das hängt zusammen.«

Cupid schließt einen Moment die Augen und holt tief Luft, dann nickt er. Cal blickt aufmerksam zwischen uns hin und her.

»Er hat dieses Match arrangiert, oder?«, frage ich.

Morta begegnet meinem Blick, und die Finsternis in ihren Augen lässt mich erschauern.

»Wir haben Grund zu der Annahme, ja.«

22. Kapitel

Mein Magen rebelliert, und mir schwirrt der Kopf vor lauter Fragen.

Cupids Gesicht hat sich gerötet, und er atmet keuchend – seine Brust hebt und senkt sich stoßweise, als würde darin ein Sturm toben. Ich kann die Wut sehen, die er mit äußerster Anstrengung zurückhält.

Er hat mir von seiner Vorgeschichte mit Valentine erzählt; wie Valentine ihn mit einem Pfeil getroffen und ihn so dazu gebracht hat, sich in ein anderes Mädchen zu verlieben. Ich weiß, was er denkt.

Das war nicht echt. Ist es das jetzt?

»Wie?!« Das Wort kommt ihm hart und schroff über die Lippen.

»Wie ihr wisst, haben wir keinen richtigen Webstuhl mehr«, sagt Morta. »Wir haben zwei – beide virtuell. An einem werden die Lebensfäden der Unsterblichen gesponnen, an dem anderen die der Menschen. Valentine ist irgendwie dort eingedrungen und hat … daran herumgepfuscht.«

»Und wieder muss ich fragen: Wie?!«

»Es gibt eine … Hintertür. Sie ist verschlossen, aber hiermit kann man sich Zugriff verschaffen.« Sie holt eine kleine Blechdose aus ihrer Tasche, öffnet sie und stellt sie auf den Tisch. Darin liegen einige kleine, metallische Ohrstöpsel.

»Simulationen«, sagt Cupid.

»Ja«, bestätigt Morta. »Wir wissen nicht genau, wie er die Hintertür in den Sims der Matchmaking-Agentur finden konnte – sie sind anders als unsere, und der Zugang ist blockiert und gut versteckt. Aber wenn er genügend Zeit hatte, ist es theoretisch möglich, dass er in unsere Systeme eingebrochen ist.«

Cupid flucht leise. »Ich habe ihn über hundert Jahre in eine Sim gesperrt.«

Sie wirft ihm einen erschütterten Blick zu – ihre eisblauen Augen begegnen seinen einen Moment, ehe sie wieder auf ihre Kampfstiefel hinunterstarrt. »Dann bist du an allem schuld.«

Cupid versteift sich, legt aber keinen Widerspruch ein.

»Ich habe die Sicherheitsmaßnahmen verschärft«, sagt Morta. »So kann er nicht noch einmal über die Sim der Matchmaking-Agentur eindringen. Aber das ist jetzt nicht von Bedeutung. Wenn Valentine dich ins System eingefügt hat, dann nicht ohne Grund. Er will mehr als nur Ärger machen. *Deswegen* wollte ich mit euch reden.«

»Weißt du, wie er die Toten zurückbringt?«, fragt Cal.

Morta schüttelt den Kopf. »Wenn jemand stirbt, wird der Code seines Lebens aus meinem System gelöscht und anschließend, wenn er sein Ziel erreicht, in ein neues System übertragen. Diese Toten sind jedoch weder in meinem noch in dem System, in dem sie sein sollten.«

»Hilfreich«, murmelt Cal.

Morta wirft ihm einen eisigen Blick zu, und die Temperatur im Raum scheint rapide zu sinken.

»Er stiehlt ihre Herzen«, sage ich hastig, als ich mich an die genähte Wunde auf der Brust eines der Zombie-Agenten erinnere. »Und erweckt sie dann wieder zum Leben. Weißt du, warum?«

Sie starrt scheinbar desinteressiert auf ihre schwarzlackierten Fingernägel und zuckt die Achseln. »Das Herz hat große Macht. Menschen können von ihren Herzen kontrolliert werden.«

»Denkst du, er kontrolliert sie?«, fragt Cal. »Mit Hilfe ihrer Herzen?«

»Wahrscheinlich.«

»Er ... er will mein Herz«, sage ich.

»Was?!«, rufen Cupid und Cal entsetzt aus und drehen sich zu mir.

Ich hebe wie zum Schutz die Hände. »Er hat mir letzte Nacht geschrieben. Das hab ich in der Hektik ganz vergessen, euch zu erzählen.«

Cal schüttelt fassungslos den Kopf – er sieht aus, als würde er mir gleich eine Standpauke halten.

Plötzlich kommt mir ein Gedanke, und ich wende mich an Morta. »Ist Valentine in deinem System?«, frage ich.

»Ja. Auch wenn wir den meisten Göttern vor Jahren erlaubt haben, ihre Lebensfäden zu absorbieren und mitzunehmen, sind die meisten Lebensfäden der Unsterblichen noch an den Webstuhl der Unsterblichen gebunden. Auch der von Valentine.«

»Nun, kannst du ihn dann nicht einfach löschen oder so?«

Sie rutscht unruhig auf ihrem Stuhl hin und her und lässt ihren Blick durch den Raum schweifen. »Nein. Es ist uns strengstens verboten, uns in die Angelegenheiten von Menschen, Göttern oder Unsterblichen einzumischen. Das dürfen wir nicht tun. Die Konsequenzen wären fatal.«

»Aber es ist okay, Zombie-Agenten mit deinen Scheren zu erstechen?«, erwidert Cupid, beugt sich auf seinem Sessel vor und stützt die Ellbogen auf die Oberschenkel.

»Das ist etwas anderes. Damit stelle ich etwas durch und durch Falsches wieder richtig.« Ihre Stimme ist eiskalt, und selbst Cupid erschauert. »Valentine manipuliert das Schicksal, und das öffnet meinen Schwestern und mir ein Hintertürchen, das es uns ermöglicht, euch darüber zu informieren. Aber mehr können wir nicht tun.«

»Die Schere beseitigt die Untoten«, sagt Cal leise.

»Ja. Meine Schere kann jeden Lebensfaden durchtrennen.«

»Jeden?«, frage ich nach.

»Das habe ich doch gerade gesagt«, braust sie auf.

Eine Idee durchzuckt mich wie ein Blitzschlag. »Wo ist sie?«

Mortas glasige Augen richten sich auf die Sims auf dem Tisch. »In Sicherheit.«

Ich begegne Cals Blick – in seinen Augen blitzt etwas auf. Ich weiß, dass er das Gleiche denkt wie ich. Wenn wir Valentines Lebensfaden und Mortas Schere in die Finger bekommen, können wir dem ein Ende setzen.

Aber nur, wenn wir sie überzeugen können, uns zu helfen.

Ich setze zu dem Versuch an, aber Cal schüttelt unauffällig den Kopf.

Morta holt ihr Handy aus der Tasche, liest etwas auf dem Display und steht abrupt auf. »Ich muss gehen«, sagt sie. »Kümmert euch um euren Bruder. Ihr findet ja selbst raus.«

Damit dreht sie sich um und rauscht davon, ohne noch einmal zurückzusehen.

»Na toll«, murmelt Cupid, erhebt sich ebenfalls und geht zur Tür. »Das war echt eine große Hilfe.«

Seine Stimme verklingt, während Cal und ich einander verstohlen anstarren. Ich werfe einen Blick auf die Mikrochips in der Dose auf dem Tisch. Er sieht zur Tür, um sich zu vergewissern, dass Morta weg ist, und nickt steif. Kurzentschlossen nehme ich die Dose und lasse sie in meiner Jackentasche verschwinden, bevor Cupid mit einem ungeduldigen Blick über die Schulter fragt: »Kommt ihr?«

Cal und ich folgen ihm eilig – mein Herz hämmert gegen meine Rippen und die virtuellen Webstühle des Schicksals, die in meiner Jackentasche stecken.

23. Kapitel

Wir hasten so schnell durch den Korridor, dass wir den Aufzug noch vor Cupid erreichen. Cal hämmert auf den Knopf nach unten ein, sobald er drin ist, und die Tür geht Cupid beinahe vor der Nase zu. Kopfschüttelnd schlendert er zum Spiegel an der Rückseite des Aufzugs und lehnt sich dagegen. Cals Blick huscht nervös hin und her, während wir zurück ins Erdgeschoss fahren. Mein Puls rast.

Ich habe die Schicksalsgöttinnen bestohlen – und ich bin mir ziemlich sicher, dass das keine gute Idee war.

Cupid scheint die angespannte Stimmung nicht zu bemerken, aber sein Schweigen und der düstere Ausdruck in seinem Gesicht lassen mich vermuten, dass er darüber grübelt, was Morta über unser Match gesagt hat. Ich verdränge den Gedanken. Ich kann mir später noch den Kopf darüber zerbrechen, was es bedeutet, dass Valentine uns zusammengebracht hat. Zuerst müssen wir hier wegkommen, ohne dass uns jemand erwischt.

Sobald die Türen aufgehen, stürmt Cal los – so unauffällig wie ein Nashorn – und marschiert geradewegs durch die Tür nach draußen. Cassie steht auf und öffnet den Mund, als wolle sie etwas sagen, doch da bin ich Cal schon hinausgefolgt.

Kurz darauf erscheint auch Cupid und deutet gemächlich mit seinem Autoschlüssel auf den Aston Martin. Cal und ich springen hinein.

»Kannst du dich bitte beeilen?!«, braust Cal auf und klopft mit den Fingern ungeduldig an die Tür, als sich Cupid neben ihm niederlässt und seinen Sitz einstellt. Cupid ignoriert ihn, wirft einen Blick in den Rückspiegel, steckt seelenruhig den Schlüssel ins Zündschloss und wirft den Motor an.

Dann erst wendet er sich Cal zu und verzieht das Gesicht. »Warum die Eile, Bruderherz?«

»Lila hat den Webstuhl der Schicksalsgöttinnen und die Lebensfäden der gesamten Menschheit in der Jackentasche!«

Cupids Augen weiten sich vor Schreck. »Was?! Warum hast du das nicht gleich gesagt?!«

Er tritt aufs Gas, und wir brettern los.

Wenig später sitzen wir in Cals Büro – Cal an seinem Schreibtisch, ich in dem ramponierten roten Sessel und Cupid auf einem Bürostuhl, den er von draußen geholt hat. Die Dose mit den Mikrochips steht auf dem Glastisch zwischen uns.

Cupid hält nachdenklich seine Hand an den Mund, dann blickt er zu mir auf. »Die hast du also von Morta gestohlen?«

»Ja.«

»Von Morta, einer der Schicksalsgöttinnen, die den Tod bringt und noch mächtiger ist als die Götter?«

Ich zucke die Achseln. »Ich dachte, damit könnten wir uns Valentines Lebensfaden besorgen und ihn durchtrennen. Als wir nach der Schere gefragt haben, hat sie zur Sim gesehen. Ich bin mir ziemlich sicher, dass sie auch dort drin ist.«

Er wendet sich Cal zu und zieht die Augenbrauen hoch. »Und du wusstest davon?«

»Ja«, erwidert Cal gereizt. »Warum?«

Cupid zuckt die Achseln. »Nur so. Ich dachte, du wolltest dich mit Morta gutstellen.« Seine Lippen verziehen sich zu einem schelmischen Grinsen. »Also ... gehen wir rein?«

Er beugt sich vor, nimmt drei Mikrochips aus der Dose und reicht uns je einen. Ich sehe Cal zögerlich an, während er das kleine metallische Objekt in seiner Hand genauer untersucht.

»Ich bezweifle, dass wir einfach in den Raum mit dem Webstuhl spazieren können«, sagt er. »Es gibt bestimmt … Sicherheitsvorkehrungen.«

»Da stimme ich dir zu, Bruderherz. Aber ich denke, wir sollten schnell handeln, ehe Morta den Diebstahl bemerkt.«

»Was für Sicherheitsvorkehrungen?«, frage ich.

»Das werden wir herausfinden.« Cupid begegnet meinem Blick. »Bereit?«

Ich nicke, und wir stecken uns die Mikrochips in die Ohren.

Meine Augen öffnen sich schlagartig. Cupid steht an meiner einen Seite, Cal an der anderen, beide genauso angezogen wie im Büro; Cal in einem grauen Rollkragenpullover und Khakihosen, Cupid in seiner Lederjacke und Jeans. Wir befinden uns in einem dunklen, unmöblierten Raum. Hinter uns liegt eine Tür, über der in rosaroten Leuchtbuchstaben *Ausgang* steht. Vor uns befindet sich eine schwere Metalltür ohne Klinke.

Cupid geht sofort darauf zu. »Der Webstuhl muss dahinter sein.«

»Warte!«, faucht Cal.

Aber Cupid beachtet ihn gar nicht und drückt gegen die Tür. Nichts passiert. Er sieht über die Schulter zu uns zurück, und Cal funkelt ihn wütend an. »Das hätte eine Falle auslösen können.«

Cupid verdreht die Augen. »Tja, jetzt wissen wir, dass es das nicht tut, oder?«

Ich gehe zu ihm und untersuche die Tür. Daneben ist ein Bedienfeld mit einem kleinen Bildschirm und einer Tastatur. »Wir brauchen bestimmt ein Passwort«, vermute ich.

Cupid greift über meine Schulter und tippt das Wort *Passwort* ein.

Wir zucken alle zusammen, als ein lautes Piepsen ertönt, gefolgt von einer roboterhaften Stimme: »Ungültiges Passwort. Noch ein Versuch, bevor Sie dauerhaft aus der Simulation ausgeschlossen werden.«

Cupid macht ein schuldbewusstes Gesicht, als Cal und ich ihm beide einen bitterbösen Blick zuwerfen. »Sorry«, murmelt er. »Das ist das am häufigsten benutzte Passwort.«

Cal schließt die Augen und reibt sich frustriert die Nasenwurzel. »Das war die reinste Zeitverschwendung. Wir haben die Schicksalsgöttinnen verärgert, und jetzt kommen wir nicht mal rein.«

Seine Worte rufen eine Erinnerung in mir wach.

»Wir kommen nicht rein …«

»Ja, Lila. Das hab ich doch gerade gesagt.«

Ich stoße ein leises Schnauben aus, begegne seinem Blick und wende mich dann stattdessen an Cupid.

»Was hat Cassie vorhin gesagt? Sie sagte etwas darüber, wie wir reinkommen … ›Ein Trojanisches Pferd wird euch reinbringen.‹ Du meintest doch, sie sei ein Orakel, oder? Kann sie in die Zukunft sehen? Vielleicht hat sie das hier vorhergesehen und uns das Passwort gegeben.«

Cupid zieht verblüfft die Augenbrauen hoch. »Du denkst, *Trojanisches Pferd* ist das Passwort?«

»Ich weiß nicht. Könnte sein ... denke ich ...«

Er grinst mich an. »Genau die Art unerschütterliche Überzeugung brauchen wir jetzt.«

Damit dreht er sich um und tippt meine Vermutung ein.

»Bist du verrückt?!«, fährt ihn Cal an. »Wir brauchen Zeit, um darüber –«

Er wird von einem lauten Piepsen unterbrochen, als die Tür sich öffnet.

Ich atme erleichtert auf. Auf Cupids Gesicht breitet sich ein Grinsen aus, und er wirft Cal einen triumphierenden Blick zu, ehe er zur Tür schlendert.

»Das war trotzdem unverantwortlich«, murrt Cal, als wir Cupid in den nächsten Raum folgen.

Auf der Schwelle bleibe ich wie angewurzelt stehen. Wir befinden uns in einem langen, schmalen Raum, der sich meilenweit zu erstrecken scheint. Die schwarze Decke ist so hoch über uns, dass ich mir den Hals verrenken muss, um zu ihr aufzusehen, und die Wände auf beiden Seiten bildet ein Geflecht silberner Fäden, die ein helles, schimmerndes Licht verströmen – die eine Seite noch heller als die andere.

»Das sind die Lebensfäden«, sage ich leise. »Die Wände sind die Webstühle.«

»Sieht so aus«, stimmt Cupid zu. Seine Schritte hallen um uns herum wider, als er langsam weitergeht. »Wow ...« Er blickt sich mit großen Augen um. »Wie zur Hölle sollen wir Valentines Lebensfaden hier finden? Das sind Millionen ...«

»Über sieben Milliarden, genau genommen«, sagt Cal. »Aber ich weiß, wie wir ihn finden können. Das ist offensichtlich.«

Wir drehen uns zu ihm um. Er steht vor einem kleinen

Computer an der Tür – im Licht des Bildschirms und der Lebensfäden wirkt sein Gesicht noch blasser als sonst.

»Hier ist eine Datenbank – eine Art Register ...« Er tippt etwas ein. »Da. Gefunden. Allen Lebensfäden ist eine Referenznummer zugeordnet. Der von Valentine befindet sich auf der rechten Seite, nicht weit von hier. Sie sind bestimmt chronologisch angeordnet.«

»Man muss einfach nur den Namen eingeben?«, frage ich erstaunt.

»Ja.«

Da fällt mir wieder ein, was Cassie noch gesagt hat.

»Was passiert, wenn du Kerberos eingibst?«

»Warum fragst du?«

»Cassie sagte: ›Ein Trojanisches Pferd wird euch reinbringen. Kerberos bewacht die Waffe.‹«

»Ich hoffe nur, das meinte sie nicht wörtlich«, murmelt Cupid. »Denn Kerberos ist ein dreiköpfiger Hund, der in der Unterwelt lebt. Und so sehr ich Hunde auch mag ... der hat ein *ernstes* Verhaltensproblem.«

Ich beachte ihn gar nicht. »Vielleicht ist das auch ein Passwort. Was, wenn mit der Waffe Mortas Schere gemeint ist? Vielleicht finden wir am Computer raus, wo sie ist.«

Cal schüttelt grimmig den Kopf. »Ich denke, wir sollten lieber nicht mit diesem Ding herumspielen.«

Ich marschiere zu dem Tisch hinüber, schiebe Cal aus dem Weg und tippe das mutmaßliche Passwort selbst ein. Eine Millisekunde später geht das Fach unter dem Computer auf. Mit einem triumphierenden Grinsen bücke ich mich und werfe einen Blick hinein. Die scharfen Klingen von Mortas Schere blitzen in der Dunkelheit auf.

Cal schnaubt genervt. »Ihr zwei seid echt lebensmüde.«

Ich greife mir die Schere – sie fühlt sich kalt an und ist schwerer als gedacht. Sofort durchflutet mich ein Gefühl überwältigender Macht, und ich ziehe scharf die Luft ein.

»Sehr gut!«, ruft Cupid und holt mich in die Wirklichkeit zurück. »Wollen wir dieses ganze Valentine-Drama dann mal beenden?« Ohne eine Antwort abzuwarten, macht er sich auf den Weg. »Das ist fast zu einfach!«

»Sei still!«, rufen Cal und ich gleichzeitig.

Cupid hebt erschrocken die Hände. »Was ist?!«

»Sag so was nicht. Du wirst uns noch verhexen«, erkläre ich.

Cal schüttelt wortlos den Kopf und übernimmt die Führung. Wir folgen ihm den Gang zwischen den virtuellen Webstühlen entlang – meine eine Seite, an der die Schere hängt, ist eisig kalt, die andere durchströmt eine vertraute Wärme, als Cupids Schulter meine streift.

Ich blicke zu ihm auf. Obwohl sein Ton auffällig munter war, seit wir von den Schicksalsgöttinnen zurückgekommen sind, macht er ein finsteres Gesicht, und seine Armmuskeln spannen sich an, wann immer er denkt, niemand würde es merken.

»Cupid – ich glaube, wir sollten reden«, sage ich. »Über das, was Morta gesagt hat. Über unser Match …«

Er wirft mir einen flüchtigen Blick zu. »Vielleicht. Aber nicht jetzt.«

»Okay. Aber –«

Cal bleibt so abrupt stehen, dass ich von hinten gegen ihn pralle.

»Hey, ganz ruhig, Bruderherz«, sagt Cupid.

Cal antwortet nicht – er steht da wie erstarrt.

»Alles okay, Cal?«, frage ich besorgt.

Er zeigt auf etwas an der rechten Wand. »Das ist Valentines Referenznummer.«

Ich schiebe mich an ihm vorbei, und das Blut gefriert mir in den Adern. Cupid flucht leise.

Der Haken ist leer. Valentines Lebensfaden ist nicht hier.

Cal deutet auf den ebenfalls leeren Haken daneben. »Das ist Cupid. Sein Lebensfaden muss jetzt irgendwo am anderen Webstuhl sein. Valentine muss ihn transferiert haben, als er euer Match arrangiert hat.«

Dann zeigt er auf den dritten Haken. Auch daran ist kein Lebensfaden geknüpft. Stattdessen hängt dort eine weiße, mit einer rosaroten Schleife umwickelte Karte. Cal wendet sich uns zu, sein Gesicht totenblass. »Und das ist meiner.«

Mein Herz schlägt schneller, als ich die Nachricht abreiße und umdrehe.

Ich habe etwas von dir, kleiner Bruder.

»Valentine hat deinen Lebensfaden«, sage ich. Das Entsetzen liegt mir schwer und kalt im Magen.

Eilige Schritte hinter uns lassen uns alle erschrocken zusammenfahren. Ich springe auf, Mortas Schere in der einen Hand, die Nachricht von Valentine in der anderen. Crystal bleibt völlig außer Atem vor uns stehen. Blut rinnt ihr Gesicht hinab.

»Was zur Hölle macht ihr hier? Was ist das für ein Ort? Ist das … ist das der Webstuhl der Schicksalsgöttinnen?!«

Cupid setzt zu einer Antwort an, doch Crystal schüttelt

den Kopf und bringt ihn mit erhobenem Zeigefinger zum Schweigen. »Egal. Ihr müsst die Sim verlassen. Sofort. In der Matchmaking-Agentur gibt es Schwierigkeiten.« Sie dreht sich um und rennt zur Tür. »Valentine ist hier.«

24. Kapitel

Wir wechseln einen Blick, dann rennen wir Crystal durch den langen Korridor nach – unsere hastigen Schritte hallen auf dem glänzend schwarzen Boden wider. Die Scheren des Todes hängen schwer an meiner Seite, als wir durch die offene Tür in den kleinen Raum zurückeilen, in dem wir angekommen sind. Der Ausgang ist mit Leuchtbuchstaben ausgeschildert, und ich folge den anderen hindurch.

Im nächsten Moment öffnen sich meine Augen schlagartig, und ich bin zurück in Cals rotem Sessel, den kühlen Griff von Mortas todbringender Waffe immer noch fest umklammert. Die Luft ist erfüllt von Schreien und dem Surren von Pfeilen. Cupid, Cal und Crystal stehen vor mir.

»Nun, das Gute daran ist, dass wir die zehn Leichen, die aus dem Elysium verschwunden sind, wohl gefunden haben«, sagt Cupid und legt seinen Chip zurück in die Dose, ohne die Augen von der Glaswand hinter mir abzuwenden.

Crystal umfasst ihren Bogen fester, den Blick starr geradeaus gerichtet. »Und das Schlechte daran ist, dass sie mein Büro zerstören.«

Ich drehe mich genau in dem Moment um, in dem eine Agentin von der anderen Seite gegen das Glas kracht. Um sie herum bilden sich Risse, während sie gegen den Griff eines halbverwesten Mannes ankämpft. Pfeile fliegen über die Tische auf die untoten Agenten zu, die sofort wieder aufstehen, auch wenn sie von einem schwarzen Cupid-Pfeil getroffen werden.

Ich hole den Chip aus meinem Ohr und springe auf.

»Ich hab die Schere noch!«, rufe ich. »Damit können wir sie –«

Ich verstumme abrupt, als ich einen stechenden Blick auf mir spüre. Ich sehe hoch. Mein Herz setzt einen Schlag aus.

Valentine lehnt gelassen an einer der tempelartigen Säulen, die das gigantische Großraumbüro stützen – reglos wie eine Statue steht er breitschultrig mitten im Kampfgetümmel. Bei seinem Anblick krampft sich mein Magen zusammen. Er sieht mir direkt in die Augen und zwinkert mir zu.

Ich erstarre.

Cal folgt meinem Blick, und sein Gesicht nimmt einen bestürzten Ausdruck an. »Was macht er hier?! Denkt ihr, er will –«

»Mich«, flüstere ich.

Ich brauche dein Herz. Dann geht mein Plan auf.

Ich reiße den Blick von Valentine los und wende mich den anderen zu.

»Ich werde ihn umbringen«, stößt Cupid zwischen zusammengebissenen Zähnen hervor, greift sich Bogen und Köcher aus Cals Schrank und stürmt aus dem Büro. Ohne innezuhalten rammt er einem Mädchen mit aschfahler Haut einen schwarzen Pfeil in den Hals und schießt eine Salve Ardor auf Valentine ab. Drei treffen ihn in die Brust, und er zuckt leicht zusammen, ehe er sich von der Säule abstößt – allem Anschein nach unverletzt – und auf Cupid zumarschiert.

»Die Schere vernichtet Untote?«, fragt Crystal und lenkt meine Aufmerksamkeit wieder in Cals Büro.

»Ja«, antworte ich.

»Okay. Gut. Ich frage lieber nicht, wo du sie herhast, und ich muss wohl auch nicht erwähnen, in was für eine heikle politische Lage uns das bringt. Die Schicksalsgöttinnen werden außer sich sein ...« Sie holt eine Handvoll schwarzer Pfeile aus ihrem Köcher und reicht sie Cal.

Als er sie entgegennimmt, begegnen sich ihre Blicke einen Moment. »Du bist verletzt«, sagt er.

Sie berührt den Blutfleck an ihrer Stirn. »Ach, halb so wild.«

Auf ihre Worte folgt unangenehme Stille, die Cal jedoch sofort unterbricht, indem er sich ebenfalls einen Bogen schnappt. Crystals strahlend blaue Augen richten sich auf mich.

»Wir machen sie mit unseren Pfeilen kampfunfähig«, sagt sie, »und du gibst ihnen dann den Rest. Okay?«

»Nein«, widerspricht Cal. »Wir müssen Lila von hier wegbringen. Valentine –«

»Valentine ist im Moment abgelenkt.« Ich folge Crystals Blick und sehe, wie Cupid ihm mit voller Wucht ins Gesicht schlägt. »Schalten wir zuerst die Toten aus, in Ordnung?«

Cal ist blass vor Sorge, nickt jedoch widerwillig. Mit gezückten Bogen laufen die beiden zur Tür, und Crystal tritt sie auf. Fast noch im selben Moment schießen sie zwei Pfeile ab, und zwei von Valentines Männern gehen zu Boden, bevor sie das Büro auch nur verlassen haben. Ich folge ihnen.

Das Mädchen mit der aschfahlen Haut, das Cupid mit dem schwarzen Pfeil erstochen hat, regt sich. Ich stoße ihr die Schere in die Brust und fühle, wie sie in ihren verwesten Körper eindringt. Ihre blicklosen Augen öffnen sich einen kurzen Moment, bevor sie zu Staub zerfällt. Ich muss husten, als mir etwas davon in die Nase steigt.

Keuchend eile ich Cal nach, bleibe jedoch wie angewurzelt

stehen, als ich Cupid vor Schmerz schreien höre. Er liegt zusammengesunken an einer der Säulen. Valentine beugt sich lachend über ihn, packt ihn am Kragen seiner Jacke und holt erneut zum Schlag aus.

»Lila! Konzentrier dich!«, ermahnt Cal mich. »Ich will dich so schnell wie möglich von hier wegbringen.«

Ich drehe mich zu ihm. Er atmet schwer, seine Wangen sind gerötet, seine Stirn ist schweißbedeckt. Angetrieben von dem Adrenalin, das durch meine Adern rauscht, schlängele ich mich durch das Kampfgetümmel zum nächsten reglosen Leichnam zu seinen Füßen und ramme ihm die Schere in die Brust, während Cal mit gespanntem Bogen weitereilt.

»Hast du immer noch nicht kapiert, dass du mich nicht besiegen kannst, Bruderherz?« Valentines barsche Stimme übertönt das Stöhnen der Untoten.

»Sehr lustig«, entgegnet Cupid. »Warst du nicht die letzten hundert Jahre in einer Gruft gefangen? Hab ich dich nicht dort eingesperrt?«

Ich drehe mich um und sehe, dass die beiden sich Auge in Auge gegenüberstehen. Da nehme ich hinter mir eine Bewegung wahr, werfe mich instinktiv zu Boden und verfluche meine Unaufmerksamkeit, als zwei Ardor um Haaresbreite über meinen Kopf hinwegfliegen. Nach Atem ringend knie ich auf dem Boden und versuche, mein wild pochendes Herz zu beruhigen.

»Sei vorsichtig, Lila«, herrscht Cal mich an, packt mich am Handgelenk und zieht mich hoch, dann feuert er einen schwarzen Pfeil auf meine Angreifer ab. »Komm!«

Mein Puls rast, und eine heftige Übelkeit steigt in mir auf. Doch ich folge ihm.

Die Luft ist erfüllt von Tod. Die wenigen Agenten, die an einem Samstagmorgen im Büro sind, kämpfen an unserer Seite. Staub und Knochen regnen zu Boden, wenn ich die wiederauferstehenden Leichen, die sie zurücklassen, mit Mortas Schere ersteche. Schwarzes, verdorbenes Blut tropft von den Klingen auf das weiße Linoleum, und überall riecht es nach süßlichem Verfall.

Bis endlich nur noch ein Cupid übrig ist, um den wir uns kümmern müssen: Valentine.

Cal packt mich am Arm, seine schlanken Finger graben sich in meine Lederjacke. Er versucht, mich zur anderen Seite des Raumes zu ziehen, wo Crystal in der Tür zur Rezeption steht und Cupid und Valentine mit schussbereit gespanntem Bogen beobachtet.

»Verschwinden wir von hier«, drängt er mich.

»Nein! Hör zu. Morta meinte, die Götter hätten ihre Lebensfäden absorbiert. Was, wenn Valentine das auch getan hat?«

Cal dreht sich zu mir um, ohne meinen Arm loszulassen. »Dann könnte die Schere ihn töten.«

»Ganz genau!«

Wir drehen uns beide zur Mitte des Großraumbüros um. Cupids Gesicht ist blutüberströmt, aber er steht aufrecht etwa drei Meter von Valentine entfernt. Als würde er spüren, dass ich ihn beobachte, wendet Valentine sich zu mir um, und seine stechend blauen Augen begegnen meinem Blick. Er grinst, dann sieht er gelassen zu Cal.

»Wie schön, ein Wiedersehen mit der ganzen Familie«, sagt er. »Hallo, Cal. Ist schon eine Weile her, was?«

Cal versteift sich und umfasst mein Handgelenk noch fester.

Valentines Blick schweift zu der Schere in meiner Hand, und auf seinem Gesicht erscheint ein höhnisches Lächeln. »Anscheinend ist dir inzwischen klar, dass ich dir etwas Wichtiges genommen habe, kleiner Bruder.«

Cal nickt steif, die Augen argwöhnisch zusammengekniffen.

»Du kannst ihn nicht töten«, sage ich.

Valentine wendet sich wieder mir zu – seine Augen blitzen bedrohlich. »Nein. Aber ich kann ihm Schmerzen zufügen. Ein Lebensfaden ist eine komische Sache, Lila. Er ist ein Teil von dir. Dein Geist. Deine *Seele*. Taucht man sie in einen Topf kochendes Wasser oder wirft sie ins Feuer ... nun ...« Er beugt sich vor und flüstert verschwörerisch: »Das tut verdammt weh.«

Cals Gesicht wird aschfahl, doch er sagt nichts. Cupid spannt sich an.

»Ich habe auch noch etwas anderes vom Webstuhl genommen. Etwas, das mir gehört.« Valentine klopft sich auf die Brust, und ich umklammere die Schere fester. Cal wirft einen kurzen, unauffälligen Blick darauf. Valentine sieht mir unverwandt in die Augen, während er fortfährt. »Tut mir leid, dass euer Trip völlig umsonst war. Aber meiner wird es nicht sein. Ich wollte etwas holen. Und ich gehe nicht, bevor ich es habe.«

Einen Moment rührt sich niemand.

Dann stürzt Cupid sich auf Valentine. Er holt mit der Faust aus, doch Valentine blockt seinen Schlag ab und versetzt ihm einen so harten Stoß, dass er rückwärts durch den Raum fliegt und gegen eine der schwarzen Steinsäulen kracht.

Valentine wendet sich wieder Cal und mir zu. »Du willst doch nicht, dass ich meinem kleinen Bruder weh tue, oder, Lila?«

Mein Atem beschleunigt sich.

Valentine kommt langsam auf uns zu – er stößt nur ein leises Ächzen aus, als Crystal ins Büro zurückrennt und ihm blitzschnell einen Pfeil nach dem anderen in den Rücken schießt.

Ich suche Cals Blick. Er schüttelt rigoros den Kopf. Seine Hand wandert zu meiner hinunter, und einen Moment habe ich keine Ahnung, was er vorhat. Doch dann packt er den Griff der Schere und neigt fast unmerklich den Kopf.

Ich lasse los und trete einen Schritt zurück, als er sie mit einer raschen Bewegung durch den Raum schleudert.

Ehe Valentine weiß, wie ihm geschieht, bohrt sich die Klinge in seine Brust.

Seine Augen weiten sich vor Entsetzen.

»Bruder …?« Auf einmal klingt seine schroffe Stimme fast bemitleidenswert.

Er fällt auf die Knie.

Cupid, der reglos an der Säule lag, rappelt sich auf. Valentine kommt ein schmerzerfülltes Stöhnen über die Lippen, sein Gesicht ist aschfahl. Er streckt eine zittrige Hand nach Cal aus. »Bruder?!«, ächzt er erneut.

»Auf Nimmerwiedersehen, Valentine«, sagt Cal.

Valentine sieht aus, als würde er jeden Moment zusammenbrechen.

Ich atme erleichtert auf.

Doch da verziehen sich seine Lippen zu einem Grinsen. Und während es immer breiter wird, bricht er in schallendes

Gelächter aus. Er zieht die Schere, die mit seinem Blut bedeckt ist, heraus und erhebt sich.

Er streckt sich und stöhnt, als er sich zu seiner vollen Größe aufrichtet.

Cupid bleibt wie erstarrt vor ihm stehen. Cal tritt einen kleinen Schritt zurück.

»Ich hatte so gehofft, dass das jemand tun würde«, sagt Valentine.

In Sekundenschnelle, ehe irgendjemand reagieren kann, steht er auf der anderen Seite des Raumes an der Tür zur Rezeption.

»Ihr habt doch nicht ernsthaft geglaubt, ich würde mit meinem Lebensfaden herkommen, oder?« Er lacht leise und hält die blutüberströmte Schere hoch. »Aber danke dafür. Wie ich schon sagte – ich wollte etwas holen. Die einzige Waffe, die mich töten kann.«

Er sieht mich an, und einen Moment bin ich in seinem Blick gefangen. Mein Herzschlag hämmert mir in den Ohren, und mein Adrenalinspiegel schießt in die Höhe.

Langsam hebt er die Hände an die Lippen und wirft mir einen Kuss zu. Dabei grinst er hämisch.

»Es ist schon fast Valentinstag. Wir sehen uns bald wieder, Lila.«

Cupid und Cal rennen zur Tür, doch es ist bereits zu spät. Valentine ist verschwunden.

25. Kapitel

Wir sitzen in Crystals Büro, gegenüber von ihrem Schreibtisch. Niemand sagt etwas. Cal hockt auf der Kante eines rosaroten Sessels und starrt gedankenverloren ins Leere, Cupid hat es sich auf dem Sessel daneben bequem gemacht und drückt sich ein nasses Flanellhemd an seine blutende Nase. Crystal beobachtet Cal einen Moment über ihren Computerbildschirm hinweg, dann seufzt sie tief und reibt sich die Schläfe.

»Tja, das hätte kaum schlechter laufen können«, murmelt sie.

Es klopft an der Tür, und wenig später kommt Charlie herein. Sie macht ein schockiertes Gesicht. »Was zum Teufel war da draußen los?« Ihr Blick schweift zu Cupid. »Und was ist mit dir passiert?!«

Cupid blickt auf, sein Gesicht ist immer noch blutbeschmiert. »Oh, du weißt schon; böser Bruder, Zombie-Cupids, Cals Seele wurde gestohlen, und wir haben die Schere des Todes verloren – das Übliche eben …«

»Oh«, sagt sie und setzt sich auf die Armlehne meines Sessels. »Da bin ich ja froh, dass ich heute ausgeschlafen habe.«

»Was sollen wir jetzt machen?«, frage ich.

Crystal schüttelt den Kopf. »Die Schicksalsgöttinnen werden nicht glücklich sein. Wir müssen die Schere zurückholen. Und dafür müssen wir dringend Valentine ausfindig machen.«

»Das ist der gleiche Plan wie vorher!«, braust Cal auf. »Wir sind keinen Schritt weitergekommen!«

Crystals Augen blitzen ärgerlich. Sie setzt zu einer Erwiderung an, atmet dann jedoch tief durch und zuckt die Achseln. »Uns wird schon was einfallen.«

»Kann ich irgendwie helfen?«, erkundigt Charlie sich.

Crystal zieht eine Schublade auf und holt einen Stapel Dokumente heraus. »Ich habe Nachforschungen über alle Agenten angestellt, die vermisst werden – in der Hoffnung, irgendwo einen Hinweis darauf zu finden, wo sie jetzt sein könnten, habe ich mir Überwachungsvideos angeschaut und nach Indizien gesucht. Aber ich hatte noch keine Zeit, die Akten durchzusehen, die Cupid aus Dublin mitgebracht hat; Aufzeichnungen über die Agenten, die aus ihrer Geschäftsstelle verschwunden sind.«

Sie schiebt sie Charlie über den Tisch zu. Als mein Blick daraufffällt, ziehe ich verblüfft die Stirn kraus.

»Dieses Mädchen«, murmele ich, nehme die oberste Akte und drehe sie zu mir herum. Darauf ist ein Mädchen, das ich sofort wiedererkenne. Sie hat kurze dunkle Haare, gebräunte Haut und leuchtende braune Augen. Ich wende mich an Charlie. »Das ist das Mädchen aus der Schule, das mich vor dem Valentinstag gewarnt und die Nachricht in deine Match-Box gesteckt hat.«

Alle drehen sich zu mir um.

»Sie ist eine Liebesagentin?!«, fragt Charlie erschüttert.

»Anscheinend«, sage ich. »Und sie weiß *eindeutig* etwas über Valentine. Wenn wir sie finden, kann sie uns vielleicht mehr sagen.«

Crystal nickt. »Du hast sie in der Schule gesehen? Lila, Charlie – seht im System nach, ob in letzter Zeit jemand Neues an die Forever Falls High gekommen ist. Dort sollte auch eine Adresse stehen. Stattet ihr einen Besuch ab. Und nehmt ein paar Capax-Pfeile mit – für den Fall, dass ihr sie überzeugen müsst, die Wahrheit zu sagen.«

»Nein«, protestiert Cal. »Wir wissen nicht, wer sie ist. Cupid und ich werden zu ihr gehen.«

»Da stimme ich meinem Bruder ausnahmsweise zu«, sagt Cupid. »Eine Agentin verschwindet, taucht an der Forever Falls High auf und hinterlässt Lila geheimnisvolle Botschaften? Das klingt ziemlich verdächtig. Könnte gefährlich werden.«

Crystal schüttelt entschieden den Kopf. »Ihr zwei müsst mir helfen, den Schicksalsgöttinnen zu erklären, warum ihre Schere verschwunden ist. Das wird sehr viel gefährlicher. Lila und Charlie schaffen das schon.«

»Wenn sie mir weh tun wollte, hätte sie das längst tun können«, sage ich. »Aber stattdessen hat sie mich gewarnt. Ich glaube ...« Ich erinnere mich an den aufrichtig besorgten Ausdruck in ihren Augen, als ich ihr das erste Mal begegnet bin. »Ich glaube, sie versucht zu helfen.«

Cal schüttelt den Kopf. »Ich will nicht –«

»Valentine hat deinen Lebensfaden und die Schere, Cal!« Crystal schlägt so heftig mit der Handfläche auf den Tisch, dass wir alle erschrocken zusammenfahren. Ihre Augen funkeln zornig, als sie Cals Blick begegnet, und seine Wangen laufen hochrot an. Als würde ihr plötzlich klarwerden, dass sie die Beherrschung verloren hat, wendet sie sich hastig ab und setzt sich wieder.

Ich sehe zu Cupid. Er hat einen sorgenvollen Ausdruck im Gesicht, der jedoch schnell einem Grinsen weicht, als er meinen Blick bemerkt. »So ein Pech aber auch«, sagt er und klopft seinem Bruder auf den Rücken. Cal schüttelt seine Hand ab.

Eine drückende Stille hängt in der Luft, und es ist offensichtlich, dass wir alle dasselbe denken: Valentine könnte Cal jederzeit töten. Uns alle packt der Drang, etwas – *irgendetwas* – zu unternehmen.

»Komm«, sage ich, fasse Charlie am Arm und gehe mit ihr zur Tür. Über die Schulter sehe ich zu Cal zurück, der noch steifer als sonst auf seinem Sessel sitzt und mit leerem Blick auf die schwarz-weiß karierten Fliesen zwischen seinen Schuhen starrt.

»Sie muss etwas wissen«, sage ich. »Wir werden herausfinden, was. Versprochen.«

Charlie hat ihren Firmenwagen immer noch nicht, darum brettern wir im Ford Focus ihres Bruders Richtung Forever Falls. Wir haben den Namen des mysteriösen Mädchens herausgefunden – Beatrice Custos –, und ich halte einen Zettel mit ihrer Adresse in der Hand.

»Also, wie war euer Treffen mit den Schicksalsgöttinnen?«, fragt Charlie.

Ich erzähle ihr von unserem Gespräch mit Morta; wie uns klarwurde, dass wir Valentine töten können, indem wir seinen Lebensfaden durchtrennen, und dass Valentine das Match zwischen Cupid und mir arrangiert hat.

»Ich weiß nicht, was das bedeutet«, sage ich und fingere unruhig an dem Zettel herum. »Ich denke immer wieder: Was, wenn ich nicht wirklich sein Match bin und wir nur deshalb zusammen sind, weil wir dachten, wir wären füreinander bestimmt?«

Ich lasse den Kopf an die Lehne sinken, und Charlie stößt einen leisen Pfiff aus. »Das ist echt ätzend. Was hält Cupid von all dem?«

»Keine Ahnung. Nach allem, was heute Morgen sonst noch passiert ist, hab ich noch nicht mit ihm reden können. Aber ich weiß, wie hart ihn das trifft. Anscheinend hat Valentine schon mal was ganz Ähnliches abgezogen – ihn mit einer List dazu gebracht, sich in ein Mädchen zu verlieben.« Ich seufze und blicke mit einem flauen Gefühl im Magen zum Fenster hinaus. »Ich glaube, er denkt, es wäre wieder genauso. Dass das mit uns nicht echt ist. Und vielleicht ist es das wirklich nicht.«

»Das muss es«, widerspricht Charlie.

Verblüfft drehe ich mich zu ihr um. »Wie kommst du darauf?«

»Weil Venus zurückgekehrt ist. Das war doch die Regel, oder? Wenn Cupid mit seinem Match zusammenkommt, kehrt die Gründerin zurück. Ihr beiden seid zusammengekommen, und das hat sie zurückgebracht. Also muss es echt sein.«

Wir fahren am Ortsschild von Forever Falls vorbei, und Charlie wirft einen Blick aufs Navi, bevor sie auf eine kleinere, von Bäumen gesäumte Straße abbiegt.

»Ja, vermutlich«, sage ich.

»Ich meine, okay, Valentine hat Cupid aus irgendwelchen mysteriösen, verqueren Gründen ins System eingefügt – aber ihr seid ein Match, weil er dein Seelenverwandter ist. Damit hatte Valentine nichts zu tun.« Sie zuckt die Achseln. »Das spielt doch sowieso keine Rolle. Wenn ihr zusammenbleiben wollt, dann bleibt zusammen.«

Aus ihrem Mund klingt das so einfach. Aber ich weiß, dass es das nicht ist. Sie fährt langsamer, als wir einen kleinen Vorort von Forever Falls erreichen, und hält am Straßenrand.

»Dort drüben«, sagt sie und deutet durch ihr Fenster auf ein kleines einstöckiges Haus. »Wir sind da.«

Wir nehmen uns zwei Köcher vom Rücksitz und gehen zur Tür. Die kühle Mittagssonne spiegelt sich in den rosa-silbernen Capax-Pfeilen, als wir Beatrice' Einfahrt hinaufgehen.

Ich hoffe, wir müssen die Wahrheitspfeile nicht gegen sie einsetzen. Aber Valentine hat Cals Lebensfaden und Mortas Schere. Seine Macht nimmt immer weiter zu, je näher der 14. Februar rückt. Er braucht mein Herz für seinen geheimnisvollen, diabolischen Plan. Und sie weiß etwas, das uns helfen könnte. Wenn sie sich weigert zu kooperieren, bleibt uns vielleicht nichts anderes übrig.

Charlie und ich wechseln einen raschen Blick, dann klopft sie an die leuchtend rote Tür. Wir hören Schritte näher kommen, und wenig später schwingt die Tür auf.

Vor uns steht Beatrice in zerrissenen Jeans und einem weißen T-Shirt mit einem Herz darauf. Sie wirkt nicht besonders überrascht, als sie uns und die Köcher voller Pfeile über unseren Schultern sieht.

»Ich hab mich schon gefragt, wie lange es dauern würde, bis ihr mir einen Besuch abstattet«, sagt sie. »Dann habt ihr wohl herausgefunden, wer ich bin?«

Ich nicke und verschränke die Arme vor der Brust. »Ja. Wir wissen, dass du eine Liebesagentin bist. Aus der Geschäftsstelle in Dublin«, antworte ich. »Aber wir wissen nicht, was du hier machst. Was weißt du über Valentine?«

Ihre schwarzen Augenbrauen ziehen sich zusammen. »Oh, dann wisst ihr also nicht, wer ich bin.«

Ich runzele verwirrt die Stirn. »Was meinst du damit? Wer bist du?«

Ihr Gesicht verfinstert sich. »Ich bin Valentines Exfreundin.« Sie tritt von der Tür zurück und verschwindet im Haus. »Ich denke, ihr solltet besser reinkommen.«

26. Kapitel

Charlie und ich wechseln einen argwöhnischen Blick, bevor wir Beatrice ins Wohnzimmer folgen.

»Setzt euch.« Sie deutet auf einen Tisch am Fenster, dann geht sie zu der kleinen Küchenzeile auf der anderen Seite des Raumes und füllt den Wasserkocher. Währenddessen blicke ich mich um – außer einem mit Herzchen bedruckten Notizblock auf dem Couchtisch gibt es hier nichts Persönliches; nur ein ramponiertes Sofa, ein leeres Bücherregal in der Ecke und einen alten Fernseher. Wenig später kommt Beatrice mit einer Teekanne und drei Tassen auf einem Tablett zurück. Sie stellt es ab und setzt sich Charlie und mir gegenüber.

»Valentine ist dein Ex?«, frage ich. Es fällt mir schwer, das zu glauben. Ich sehe Valentine vor mir, wie er, umgeben von Liebesagenten, die er ermordet hat, vor uns steht und uns verhöhnt, und erinnere mich an seine gruslige Valentinskarten. Einen Mann, der so etwas tut, kann ich mir beim besten Willen nicht in einer Beziehung vorstellen.

»Ja.« Sie gießt dampfend heißen Tee in die geblümten Tassen und schiebt sie uns zu. Ihr Gesicht nimmt einen grimmigen Ausdruck an. »Leider.«

»Dann ist es nicht gut ausgegangen?«, fragt Charlie.

Beatrice ringt sich ein Lächeln ab. »Nein.«

Charlie und ich sagen nichts, in der Hoffnung, dass sie die Stille durchbrechen wird.

Schließlich seufzt sie. »Wir haben uns vor vielen Jahren in Rom kennengelernt«, fängt sie an zu erzählen. »Damals war ich noch ein Mensch. Er wurde vom Kaiser gefangen genommen, weil er Ehen geschlossen hatte, die damals verboten waren – auch wenn ich später herausgefunden habe, dass eine Gruppe von Liebesagenten den Überfall auf ihn organisiert hatte. Mein Vater arbeitete in dem Gefängnis als Wärter, und so traf ich Valentine eines Tages in seiner Zelle. Wir verliebten uns. Doch letzten Endes wurde er getötet. Jedenfalls dachte ich das.«

Sie nippt an ihrem Tee – ihre Hände zittern leicht. Ich wechsele einen Blick mit Charlie, denn ich muss unwillkürlich an den Valentinstagsmythos denken, von dem uns Ms Green im Unterricht erzählt hat.

»Als er hingerichtet wurde, starb ich beinahe an meinem gebrochenen Herzen. Doch einer der Liebesagenten, die den Überfall organisiert hatten, hatte Mitleid mit mir. Er verwandelte mich in einen Cupid. Und da ist mir alles wieder eingefallen.« Sie stößt ein bitteres Lachen aus. »Valentine hatte mich während seiner Gefangenschaft mit dem Ardor, dem Pfeil der Besessenheit, von ihm abhängig gemacht. Der Kaiser hatte Sympathie für ihn entwickelt und wollte ihn freilassen. Aber Valentine musste als Märtyrer sterben, um mehr Macht zu erlangen. Also hat er mich dazu gebracht, mich in ihn zu verlieben, damit ich alles für ihn tue – sogar dafür sorge, dass er gefoltert und hingerichtet wird. Und dann hat er mich zum Sterben zurückgelassen. Er hinterließ mir nichts als eine Nachricht.«

»*Von deinem Valentine*«, murmele ich.

Ihre hellbraunen Augen weiten sich vor Überraschung. »Ja, genau.«

»Das ist schrecklich«, flüstert Charlie.

»Eher demütigend. Ich war so geblendet vom Ardor, dass

ich nicht mal gemerkt habe, dass er die ganze Zeit, die wir zusammen waren, von einem anderen Mädchen gesprochen hat.« Die Verbitterung ist Beatrice deutlich anzuhören. »Einem Mädchen, das er wirklich liebte. Die seinen Hass auf die Menschheit und die Götter anfachte.« Sie umfasst den Henkel ihrer Tasse so fest, dass der Tee überschwappt und sich über die Tischkante ergießt.

Charlie und ich wechseln einen beunruhigten Blick. Plötzlich erscheint ein Lächeln auf Beatrice' Lippen, und sie wendet sich mir zu. »Sorry. Wo waren wir?«

»Also ... ähm ... Warum bist du hier?«, frage ich.

Ein dunkler Schatten legt sich über ihr Gesicht. »Um ihn für seine Taten büßen zu lassen. Als ich erfuhr, dass er aus der Krypta in Dublin geflohen ist, machte ich mich auf die Suche nach ihm. Ich wusste, er würde früher oder später bei Cupid und seinem Match auftauchen. Er hat Cupid schon immer gehasst. Meine Suche führte mich hierher.«

»Weißt du, wo er jetzt ist?«

Sie schüttelt den Kopf, und ich fühle Frustration in mir aufwallen. Sie muss doch *irgendetwas* wissen.

»Du hast mir eine Warnung geschickt«, sage ich. »Du meintest, der Valentinstag sei schon ganz nah und ich solle mich von meinem Match fernhalten.«

»Und das solltest du. Du bist in Gefahr, Lila. Dem Herzen wohnt eine unvorstellbare Macht inne. Das hat er immer gesagt. Und in einem Herzen, das sein Match gefunden hat, steckt noch mehr Macht. Ich weiß nicht, was er vorhat, aber ich weiß, dass es am Valentinstag geschehen wird, wenn seine Macht ihren Höhepunkt erreicht.« Sie stellt ihre Tasse ab. »Es tut mir leid, dass ich keine große Hilfe bin.«

Ich atme langsam aus, dann nicke ich. »Na ja, trotzdem danke.«

Wir stehen auf, und Beatrice bringt uns zur Tür.

»Er erweckt die Toten wieder zum Leben«, sage ich. »Hast du eine Ahnung, wie er das macht?«

Sie schüttelt den Kopf, also folge ich Charlie zum Auto.

»Wartet«, ruft Beatrice uns nach. »Habt ihr irgendwelche alten Münzen gefunden?«

Ich erstarre. »Ja«, antworte ich und drehe mich zu ihr um. »Obolus.«

Sie hält einen Moment inne und beißt sich auf die Lippen. »Wegegeld für den Fährmann.«

»Was –«

»Frag deinen Freund«, unterbricht sie mich. »Wir sehen uns in der Schule.«

Damit schließt sie die Tür und gibt uns unmissverständlich zu verstehen, dass das Gespräch beendet ist.

Charlie und ich sitzen Crystal in ihrem Büro gegenüber. Wir erzählen ihr von unserem Gespräch mit Beatrice, und ihre blonden Augenbrauen schießen in die Höhe, als wir Beatrice' letzte kryptische Bemerkung wiedergeben. *Wegegeld für den Fährmann.* Sie holt die beiden goldenen, unregelmäßig geformten Münzen hervor, die Mino uns gezeigt hat, und legt sie auf den Tisch.

Wenig später kommen Cupid und Cal herein.

»Ähm, hübsche Münzen hast du da, Crystal«, sagt Cupid, während er an Charlie und mir vorbeigeht und sich auf den schwarzen Sessel neben mir fallen lässt. »Aber ich hoffe, du willst nichts damit kaufen. Ich weiß ja nicht, ob dir das bewusst ist, aber die sind schon länger nicht mehr in Umlauf ...«

Mit einem bösen Blick in seine Richtung erwidert sie: »Ja, das ist mir durchaus bewusst. Danke, Cupid.« Sie sieht zu Cal auf, der stocksteif in der Tür steht. »Wie ist es mit den Schicksalsgöttinnen gelaufen?«

Er schüttelt den Kopf. »Nicht anders als erwartet.«

»Sie sind ziemlich sauer«, sagt Cupid und wendet sich mir zu. »Also, wer ist das Mädchen?«

»Valentines Ex.«

Seine Augen werden groß, Dunkelheit senkt sich über sein sonst so heiteres Gesicht. »Was?!«

Seine Reaktion überrascht mich. »Ähm ... ja, ein Mädchen namens Beatrice. Sie haben sich anscheinend kennengelernt, als er in Rom im Gefängnis saß.«

Er scheint sich etwas zu entspannen. »Oh. Also, was hat es mit den Münzen auf sich?«

»So bringt er die Toten zurück«, sagt Crystal.

Cal zieht verblüfft die Augenbrauen hoch.

Cupid beugt sich auf seinem Sessel vor und stützt die Ellbogen auf die Knie. »Könntest du das genauer erklären?«

»Wegegeld für den Fährmann«, wiederholt Crystal Beatrice' Worte.

»Charon ...«, murmelt Cal.

Charlie und ich sehen ihn verständnislos an, doch Crystal nickt.

»Ein Obolus – das Fährgeld für den Fährmann«, sagt sie.

»Ich nehme an, wir reden nicht über die Fähre nach Long Beach?«

Crystal schüttelt den Kopf.

»Die Fähre ans andere Ufer«, erklärt Cupid in düsterem Ton. »Die Fähre der Toten.« Er schüttelt fassungslos den Kopf. »Aber das ist nicht möglich. Diese Reise geht nur in eine Richtung. Niemand, der den Totenfluss überquert, kehrt je zurück.«

Crystal taxiert Cupid mit stechendem Blick. »Das stimmt nicht. Jemand ist zurückgekommen. Weißt du nicht mehr?«

Etwas scheint zwischen den beiden vorzugehen. Schließlich lehnt Cupid sich zurück und reibt sich mit dem Handrücken über den Mund.

Cal starrt Crystal entsetzt an. »Ein Obolus für die Fahrt in die Unterwelt. Ein Obolus für die Fahrt zurück ...«

Sie nickt. »Zwei Obolus. Wir haben zwei Obolus bei dem Leichnam in Malibu gefunden. So bringt er sie zurück.«

»Moment ... die Unterwelt? Die Fähre der Toten? Ihr meint ... Menschen, die sterben, kommen in die Unterwelt?« Ich sollte über Valentine, Cals Lebensfaden, die untoten Agenten und den vielsagenden Blick nachdenken, den Crystal gerade mit Cupid ausgetauscht hat. Aber stattdessen denke ich an meine Mom.

Crystal bemerkt meinen sorgenvollen Blick, und ihr Gesicht wird sanfter. »So war es früher«, sagt sie. »Aber als die Zeit und der Glaube der Menschen fortschritten, änderten sich auch Leben und Tod. Wo die Menschen jetzt hingehen, wenn sie sterben, weiß ich nicht. Aber Unsterbliche, Cupids, Leute wie wir – es heißt, dass Charon, der Fährmann, uns immer noch anbietet, uns über den Totenfluss ans andere Ufer zu bringen. Wenn wir dort hinwollen. Und wenn wir das Fährgeld bezahlen können.«

Mein Herz wird schwer. Aber ich schlucke den Kummer hinunter und nicke.

Cal tritt unruhig von einem Fuß auf den anderen. »Denkst du wirklich, Charon würde es den Leuten einfach erlauben, auf dem Totenfluss hin- und herzufahren?«

»Wenn man ihn gut bezahlt ... womöglich schon. Er war nie besonders moralisch«, meint sie. »Und wenn er für Valentine arbeitet, muss er wissen, wo er sich versteckt.«

Cupid nickt. »Weißt du, wo er ist?«

»Nein.« Crystal schüttelt den Kopf. »Aber ich werde ihn schon finden.«

»Gut«, sagt Cupid, und sein Gesicht nimmt einen grimmigen Ausdruck an. »Dann statten wir ihm einen kleinen Besuch ab und finden heraus, was er über meinen Bruder weiß.«

27. Kapitel

»Hast du schon was Neues über Charon gehört?«, fragt Charlie am Montag auf dem Weg zum Unterricht. »Crystal hatte noch nichts in Erfahrung gebracht, als ich gestern mit ihr geredet habe.«

»Cal hat eine alte Adresse am Strand von Malibu gefunden. Wir fahren heute Abend hin, um es uns anzusehen.«

Charlie nickt. Die Schulflure und Spinde sind bereits für den Valentinstag geschmückt – dem Sozialkomitee sei Dank. Die Wände sind mit rosaroten Herzen, Ballons und Plakaten zugepflastert, auf denen der Schulball für Freitag mit dem Motto *Amor* angekündigt wird.

»Das Motto war meine Idee«, sagt Charlie mit einem breiten Grinsen, als sie sieht, wie ich das Bild eines dicken geflügelten Kindes mit Pfeil und Bogen missbilligend anstarre.

Ich verdrehe die Augen. »Amor? Im Ernst?!«

Sie lacht. »Was? Ich hab einen Bogen, den ich nie in der Öffentlichkeit tragen darf! Und außerdem hast du so keinen Grund, nicht zu kommen. Wenn wieder so was passiert wie beim letzten Ball, sind wir wenigstens bewaffnet und niemand hat auch nur die geringste Ahnung.«

Ich schüttle seufzend den Kopf. »Sollten wir wirklich einen Valentinsball veranstalten? Zu Ehren des Mannes, der mich umbringen will? Das könnte ihm noch mehr Macht verleihen.«

Charlie sieht mich ernst an. »Ja, daran hab ich auch gedacht – aber das Sozialkomitee wird nicht einfach eine seiner großen jährlichen Veranstaltungen absagen. Ich kann ihnen wohl kaum erzählen, dass sich ein böser, verrückter Cupid in der Stadt herumtreibt, der Tote wieder zum Leben erweckt. Aber der Schulball ist in der Woche vor dem Valentinstag – nicht an genau dem Tag. Und ich habe dafür gesorgt, dass die Dekoration nichts mit Valentine als Person zu tun hat.«

Ich weiß, dass sie versucht, mich zu beruhigen, aber ihre Worte erinnern mich nur daran, wie nah der Valentinstag schon ist. Was immer Valentine vorhat, es wird Samstag in einer Woche passieren.

Wir haben nur noch elf Tage, um herauszufinden, wo er ist, und ihn aufzuhalten.

»Das Gute an dieser Mottoparty ist, dass sich alle als riesige Babys verkleiden werden, und das wird Cal und Cupid furchtbar nerven«, sage ich, und ein kleines Lächeln umspielt meine Lippen.

Charlie strahlt mich an. »Na, siehst du? Das ist die richtige Einstellung!«

Wir betreten das Klassenzimmer und setzen uns an unsere üblichen Plätze.

»Wie geht's Cal eigentlich? Wegen dieser ganzen Geschichte mit dem geklauten Lebensfaden.«

Ich zucke die Achseln. »Bei ihm ist das schwer zu sagen. Ich hab keine Ahnung, was er denkt.«

Charlie nickt, holt einen rosafarbenen Notizblock aus ihrer Tasche und wendet sich nach vorne um, als Ms Green hereinkommt.

Ich sage nicht, was mir durch den Kopf geht; dass ich im Moment auch keine Ahnung habe, was Cupid denkt.

In der Matchmaking-Agentur herrscht reger Betrieb, als mich Charlie nach der Schule dort absetzt. Sie lässt mich im Großraumbüro allein, das nach dem Kampf am Samstag wieder hergerichtet wurde, um einen Bericht über ihr letztes Match zu schreiben. Ich muss Agenten ausweichen, die pausenlos in ihre Headsets quasseln, während sie an mir vorbeieilen – in der Luft liegt eine unruhige Energie, die zweifellos mit dem bevorstehenden Valentinstag zu tun hat.

An der Glastür zur Rezeption halte ich abrupt inne. Cupid und Crystal stehen am Empfangstresen, und es sieht aus, als würden sie sich streiten.

Ich öffne die Tür einen Spaltbreit.

»Ich will nur sagen, dass das eine Möglichkeit ist, die wir nicht ausschließen sollten«, sagt Crystal gerade. »Ich meine, wann hast du zum letzten Mal …«

»Crystal, darüber will ich nicht reden.«

»Wir müssen darüber reden! Wenn Valentine Obolus benutzt, um Cupids von der anderen Seite zurückzubringen, dann müssen wir akzeptieren, dass er diese Idee von jemandem haben könnte …«

»Was machst du da, Lila?« Ich zucke erschrocken zusammen, wirbele herum und sehe mich Cal gegenüber, der direkt vor mir steht. Er weicht nicht zurück.

Er ist lässig angezogen, trägt nur T-Shirt und Jogginghose. In der Hand hat er eine Flasche Wasser, und über seiner Schulter hängt ein Köcher voller Pfeile. Offenbar hat er trainiert. Seinen geröteten Wangen und dem Schweiß auf seiner Stirn nach zu schließen, hat er ziemlich hart trainiert. Ich frage mich, ob er sich so davon ablenkt, dass sein böser großer Bruder ihn jeden Moment umbringen könnte.

»Ähm«, stammele ich.

Er schüttelt schroff den Kopf. »Schon gut.«

Ohne ein weiteres Wort drängt er sich an mir vorbei, öffnet die Tür, und ich folge ihm zur Rezeption. Cupid und Crystal verstummen sofort; Cupid schaut mich durchdringend an, als würde er etwas suchen. Dann lächelt er.

Er sieht noch etwas mitgenommen aus, hat sich aber seit unserem letzten Treffen am Wochenende sichtlich erholt. Sein blaues Auge ist zu einem zarten Rosa verblasst, und er trägt frische Jeans und ein sauberes rotkariertes Hemd, das am Kragen offen steht.

Crystal starrt ihn grimmig an und öffnet den Mund, um etwas zu sagen.

»Gut, wir sind alle hier«, kommt Cupid ihr zuvor und klimpert mit seinem Autoschlüssel. »Wollen wir unserem alten Freund, dem Fährmann der Toten, einen Besuch abstatten?«

Es dämmert schon, als wir das hohe Eingangstor eines Hauses am Strand von Malibu erreichen. Das Gebäude ist riesig – der erste Stock ist ein massiger, rechteckiger Block, auf den die beiden oberen Etagen stufenförmig gestapelt sind wie die Schichten einer Hochzeitstorte. Die Fenster sind dunkel, und das einzige Licht kommt von der Poolbeleuchtung im Hof. Von der anderen Seite des Hauses dringt leises Meeresrauschen zu uns herüber.

Cupid tritt vor das Tor mit der Gegensprechanlage. Auf dem Klingelschild steht: Charon.

»Nun, zumindest sind wir hier richtig«, stellt er fest.

»Hier wohnt der Fährmann der Toten?«, frage ich. »Ich hatte mir was ganz anderes vorgestellt. Was viel ...«

»Tristeres? Grusligeres? Tödlicheres?«

»Nun ... ja.«

Er zuckt die Achseln. »Ich wette, du dachtest auch, unsere Mutter, die Göttin der Liebe, wäre total süß und nett.«

»Gutes Argument. Und ich dachte, du, Cupid aka Amor, wärst ein riesiges, Windeln tragendes Baby mit Flügeln.«

»Hey!« Er drückt gespielt verletzt eine Hand an die Brust.

»Können wir bitte weitermachen?!«, braust Cal auf. »Na los. Sehen wir nach, ob er zu Hause ist.«

Cupid grinst schelmisch, dreht sich zur Gegensprechanlage um und drückt auf die Klingel. Er wirft mir einen verschwörerischen Blick zu. »Ich hoffe nicht.«

Cal macht ein finsteres Gesicht; in seinen silbrigen Augen flackert Bestürzung auf. »Was?!«, flüstert er aufgebracht.

»Hör zu, ich dachte nur – wenn er *wirklich* tote Cupids auf seiner Fähre zurückbringt, wird er uns wahrscheinlich nicht die Wahrheit sagen. Aber wenn er zufällig nicht da ist, können wir ein bisschen herumschnüffeln, bevor wir uns mit ihm treffen, und sehen, was wir finden.«

Cal verschränkt die Arme vor der Brust. »Wolltest du deshalb warten, bis Lila aus der Schule kommt? Damit wir in sein Haus einbrechen können, wenn er höchstwahrscheinlich nicht da ist?«

»Ja.«

»Das gefällt mir nicht.«

»Dir gefällt nichts, Bruderherz.«

Cupid drückt erneut auf die Klingel.

»Hallo?«, erklingt eine knisternde Frauenstimme.

Cupid wirft uns über die Schulter einen verwunderten Blick zu, dann beugt er sich vor. »Hi. Ist Charon da?«

»Nein. Wer will das wissen?«

»Ein Freund. Mit wem habe ich das Vergnügen?«

Der Lautsprecher knistert erneut.

»Ich bin Jenny. Ich komme jede Woche zum Putzen her, seit … Nun …«

Cupid dreht sich zu uns um und grinst – offenbar freut er sich diebisch, dass uns jemand ins Haus lassen könnte. Cal wird sichtlich nervös.

Cupid drückt erneut auf den Knopf an der Gegensprechanlage. »Können wir reinkommen und auf ihn warten?«, fragt er. »Er erwartet uns.«

»Ähm … das könnte aber eine ganze Weile dauern …«

»Wie meinst du das?«

Einen Moment herrscht Schweigen.

»Ihr habt es also noch nicht gehört? Er wird schon seit Monaten vermisst.«

Erschüttert blicke ich zwischen Cupid und Cal hin und her, ihre Gesichter verfinstern sich zusehends im fahlen Mondlicht.

Wieder kehrt Stille ein. Dann knistert der Lautsprecher erneut.

»Ihr sagt, ihr seid Freunde von ihm? Tut mir wirklich leid, dass ich euch die Nachricht nicht schonender beibringen konnte. Wollt ihr reinkommen?«

Mit einem lauten Scheppern gleitet das Tor zur Seite auf.

Wir wechseln einen Blick, und Cupid zieht grimmig die Stirn kraus, seine blaugrünen Augen von der Nacht verdunkelt. »Er wird also auch vermisst«, sagt er. »Das klingt nicht gut.«

»Nein«, stimmt Cal zu.

Cupid sieht einen Moment nachdenklich aus, dann wirft er uns einen vielsagenden Blick zu und tritt vor. »Lenkt sie ab. Ich sehe mich schnell um.«

»Ich weiß nicht, ob …«, setzt Cal an, aber Cupid marschiert schon auf das Haus zu.

Ich berühre Cal am Arm und spüre trotz seiner dicken Bomberjacke, wie er sich anspannt. »Komm«, sage ich. »Valentine hat deinen Lebensfaden, und er ist hinter meinem Herz her. Wir müssen tun, was wir können, um ihn aufzuhalten, oder?«

»Ja, da hast du wohl recht.«

Wir folgen Cupid zu dem Strandhaus. Als wir uns nähern, schwingt die Haustür auf. Im Türrahmen erscheint ein Mädchen in Jeans und einem weißen Top. Sie hat einen Staubwedel in der Hand, und ihre Haare sind zu einem straffen Knoten zusammengebunden.

»Bitte, kommt rein«, sagt sie.

Wir betreten einen elegant eingerichteten Raum, der sich über das gesamte untere Stockwerk erstreckt. Auf der einen Seite stehen weiße Ledersofas um einen riesigen Fernseher herum, auf der anderen befindet sich eine kleine Küche, von der aus eine Treppe an der linken Wand entlang zur zweiten Etage hochführt. Der Raum wird nur vom Mondlicht beleuchtet, das durch die Glasfront des Hauses hereinscheint – durch die man einen atemberaubenden Ausblick aufs Meer hat.

Jenny durchquert den Raum und schaltet eine Lampe an, dann dreht sie sich mit verschränkten Armen zu uns um.

»Könnte ich mal schnell auf die Toilette?«, fragt Cupid.

Sie zuckt die Achseln. »Klar. Das Bad ist oben, auf der linken Seite.«

Cupid wirft Cal einen verschwörerischen Blick zu und zwinkert mir zu, bevor er die Treppe hochgeht. Cal bleibt unbehaglich in der Tür stehen, sieht sich mit nervösem Blick um und klopft mit den Fingern auf sein Bein. Kaum ist Cupid weg, ertönt ein Knall von oben, und Jenny blickt erschrocken auf.

»Wie lange wird Charon schon vermisst?«, frage ich hastig.

Sie wendet sich wieder mir zu. »Seit letztem Herbst. Er ist auf Geschäftsreise gefahren und nie zurückgekommen.«

Ich werfe Cal einen raschen Blick zu, doch seine Aufmerksamkeit gilt allein Jenny.

»Bist du ein Mensch?«, fragt er.

Ich stöhne innerlich, als sie das Gesicht verzieht.

»Nein. Ich bin ein Elefant«, antwortet sie kopfschüttelnd. »Was für eine seltsame Frage.« Sie beäugt uns beide misstrauisch. »Woher kennt ihr Charon noch mal?«

Cal ignoriert die Frage einfach. »Du weißt also nicht, was das für eine Geschäftsreise war?«

»Er leitet eine Schifffahrtsgesellschaft. Ich weiß nicht, worum genau es bei der Geschäftsreise ging, aber sie war äußerst wichtig. Vielleicht hat er sich mit einem prominenten Passagier getroffen.«

Eilige Schritte lassen uns innehalten, als Cupid die Treppe herunterkommt. Er hält ein merkwürdiges, flaches Objekt unter seiner Lederjacke.

»Nun, ich glaube, das war alles. Gehen wir?«, sagt er und marschiert geradewegs zur Tür, ohne Jenny anzusehen. Cal nickt, dreht sich auf dem Absatz um und folgt ihm durch die offene Tür.

Jenny blickt den beiden sichtlich irritiert nach, und ich

schenke ihr ein mitfühlendes Lächeln. »Danke für deine Hilfe«, sage ich.

»Moment. Ich dachte, ihr wolltet über – «

»Tschüs!«

Ich eile den beiden nach und hole sie ein, als sie durch das Tor auf unser Auto zusteuern.

»Unauffällig …«, sage ich mit Blick auf die seltsame Beule unter Cupids Jacke. »Was hast du gefunden?«

»Charons Laptop. Darauf hat er sicher irgendwo ein Logbuch.« Er grinst. »Wir hacken es und finden raus, wo er ist und was er treibt. Und das führt uns hoffentlich zu Valentine.«

28. Kapitel

Nachdem wir den Laptop zur Matchmaking-Agentur gebracht haben, besteht Cupid darauf, mich nach Hause zu fahren.

Damit Dad uns nicht sieht, parkt er ein Stück von meinem Haus entfernt. Die Fahrt über haben wir kaum ein Wort gewechselt, zwischen uns herrscht angespanntes Schweigen.

Er zieht den Schlüssel aus dem Zündschloss und dreht sich zu mir. Hinter seinen meeresgrünen Augen tobt ein Sturm, ein Orkan der Emotionen, den ich nicht deuten kann. Er sieht aus, als versuche er, meine Gedanken zu lesen, als suche er nach etwas tief in meinem Innern. Ich begegne seinem Blick und spüre eine vertraute Wärme durch meinen Körper pulsieren.

In seinem Gesicht zeigt sich ein Verlangen, das meine Gedanken durcheinanderwirbelt und mein Herz schneller schlagen lässt. Doch ich sehe auch Schmerz. Denselben Schmerz, dieselbe Traurigkeit, die mir schon bei unserem ersten Treffen aufgefallen ist, als uns bewusst wurde, was passieren würde, wenn wir zusammenkämen.

»Wir müssen reden«, durchbreche ich die Stille.

»Ich weiß.«

»Darüber, was Morta gesagt hat. Darüber, dass Valentine uns zusammengebracht hat. Das hat etwas verändert. Seitdem hast du dich von mir distanziert.«

Er atmet langsam aus, fährt sich durch die Haare und lässt sich an die Lehne zurücksinken. »Ich weiß.«

»Du denkst, wenn Valentine dich nicht ins System eingefügt hätte, wären wir nie zusammengekommen. Du glaubst nicht, dass wir wirklich zusammengehören.«

Es tut weh, das laut auszusprechen, aber ich weiß, dass uns dieser Gedanke beide nicht loslässt.

Ich rutsche ein Stück auf meinem Sitz zurück, um sein Gesicht besser sehen zu können, und beobachte seine Reaktion.

Er reagiert ganz anders als erwartet.

Seine Augen weiten sich vor Überraschung, und er dreht sich zu mir um. »Lila, dieser ganze Matchmaking-Kram ist mir völlig egal. Ich wurde aus gutem Grund verbannt. Ja, als ich hergekommen bin, war ich neugierig, wer mein Match ist. Aber deshalb bin ich nicht geblieben. Ich bin geblieben, weil ich dich kennengelernt habe. Weil du mich zum Lachen bringst, weil ich mit dir mehr Spaß habe als je zuvor, weil du wundervoll wagemutig bist und weil es so vieles an dir gibt, was mir ein Rätsel ist. Es ist einfach –« Er unterbricht sich.

»Was?«

Seufzend reibt er sich mit der Hand über den Mund und blickt zu mir auf. »Valentine«, sagt er. »Es gefällt mir nicht, dass Valentine das Ganze arrangiert hat. Das erschwert es mir, meinen Gefühlen zu vertrauen – nach allem, was damals passiert ist.«

»Mit dem Mädchen.«

»Ja.«

Ich seufze leise.

»Aber das ist dumm«, sagt er. »Letztes Mal hat er mich mit einem Pfeil getroffen. Jetzt bin ich gegen die Pfeile immun – ich weiß also, dass meine Gefühle für dich echt sind.«

Ich nicke und fühle, wie meine Anspannung etwas nachlässt.

»Wer war sie?«, frage ich. »Erzähl mir von ihr.«

Er holt tief Luft. »Erinnerst du dich noch an die Geschichte in dem Sagenbuch, nach der du mich gefragt hast?«

Verwundert ziehe ich die Augenbrauen hoch. »Psyche?«

Er neigt den Kopf. »In der Geschichte heißt es, ich hätte mich selbst mit dem Pfeil verwundet. Aber in Wirklichkeit war es Valentine.«

»Was ist mit ihr geschehen?«

Er seufzt schwer, den Blick auf die dunkle Straße vor uns gerichtet. »Sie wurde einer Vielzahl von Prüfungen unterzogen, die meine Mutter erdacht hatte. Schließlich haben die Götter sie unsterblich gemacht. Doch als die Götter diese Welt verließen, ist sie verschwunden. Ich dachte immer, sie hätten sie dorthin mitgenommen, wohin auch immer sie gegangen sind. Aber jetzt ...« Er verstummt, sein Gesicht von Sorge überschattet.

»Was?«

»Die Obolus ... dass Obolus bei den Toten gefunden wurden ... das hat Crystal und mich an Psyche erinnert.«

Unwillkürlich muss ich an die hitzige Diskussion zwischen Crystal und Cupid denken und an ihre spitze Bemerkung, dass schon einmal jemand mit Hilfe eines Obolus aus der Unterwelt entkommen ist.

»Das ist ein Teil des Mythos von Psyche«, sage ich. »Sie geht in die Unterwelt, oder? Venus schickt sie dorthin, um etwas zurückzuholen.«

Cupid nickt. »Das war eine der Prüfungen, denen Venus sie unterzogen hat, um sie zu quälen. Niemandem sollte es möglich sein, aus der Unterwelt zurückzukommen. Doch Psyche hat es geschafft. Sie hat Charon einen Obolus dafür bezahlt, dass er sie in die Unterwelt bringt, und einen zweiten, damit er sie zurückholt. Crystal denkt, Psyche könnte Valentine gezeigt haben, wie man das macht.«

»Und denkst du das auch?«, frage ich.

Er zuckt die Achseln. »Ich weiß es nicht. Aber wenn sie immer noch dort draußen ist ... nun, ihr Leben als Mensch war alles andere als glücklich. Sie wurde von ihrer Familie, den Cupids und den Göttern erbarmungslos gequält. Als sie herausfand, dass unsere Liebe nicht echt war, wurde sie genauso wütend wie ich. Sie verabscheut mich, die Götter und die gesamte Menschheit genauso sehr wie Valentine.« Er ringt sich ein Grinsen ab. »Und das ist kein schöner Gedanke.«

Er seufzt tief, und wir verfallen in Schweigen – jeder in seine eigenen Gedanken versunken.

»Ich zweifle nicht an meinen Gefühlen für dich, Lila«, sagt er unvermittelt. »Wenn ich dich in dem Glauben gelassen habe, tut es mir leid. Das mit uns ist etwas ganz anderes als das, was mit Psyche passiert ist. Wir sind füreinander bestimmt. Venus wäre nicht zurückgekehrt, wenn es nicht so wäre. Es ist nur ... nach allem, was passiert ist ... na ja, ich hasse es, dass Valentine mit unseren Herzen spielt. Ich hasse ihn. Und« – er holt tief Luft – »ich habe Angst, dass du an deinen Gefühlen für mich zweifelst.«

Ich sehe ihm fest in die Augen. Trotz seiner kräftigen Statur wirkt er vollkommen verloren. Er sieht aus, als rechne er damit, verletzt zu werden.

»Das tue ich nicht«, sage ich leise. »Ich zweifle nicht an meinen Gefühlen für dich.«

Einen Moment starren wir einander wortlos an – meine

Haut scheint in Flammen zu stehen, so intensiv ist sein Blick. Meine Wangen fühlen sich heiß an. Mein ganzer Körper fühlt sich heiß an.

Und plötzlich ist sein Mund auf meinem, er umfasst mein Gesicht mit seinen großen, starken Händen und zieht mich an sich. Die sanfte Berührung seiner Finger steht in krassem Gegensatz zu seinem fieberhaften, stürmischen Kuss. Ich atme scharf ein und lasse mich in seine Umarmung sinken, meine Finger vergraben sich in seinen zerzausten Haaren.

Ein Stöhnen kommt ihm über die Lippen. Mit seiner freien Hand löst er seinen Gurt, um sich noch näher zu mir zu beugen. Seine Zunge gleitet in meinen Mund, heiß und innig, während sich seine andere Hand auf mein Bein legt und fest zupackt. Sein Atem beschleunigt sich, und sein berauschender Duft hüllt mich ein; Aftershave, Seife und Cupids ganz eigener Geruch.

Da ertönt ein lautes Klingeln. Rasch mache ich mich von ihm los – mein Herz rast. Cupid blinzelt ein paarmal, als versuche er, den Kopf freizubekommen. Selbst im matten Licht der Straßenlaternen kann ich sehen, dass sein Gesicht gerötet und seine Lippen leicht geschwollen sind.

Plötzlich breitet sich ein Grinsen auf seinem Gesicht aus. Er sagt nichts, schaut mich einfach nur an.

Das Handy klingelt weiter.

Er seufzt. »Wetten, dass mein lieber Bruder anruft, um den Moment zu ruinieren?«, sagt er kopfschüttelnd. »Das kann warten.«

Endlich ist das Handy still, und auch wir versinken wieder in Schweigen. Obwohl ich ihn am liebsten noch einmal küssen würde, halte ich mich zurück. Uns unseren Gefühlen hinzugeben, während Valentine noch irgendwo dort draußen ist, ist gefährlich.

»Du solltest zurückrufen«, sage ich.

In diesem Moment piepst Cupids altes Handy, das er gezwungenermaßen wieder benutzt, und er zieht es seufzend aus der Hosentasche. Sein Gesicht verfinstert sich, während er die Nachricht liest.

»Was ist los?«, frage ich.

»Sie haben Zugriff auf Charons Computer. Ein großer Teil der Daten wurde gelöscht, aber sie konnten die letzten Einträge aus seinem Logbuch wiederherstellen.« Er sieht mich mit eindringlichem Blick an und reicht mir wortlos sein Handy.

Darauf ist sein E-Mail-Programm geöffnet.

Transkript von Charons Logbuch, steht in der Betreffzeile. Ich scrolle hinunter.

14. Oktober
Mayday! Mayday! Mayday!
Die Fähre wurde überrannt!
Vergebt mir!

Ich ziehe irritiert die Stirn kraus und sehe mir den nächsten Eintrag an.

19. November
Mayday! Mayday! Mayday!
Sie haben eine Kehrtwendung gemacht.
Ich werde gefangen gehalten.
Wir sind nicht mehr auf dem Weg in die Unterwelt.

28. Dezember
Mayday! Mayday! Mayday!
Einige der Toten haben Rettungsboote genommen.
Sie haben Obolus bezahlt, um in die Welt der Lebenden zurückzugelangen.
Und hier sind noch viele mehr.
Ich kann sie nicht bekämpfen.

Ich beiße mir auf die Lippen, sprachlos vor Entsetzen.

14. Januar
Mayday! Mayday! Mayday!
Wir sitzen an der Grenze zwischen Leben und Tod fest.
Sie kommen nicht hindurch.
Die Barriere hält. Vorerst.
Ich scrolle zum letzten Eintrag hinunter.

2. Februar
Wenn sie einen Weg finden, die Barriere einzureißen …
Mögen die Götter uns beistehen.

Eine eisige Kälte sickert durch meine Adern.
Wenn sie einen Weg finden, die Barriere einzureißen …
Mögen die Götter uns beistehen.
Langsam blicke ich zu Cupid auf.
»Die toten Agenten, die Valentine wieder zum Leben erweckt hat, sind auf Charons Fähre«, sage ich leise.
»Ja«, stimmt Cupid zu.
»Denkst du, dort bewahrt er auch Mortas Schere und Cals Lebensfaden auf?«

»Vermutlich.«

»Er versucht, die Barriere zwischen Leben und Tod zu zerstören?«, frage ich fassungslos. »Warum?«

»Keine Ahnung. Zumindest würde er damit eine Menge Chaos anrichten. In der Unterwelt gibt es sehr viele Leute, die nicht in diese Welt gehören. Aber wie ich meinen Bruder kenne, ist das noch nicht alles. Was immer er vorhat – das muss das große Finale sein, das er für den Valentinstag geplant hat. Und was seine Beweggründe auch sein mögen, es ist mit Sicherheit nichts Gutes …« Cupid macht ein gequältes Gesicht. »Ich sollte zurück zur Matchmaking-Agentur und die anderen benachrichtigen. Kommst du mit?«

Ich werfe einen Blick durchs Fenster. »Nein«, antworte ich seufzend. »Dad wartet bestimmt schon auf mich. Ich muss morgen zur Schule.«

Er nickt. Dann beugt er sich zu mir, umfasst sachte mein Gesicht und drückt mir einen zärtlichen Kuss auf die Lippen. »Ich sag dir Bescheid, wenn's was Neues gibt, okay?«

»Okay.«

Wir blicken einander noch einen Moment schweigend an, dann löse ich mich von ihm und steige aus.

»Lila! Warte!«, ruft Cupid.

Ich drehe mich zu ihm um.

»Ja?«

Sein Blick wird noch intensiver, aber seine Lippen umspielt ein sanftes Lächeln.

»Du bist meine Freundin, stimmt's?«

29. Kapitel

Ich liege im Bett und starre zur Decke hoch.

Ich sollte mir Sorgen machen. Ich sollte überlegen, warum Valentine die Barriere zwischen Leben und Tod einreißen will. Ich sollte über Psyche nachdenken – über ihre Vorgeschichte mit Cupid und was sie mit all dem zu tun hat.

Und das tue ich.

Aber hauptsächlich versuche ich, das glückliche Grinsen zu unterdrücken, das sich beim Gedanken an Cupids Worte auf meinem Gesicht ausbreitet.

Du bist meine Freundin, stimmt's?

Ja.

Nachdem wir die letzten Wochen um die Wahrheit herumgetänzelt sind und nicht darüber reden konnten, was wir füreinander empfinden, haben wir es endlich laut ausgesprochen. Wir haben uns endlich unsere Gefühle gestanden.

Eine wohlige Wärme durchströmt mich. Ich werfe einen Blick auf mein Handy, das auf dem Nachttisch liegt – vielleicht sollte ich Charlie anrufen und ihr die Neuigkeiten erzählen. Doch als ich den Riss im Display sehe, muss ich schlagartig an meine Begegnung mit Valentine in der Turnhalle denken, und das Feuer in meinem Innern gefriert zu Eis.

Ich erinnere mich an seinen bohrenden Blick, seine barsche Stimme, wie er so nah bei mir stand, dass ich seine Körperwärme spüren konnte. Wie er einfach zugelassen hat, dass ich ihm den Ardor in die Brust stoße. Die selbstgefällige Art, wie er meinen Namen ausspricht; als wäre er die Pointe eines Witzes, den nur er kennt.

Wir sehen uns bald wieder, Lila.
Bis zum Valentinstag bleibt nicht mehr viel Zeit. Und er hat mir gesagt, dass er mein Herz braucht. Will er damit die Barriere zwischen Leben und Tod durchbrechen? Aber wie?

Wir müssen ihn aufhalten. Doch solange seine Macht weiter wächst und sich die einzige Waffe, die ihn töten könnte, in seinem Besitz befindet, ist das ein aussichtsloses Unterfangen.

Wenn wir doch nur mehr Macht erlangen könnten, um ihn zu bekämpfen und ihn wieder in eine Sim zu sperren, wie Cupid es getan hat.

Bei dem Gedanken kommt mir eine Idee; eine so verrückte Idee, dass sie vielleicht klappen könnte, vielleicht aber auch nicht.

Auf jeden Fall brauche ich Charlies Hilfe. Ich beschließe, ihr morgen in der Schule davon zu erzählen.

»Du meinst, bei dem Schulball am Freitag sollte es einzig und allein um Cupid gehen?«, fragt Charlie, ihre Bücher an die Brust gedrückt, während wir durch die Schulflure in Richtung Parkplatz schlendern.

»Valentine wird am Valentinstag besonders mächtig, weil sich die Leute in seinem Namen verlieben und er diese Energie abzapft«, sage ich. »Was, wenn sich die Leute stattdessen in Cupids Namen verlieben? Wir benennen den Ball um in Cupid-Ball. Vielleicht wird Cupid dadurch mächtig genug, um Valentine zu besiegen.«

Charlies braune Augen leuchten auf. »Ja, vielleicht! Dann müssten wir Valentine nur noch irgendwie zu dem Ball locken.«

Ich nicke und ziehe meine Jacke enger um mich, als wir das Schulgebäude verlassen. »Daran habe ich auch schon gedacht. Valentine hat immer noch Cupids neues Handy. Wenn ich ihn einlade, kommt er bestimmt.«

Sie runzelt nachdenklich die Stirn. »Hast du schon mit den anderen darüber geredet?«

»Noch nicht. Ich wollte erst dich fragen. Ich nehme an, wir brauchen Hilfe vom Sozialkomitee, damit unser Plan aufgeht.«

»Ja. Und wir müssen auch« – sie deutet mit dem Kopf in Richtung Parkplatz und wackelt grinsend mit den Augenbrauen – »deinen *Freund* überzeugen.«

Ich folge ihrem Blick. Cupid lehnt an seinem Auto und erntet einige bewundernde Blicke von den Mädchen, die an ihm vorbeikommen. Anders als bei unserer ersten Begegnung scheint er das jedoch nicht zu bemerken.

Ein Lächeln umspielt meine Lippen, während ich ihn dabei beobachte, wie er etwas auf seinem alten Handy tippt. Ich kann es ihnen nicht verübeln, dass sie die Augen nicht von ihm lassen können. In dunklen Jeans und langärmeligem schwarzem Hemd, die sandblonden Haare vom Wind leicht zerzaust, sieht er absolut umwerfend aus.

»Schließlich muss er die ganze Energie von den Matches abzapfen«, fährt Charlie fort.

In diesem Moment schaut Cupid auf, und unsere Blicke treffen sich. Ein Grinsen breitet sich auf seinem Gesicht aus. Er lässt mich keine Sekunde aus den Augen, während wir auf ihn zukommen.

»Hi«, begrüße ich ihn fast schüchtern.

Er tritt einen Schritt auf mich zu, umfasst sanft mein Gesicht und drückt mir einen hauchzarten Kuss auf die Lippen.

»Igitt. Nehmt euch ein Zimmer«, murmelt Charlie hörbar amüsiert.

Er löst sich von mir und lächelt mich strahlend an. »Hi«, sagt er, »wie geht's meiner Freundin heute?«

Ich verdrehe die Augen, muss aber auch grinsen und spüre, wie mir die Röte ins Gesicht steigt. »Ganz gut. Ein bisschen müde von der Schule. Aber ich hatte eine Idee wegen Valentine. Charlie denkt, das könnte klappen.«

Er zieht die Augenbrauen hoch, die Arme fest um mich geschlungen, so dass ich durch seine Wärme vor der winterlich kalten Luft geschützt bin. »Nun, wir brauchen alle Ideen, die wir kriegen können. Erzählen wir am besten auch gleich Crystal und Cal davon«, sagt er und öffnet die Autotür. »Kommst du mit, Charlie?«

Sie nickt und klettert auf den Rücksitz, und bald darauf sind wir auf dem Weg nach Los Angeles. Auf der Fahrt erzähle ich Cupid von meiner Idee.

In der Matchmaking-Agentur angekommen, gehen wir geradewegs zu Crystals Büro. Zu meiner Überraschung fläzt Mino auf einem der Sessel und plaudert mit Crystal. Sein Arm baumelt lässig über die Lehne. Cal sitzt stocksteif daneben und beobachtet ihn mit eisigem Blick.

»Schon was rausgefunden?«, fragt Cupid, als wir hereinkommen.

»Nein, mein Freund«, sagt Mino mit seinem starken britischen Akzent. »Wie sich herausstellt, ist es gar nicht so leicht, die Fähre der Toten aufzuspüren – selbst für jemanden mit meinen Fähigkeiten. Wer hätte das gedacht? Aber ich werde sie schon finden.«

»Hä?«, platze ich heraus.

Im nächsten Moment wird mir schlagartig bewusst, wie schroff das klang, und da ich weiß, wie furchteinflößend Mino sein kann, beiße ich mir auf die Zunge und versuche es noch einmal in höflicherem Ton: »Ich meine ... Was ist los? Was hast du vor?«

Minos Augen funkeln vor Belustigung, als er sich mir zuwendet. »Wusstest du, dass der Verstand ein Labyrinth ist, Lila?«, fragt er. »Voller Kurven und Abzweigungen und Sackgassen. Wenn man darin herumwandert –«

»O nein, nicht schon wieder dieser Monolog«, braust Cal auf. Seine Augen blitzen ärgerlich. »Er versucht, Charon ausfindig zu machen.«

Ich erwarte, dass Mino genauso gereizt reagiert, aber er zuckt nur die Achseln und lacht leise.

»Wie das?«, erkundige ich mich.

»Mino hat eine sehr spezielle Fähigkeit«, meldet Crystal sich erstmals zu Wort. »Er kann in den Verstand anderer Leute eindringen. Wir hoffen, dass er auch Charons Verstand erreichen kann – um zu sehen, was Charon sieht, und Kontakt zu ihm aufzunehmen. Aber das ist schwieriger als gedacht.«

»Er kann ihn nicht finden«, sagt Cal barsch. »Das ist reine Zeitverschwendung.«

»Nun, Bruderherz, in der Zwischenzeit hat Lila einen Plan entwickelt.« Ein schelmisches Grinsen breitet sich auf Cupids Gesicht aus. »Und der sieht vor, dass ich einen Abend lang allmächtig werde, also wirst du ihn sicher lieben.«

Die nächsten Tage verlaufen alle nach dem gleichen Muster. Tagsüber bin ich in der Schule und in den Pausen helfe ich Charlie und dem Rest des Sozialkomitees mit ihren Vorbereitungen für den Ball. Abends fahre ich zur Agentur, um mit Cupid und Cal zu trainieren, und schaue dann bei Crystal und Mino vorbei, die versuchen, Charon ausfindig zu machen.

Donnerstagabend, während unserer Bogenschießübungen in Cupids Trainingsraum, dreht sich Cupid plötzlich zu mir um.

»Ich will mehr Zeit mit dir verbringen«, sagt er, sein charakteristisches Grinsen ist etwas schief, aber sein Blick so intensiv wie eh und je. »Allein.«

In der ganzen Aufregung hatten wir kaum Zeit füreinander. Und ich hatte auch kaum Zeit für mich allein.

»Morgen Abend«, sagt er. »Wir gehen doch zusammen zum Ball, oder?«

»Ja«, antworte ich, ohne zu zögern. »Wenn du willst. Aber dir ist schon klar, dass wir, wenn alles nach Plan läuft, von Valentine angegriffen werden?«

In seinen Augen braut sich ein Sturm zusammen, und er lässt den Pfeil mit solcher Wucht von der Sehne schnellen, dass die Zielscheibe gegen die Wand kracht, als er ins Schwarze trifft. »Das will ich doch hoffen.«

Später, als Cupid das Training schon lange satthat, schlendern Cal und ich alleine durch die schwarz-weiß karierten Korridore. Wir tragen immer noch unsere Trainingsoutfits, und ich bin völlig durchgeschwitzt.

»Cupid hat dir also offiziell den Hof gemacht?«, fragt er unvermittelt, den Blick starr geradeaus gerichtet.

»Den Hof gemacht? Dir ist schon klar, dass wir im 21. Jahrhundert leben, oder?«

Er macht ein finsteres Gesicht und blickt kurz zu mir herüber. »Du weißt, was ich meine.«

»Ja«, sage ich. »Wir sind zusammen.«

Einen Moment herrscht unangenehme Stille. Er nickt steif. »Das freut mich für dich«, sagt er.

»Danke.«

Wir gehen eine Weile schweigend weiter; durch den Innenhof und vorbei an dem Steinbecken, wo früher die Statue von Venus stand.

»Du gehst morgen auch zum Ball, oder?«, frage ich, um das Thema zu wechseln.

Doch kaum sind die Worte heraus, erinnere ich mich an unseren Tanz auf dem letzten Ball, bei dem wir gemeinsam waren – hätte ich doch bloß nicht davon angefangen. Mir steigt die Hitze ins Gesicht, und ich wende hastig den Blick ab. Hoffentlich muss Cal nicht auch daran denken.

Er seufzt schwer. »Ich würde lieber nicht hingehen«, sagt er, als wir die Tür zu Crystals Büro erreichen. »Aber da wir Valentine dorthin locken, habe ich wohl keine andere Wahl.«

Wir betreten Crystals Büro.

Mino sitzt mit geschlossenen Augen an ihrem Tisch – seine Augenlider bewegen sich, als würde er träumen. Cupid und Crystal blicken zu uns auf, als wir hereinkommen.

»Wir glauben, er macht langsam Fortschritte«, sagt Cupid leise.

Er winkt mich zu sich herüber, und ich setze mich auf die Armlehne seines Sessels. Er drückt ermutigend meinen

Arm, bevor wir uns beide Mino zuwenden. Cal beobachtet das Ganze von der Tür aus.

Plötzlich zieht Mino scharf die Luft ein. Seine Lider flattern wild.

Crystal eilt zu ihm. »Mino?«, fragt sie besorgt.

Cupid beugt sich auf seinem Sessel vor.

»Ich bin da«, sagt Mino. »Ich bin auf dem Schiff.«

Mein Herz schlägt schneller.

»Ich bin in Charons Verstand.«

Seine Stimme ist leise – nicht direkt monoton, aber ohne ihren üblichen dramatischen Unterton. Seine Armmuskeln sind angespannt, so dass das Labyrinth-Tattoo auf seiner dunklen Haut deutlich hervortritt.

»Was siehst du?«, fragt Crystal.

»Es ist dunkel. Grau. Und die Toten … die Toten sind überall.«

Seine Worte lassen mich erschauern.

»Die Toten … sie haben sich nicht unter Kontrolle«, sagt er. »Ihre Herzen. Etwas stimmt mit ihren Herzen nicht. Valentine hat sie gestohlen.« Schweißperlen stehen ihm auf der Stirn. »Sie wollen nicht für ihn arbeiten, aber solange er ihre Herzen hat, bleibt ihnen nichts anderes übrig.«

Sein Atem beschleunigt sich, und er umfasst die Armlehne seines Sessels fester. »Das Schiff schwankt. Wir befinden uns an der Grenze zwischen Leben und Tod. Obwohl das Wegegeld entrichtet wurde, kommen wir nicht durch. Die Fähre kommt nicht durch.«

Crystal beugt sich näher zu ihm. »Warum?«

»Wegen des Passagiers«, antwortet er. »Charon versucht, mir etwas mitzuteilen. Über einen Passagier.«

»Einen Passagier?«, fragt Cupid.

»Ein Passagier, den er ans andere Ufer bringen wollte, bevor das Schiff von Valentine übernommen wurde. Ein sehr prominenter Passagier.«

Das erinnert mich an etwas, was Jenny, Charons Haushälterin, gesagt hat. Auch Cupid wird bei Minos Worten hellhörig.

Crystal legt Mino behutsam eine Hand auf den Arm. »Wer ist es?«

»Der Passagier sitzt vorerst dort fest«, sagt er. »Sie können ihn nicht rüberbringen, ohne die Barriere zwischen Leben und Tod zu zerstören. Die Obolus reichen nicht aus. Der Preis ist höher.«

»Wer ist es?!«, fragt Crystal in eindringlicherem Ton.

Ein Zittern durchläuft seinen Körper. Er sieht aus, als habe er Mühe, die Verbindung aufrechtzuerhalten.

»Wenn der Passagier hindurchkommt … wird sich alles ändern.«

»Mino … wer ist der Passagier?«

Er antwortet nicht. Sein Gesicht nimmt einen bestürzten Ausdruck an. Seine Hände ballen sich zu Fäusten.

»Wer ist es?!«, fährt Crystal ihn an. »Wen versuchen sie zurückzubringen?!«

Minos Augen öffnen sich schlagartig – doch sie sehen nicht normal aus. Seine Pupillen sind so stark geweitet, dass seine Augen fast vollkommen schwarz aussehen.

»Venus«, stößt er hervor.

Teil 3:
Die Fähre der Toten

30. Kapitel

Venus.

Mich überläuft es heiß und kalt.

Mino blinzelt, und seine Augen nehmen wieder ihr gewöhnliches dunkles Braun an. »Venus. Venus ist der Passagier«, sagt er. »Valentine versucht, Venus zurückzubringen.«

Plötzlich bin ich wieder dort, in Venus' Gerichtssaal; ich spüre ihre ölige Hand an meiner Kehle, sehe, wie sich ihr starrer Blick in mich hineinbohrt, höre ihr hämisches Lachen, als sie mich zu töten versucht. Ich habe ihr doch den *Finis* – den Pfeil, der selbst Götter tötet – ins Herz gestoßen.

Er sollte sie endgültig vernichten.

Das kann nicht wahr sein. Sie kann nicht zurückkommen.

Sie sollte für immer fort sein.

Das sollte das Ende sein.

»Wie?«, bringe ich mühsam hervor, meine Stimme leise und zittrig. »Wie ist das möglich?«

Mein Blick huscht von Crystal, die ungewöhnlich blass ist, zu Cal, dessen Augen silbern blitzen, auch wenn ihm sonst keine Gefühlsregung anzusehen ist.

Schließlich wende ich mich Cupid zu. Sein Gesicht ist von blankem Entsetzen gezeichnet. Doch als er die Angst in meinem Gesicht bemerkt, beugt er sich vor und nimmt meine Hände in seine, um sie zu wärmen.

Er sieht mir fest in die Augen.

»Lila«, sagt er, »ich lasse nicht zu, dass sie dir weh tut.«

»Na ja, wenn wir Glück haben, braucht Valentine mein

Herz, um sie zurückzubringen, also wird sie dazu hoffentlich keine Chance haben ...«, murmele ich.

»Sag das nicht, Lila. Ich lasse nicht zu, dass dir irgendetwas zustößt«, versichert er mir. »Wir halten sie auf.«

»Ich dachte, der *Finis* würde sie endgültig vernichten«, sagt Crystal verwirrt.

»Tja, aber das hat er nicht«, entgegnet Cal schroff. »Wir müssen Lila von hier wegbringen. Ohne ihr Herz kann Valentine die Barriere nicht durchbrechen.«

Auf seine Worte folgt zustimmendes Gemurmel.

»Nein«, widerspreche ich.

Die anderen drehen sich zu mir um, und Cupid umfasst meine Hand fester. »Lila –«, setzt er an.

»Nein. Das hat keinen Sinn. Warum hat er wohl Cals Lebensfaden gestohlen?«, frage ich, als mir der Grund plötzlich klarwird. Ich blicke in Cupids meergrüne Augen, und sie verdunkeln sich, als auch ihm die schreckliche Wahrheit dämmert. »Wenn er Cal töten wollte, hätte er es schon längst getan. Er wird ihn als Köder benutzen. Ich werde nicht zulassen, dass er ihm etwas antut. Er weiß, dass er im entscheidenden Moment nur drohen muss, Cal zu töten, und ich werde kommen, um ihn zu retten.«

»Verdammt«, flucht Crystal.

»Nein«, sagt Cal. Ich sehe zu ihm. Er steht angespannt in der Tür, seine silbernen Augen lodern, als er vehement den Kopf schüttelt. »Nein. Wir werden dich von hier wegbringen. Es geht um *meinen* Lebensfaden. Ich entscheide, was wir tun. Wir bringen dich in Sicherheit. Und damit basta.« Ohne ein weiteres Wort wendet er sich ab und rauscht davon.

Mino schaut ihm mit amüsiertem Gesichtsausdruck nach.

»Ich werde nicht gehen.« Ich begegne erneut Cupids Blick, um ihn wissen zu lassen, dass mein Entschluss feststeht. »Wenn ihr mich dazu zwingt, werde ich zurückkommen.«

Er seufzt, einen resignierten Ausdruck im Gesicht. »Ich weiß, Sonnenschein.« Er drückt meine Hand und erhebt sich. »Ich rede mit –«

»Nein«, erwidert Crystal und springt ebenfalls auf. »Ich rede mit ihm.«

Der Anflug eines Grinsens erscheint auf Cupids Gesicht, und er sieht sie vielsagend an, während er sich auf seinen Sessel zurücksinken lässt. Sie wendet sich rasch ab und durchquert das Büro mit großen Schritten. In der Tür dreht sie sich noch einmal um und begegnet Minos Blick. »Du sagtest, die untoten Agenten seien nicht wirklich auf seiner Seite?«

Mino nickt langsam. »Ja. Sie werden von Valentine kontrolliert.«

»Okay, also müssen wir herausfinden, wo sich ihre Herzen befinden, und sie zerstören. Dann werden sie wieder sie selbst. Das sollte es Charon ermöglichen, die Kontrolle über sein Schiff zurückzuerobern und Venus dorthin zurückzubringen, wo sie hingehört.«

»Ähm, dein Plan hat nur eine kleine Schwachstelle …«, sagt Cupid. »Wie um alles in der Welt sollen wir herausfinden, wo Valentine die Herzen versteckt hat?«

»Wir bringen Valentine dazu, es uns zu verraten«, erwidere ich.

Crystal sieht mich an und nickt entschlossen. »Ich denke, es wird Zeit, dass wir Valentine zum Ball einladen, meinst du nicht auch?«

> Ich wünschte, ich könnte bei dir sein.

Ich lese Cupids Nachricht im Bett. Eigentlich wollte er sich mit in mein Zimmer schleichen, aber nachdem wir unseren Plan ausgearbeitet hatten, erschien es uns allen besser, dass er in der Agentur trainiert und sich für den bevorstehenden Kampf bereitmacht.

Mein Handy vibriert erneut, noch eine Nachricht von Cupid.

> Gib mir Bescheid, sobald sich mein Bruder
> bei dir meldet. Und vergiss nicht: Draußen sind
> Agenten stationiert, wenn du Hilfe brauchst.

Seine offensichtliche Sorge bringt mich zum Lächeln.

> Ich wünschte auch, du wärst hier bei mir.
> Aber mach dir keine Sorgen um mich.
> Mir geht's gut.

Ich drehe mich auf die Seite und schalte meine Nachttischlampe aus, auch wenn ich weiß, dass ich kein Auge zutun werde. Wie sollte ich schlafen, während ich darauf warte, dass Valentine mir zurückschreibt? Mein Innerstes zieht sich aus einer Mischung aus Aufregung und kaltem Grauen zusammen.

Ich denke an die Nachricht, die ich ihm geschickt habe.

> Wir treffen uns morgen auf dem Schulball.
> Um Mitternacht. Ich muss mit dir reden.

Jetzt muss ich nur noch abwarten, ob er mir antworten wird.

Und das wird er.

Ganz bestimmt.

Es ist seltsam; ich habe ihn nur ein paarmal getroffen, aber es kommt mir vor, als würde ich ihn kennen. Der Drang herauszufinden, was ich ihm zu sagen habe, wird ihn zu dem Ball treiben – davon bin ich felsenfest überzeugt.

Ein Geräusch von draußen vor der Tür reißt mich aus meinen Gedanken.

»Gute Nacht, Lila!«, ruft Dad.

Mein Herz rast, und ich hole tief Luft, um mich zu beruhigen. *Was dachte ich denn? Dass sich Valentine dort draußen rumtreibt oder was?*

»Gute Nacht!«, rufe ich zurück.

Ich lausche, wie Dad den Flur hinunter zu seinem Zimmer geht. Erst dann sehe ich wieder auf mein Handy, auf dem sich der Bildschirmschoner eingeschaltet hat; eine Diashow von Charlie und mir, wie wir im Love Shack Grimassen schneiden, bevor dieser ganze Irrsinn angefangen hat. Ich starre darauf, bis das Display schwarz wird – meine Augen werden glasig, während ich über all die unglaublichen Dinge nachdenke, die in den letzten Monaten passiert sind, und an unseren Plan, uns Valentine morgen zu stellen.

Es ist schon nach Mitternacht, als mein Handy piepst.

Ich schrecke aus meinem Dämmerzustand und setze mich kerzengerade im Bett auf.

Mit zitternden Händen greife ich nach meinem Handy und rufe die Nachricht auf. Mein Herz hämmert wild.

Sie ist von Valentine.

>Bittest du mich um ein Date, Lila?

Mir wird eisig kalt.

>Triffst du dich mit mir oder nicht?

Mein Finger verharrt einen Moment über dem Display.
Dann drücke ich auf *Senden*.
Mein Adrenalinspiegel steigt jäh an, ich warte mit angehaltenem Atem.
Er schreibt. Mein Herz pocht so hart gegen meine Rippen, als wollte es sich aus seinem Käfig befreien.
Wieder vibriert mein Handy.

>Natürlich. Wir sehen uns dort, Lila Black.

31. Kapitel

»Ich treffe mich heute nach der Arbeit wieder mit Sarah.« Dad streckt so plötzlich den Kopf zur Küchentür herein, dass ich zusammenzucke. »Ist das okay?«

Ich nehme mir meinen Toast und drehe mich zu ihm um. Seine schwarzen Haare sind zerzaust, sein Hemd ist zerknittert, er wirkt etwas gehetzt – wahrscheinlich ist er spät dran.

»Hm?«, sage ich. »Äh … ja.«

Er zieht die Stirn kraus und wirft mir einen *Dad-weiß-dass-etwas-nicht-stimmt*-Blick zu.

»Alles okay?«, fragt er. »Du wirkst ein bisschen weggetreten.«

Heute Abend treffe ich mich mit einem Cupid, der Zombie-Agenten erschafft und plant, die Barriere zwischen Leben und Tod einzureißen, um eine antike Göttin zurückzubringen. Oh, und er braucht mein Herz, um das zu bewerkstelligen …

»Ja, klar«, antworte ich und lächele ihn strahlend an. »Nur ein bisschen müde.«

Er neigt den Kopf zur Seite und mustert mich prüfend. »Bist du sicher?«

»Jepp.«

Endlich erwidert er mein Lächeln.

»Okay, gut.« Er schweigt einen Moment. »Dann ist es in Ordnung für dich, wenn ich mich heute Abend mit Sarah treffe?«

»Ja, natürlich. Ich gehe heute zum Schulball«, sage ich. »Das Motto ist: Cupid, der Gott der Liebe. Wahrscheinlich übernachte ich danach bei Charlie.«

Er nickt lächelnd. »Viel Spaß, und gerat nicht in zu große Schwierigkeiten.«

Damit verlässt er die Küche, und ich warte, bis ich die Haustür zugehen höre, bevor ich antworte: »Das kann ich nicht versprechen.«

Nach der Mittagspause gehen Charlie und ich zur Turnhalle. Wir und der Rest des Sozialkomitees haben den Nachmittag freibekommen, um den Ball vorzubereiten. Zum Glück. Ich konnte mich schon den ganzen Morgen nicht konzentrieren. Meine Nerven liegen blank.

Heute Abend werden wir uns Valentine stellen.

»Ich hab gehört, die Jungs aus dem Footballteam verkleiden sich alle als riesige geflügelte Babys«, sagt Charlie, während wir uns den großen Doppeltüren nähern. »Ich kann's kaum erwarten, Cals Gesicht zu sehen!«

Das schelmische Glitzern in ihren Augen bringt mich zum Lachen.

Doch sobald wir die Turnhalle betreten, vergeht mir das Lächeln. Unwillkürlich muss ich an mein erstes Treffen mit Valentine zurückdenken – wie Cupid bewusstlos an der Wand lag und die Untoten mich mit ihren Klauen packen und zu Valentine schleifen wollten.

Um auf andere Gedanken zu kommen, blicke ich mich um.

Die sonst so triste, leere Turnhalle ist heute von Farben, Licht und Menschen erfüllt. Ein paar der Mädchen bauen die Lautsprecher auf, Ben, ein Junge aus meinem Physikkurs, befestigt ein Transparent, auf dem in leuchtend pinkfarbener Schrift *Cupid-Ball* steht, und Kelly und ihre Freundinnen kleben Papierherzen mit Liebesbotschaften an die Wände.

»Was ziehst du heute Abend eigentlich an?«, fragt Charlie.

Ich schüttele den Kopf, während sie mich zu einer Bank zieht. »Um ehrlich zu sein, hab ich darüber noch gar nicht nachgedacht«, sage ich und setze mich. »Wahrscheinlich einfach normale Klamotten und Pfeil und Bogen.«

Sie neigt den Kopf zur Seite und wirft mir einen vernichtenden Blick zu. »Das ist doch öde.«

»Was ziehst du denn an?«

Sofort erhellt sich ihr Gesicht. »Mein neues schwarzes Kleid!«

Ich verschränke die Arme vor der Brust. »Dann trägst du doch auch das Gleiche wie immer.«

»Aber mein Kleid ist neu und total heiß!«, erwidert sie grinsend. »Und außerdem bin ich wirklich ein Cupid. Also sehe ich sowieso schon viel cupidhafter aus als alle anderen.«

»Gegen die Logik komme ich nicht an.« Zu meiner eigenen Überraschung muss ich lachen, werde aber sofort wieder ernst. »Glaubst du wirklich, dass das klappen wird? Glaubst du wirklich, dass Cupid durch den Ball mehr Macht gewinnen wird?«

»Ja«, antwortet Charlie. »Crystal lässt von ihren Agenten eine Liste potentieller Matches für heute Abend erstellen. Und jedes Match, das bei dem Ball geschlossen wird, sollte Cupid mehr Macht verleihen. Hoffentlich …«

Hoffentlich …

Ein Mädchen auf der anderen Seite der Turnhalle winkt Charlie zu sich herüber, und sie springt auf. Bevor sie geht, dreht sie sich noch einmal zu mir um, zieht etwas aus ihrer Tasche und reicht es mir.

»Deine Aufgabe heute Nachmittag!«, verkündet sie.

Ich stöhne, als ich die Packung rosafarbener und schwarzer Ballons sehe.

»Im Ernst? Ballons? Schon wieder?!« Beim letzten Ball, den Charlie mit dem Sozialkomitee ausgerichtet hat, mussten Cupid und ich auch schon die Ballons aufblasen.

Charlie zuckt entschuldigend die Achseln. »Du musst etwas tun, das nicht zu viel Energie kostet«, erklärt sie. Ihr Lächeln verblasst. »Du musst für heute Abend fit sein. Für dein Treffen mit Valentine.«

Das graue Zwielicht geht ins tiefe Schwarz der Nacht über, als Cupid und ich beim Cupid-Ball der Forever Falls High eintreffen.

Cupid parkt auf dem Schulparkplatz, und wir steigen aus. Es ist stockfinster, und die frostig kalte Luft lässt mich wünschen, ich hätte mir eine Jacke übergezogen. So besteht mein Outfit nur aus schwarzen, engen Jeans, einem schwarzen Tanktop und Stiefeln.

Cupid, der einen schicken schwarzen Anzug und ein weißes Hemd trägt, geht zum Kofferraum und holt zwei Bogen und Köcher heraus. Ein Set reicht er mir. Unter den echten Pfeilen befinden sich auch ein paar aus rosa Pappe gebastelte, die Charlie uns aufgeschwatzt hat – schließlich können Menschen die echten Pfeile nicht sehen.

Ich hänge mir den Bogen über die Schulter, begegne Cupids Blick und nicke. Er erwidert mein Nicken ungewohnt ernst.

Ich lege meine Hand in seine, und zusammen machen wir uns auf den Weg zum Ball. Die anderen Schüler, an denen wir vorbeikommen, werfen uns verwunderte Blicke zu.

»Hab ich schon gesagt, dass du als Liebesagentin echt sexy aussiehst?«, fragt Cupid, während wir durch den mit Spinden gesäumten Gang zur Turnhalle gehen.

»Ich glaube, du hast es ein paarmal erwähnt«, antworte ich mit einem kleinen Lächeln.

Er grinst und umfasst meine Hand noch fester. »Gut«, sagt er. »Ich wollte nur sichergehen.«

Vor der großen Doppeltür bleiben wir stehen. Musik dringt daraus hervor.

Cupids Gesicht wird wieder ernst. »Bist du sicher, dass Valentine kommen wird?«, fragt er.

Ich denke an Valentines Nachricht.

Wir sehen uns dort.

Mich erfasst eine heftige Nervosität. »Ja.«

Cupid dreht mich zu sich herum. »Wenn er kommt, wird er dich allein treffen wollen. Das gefällt mir nicht.«

Ich lege ihm eine Hand auf die Brust und spüre, wie sich seine Muskeln anspannen. »Ich weiß. Aber ich schaffe das schon. Ich werde ja nicht lange mit ihm allein sein, bis du, Charlie und Cal dazukommt.«

Er nickt, aber ich kann seinen inneren Aufruhr in seinen Augen sehen. Er weiß, dass wir das Richtige tun, doch es behagt ihm trotzdem nicht. Sanft hebt er mein Kinn an und drückt mir einen zarten Kuss auf die Lippen. Mein Herz schlägt schneller.

Widerwillig löse ich mich von ihm und spähe durch das kleine Fenster in der Tür in die Turnhalle. Cupid stellt sich hinter mich und schlingt die Arme um meine Taille. Seine Nähe beruhigt mich – wenn wir doch nur für immer so bleiben könnten …

»Glaubst du, es funktioniert?«, frage ich ein letztes Mal. »Fühlst du dich schon stärker?«

»Ein bisschen«, antwortet er und küsst mich auf den Kopf. »Aber das liegt bestimmt daran, dass du bei mir bist.«

Eine wohlige, vertraute Wärme durchströmt mich. Ich lege meine Hände auf seine und verschränke meine Finger mit seinen.

»Das Gefühl kenne ich«, sage ich. Seufzend blicke ich zu ihm auf. »Bist du bereit?«

»Bringen wir es hinter uns.«

Er tritt einen Schritt zurück, nimmt meine Hand, und gemeinsam betreten wir die Turnhalle.

32. Kapitel

Drinnen empfängt uns lautes Stimmengewirr vor einer funkelnden rosafarbenen Kulisse.

Von der Decke hängen unechte Pfeile und Transparente mit der Aufschrift *Cupid-Ball*, und blitzendes Discolicht beleuchtet einen Pulk wild tanzender Schüler, von denen einige Flügel tragen und gebastelte Pfeile in der Luft schwenken. Eine Nebelmaschine in der Nähe des DJ-Pults stößt zuckersüß riechenden Rauch aus, und in den Ecken der Turnhalle blinken rosa Lichter. Meine schwarzen und pinkfarbenen Ballons liegen überall auf dem Boden verstreut und hängen zwischen den unzähligen Papierherzen an den Kletterwänden und dem Basketballkorb.

Cupid versteift sich, als er sich umsieht, und macht ein gequältes Gesicht. Ich folge seinem Blick. Ein paar Jungs aus dem Footballteam tragen nichts als aus Leintüchern gebastelte Windeln, Flügel und kleine Bogen.

»Warum? Warum zur Hölle sollten wir uns so kleiden?!«

Ich ziehe ihn einfach weiter, während er irgendetwas über Riesenbabys mit Flügeln vor sich hin murrt.

Ich suche die Tanzfläche nach Charlie, Cal oder – hoffentlich nicht! – Valentine ab.

»Versteh mich nicht falsch, ich sehe natürlich so oder so heiß aus, aber trotzdem ...«, plappert Cupid weiter.

In dem Getümmel aus Schülern, Flügeln und Bogen kann ich keinen von ihnen ausmachen. Ich ziehe Cupid zum Getränketisch ganz vorne neben dem DJ-Pult. Von hier aus hat man einen guten Überblick.

»Ich meine, ich würde bestimmt viel Aufmerksamkeit erregen, wenn ich mich so anziehen würde. Auf eine gute Art. Ich könnte meine Bauchmuskeln zeigen ...«

Bei den Getränken angekommen, lasse ich erneut den Blick schweifen.

»Aber das ist echt demütigend.«

Hier ist das Gedränge noch schlimmer, überall um mich herum wimmelt es von Leuten, die sich Limos vom Tisch greifen. Ein Mädchen aus dem Lacrosse-Team reicht einen Flachmann herum, mit dem die Leute den Punsch in ihren Plastikbechern etwas aufpeppen.

»Riesenbabys ...« Cupid schüttelt fassungslos den Kopf.

Ich sehe mit hochgezogenen Augenbrauen zu ihm auf. »Bist du fertig?«

Seine Augen werden groß – das rosa Discolicht spiegelt sich in seiner Iris. »Ich sag ja nur.« Er blickt sich um. »Gott, dieser Ball ist echt schrecklich. Charlie hat das alles organisiert?«

Ich nicke. »Ich stelle mir vor, dass es in ihrem Kopf immer so aussieht«, erkläre ich und muss fast schreien, um mir über die laute Dance-Musik Gehör zu verschaffen.

Seine Augen glitzern vergnügt. »Das klingt ganz nach ihr.«

Als er die Scharen von Schülern am Getränketisch sieht, breitet sich ein Grinsen auf seinem Gesicht aus. »Wir können genauso gut unseren Spaß haben, bis meine Nervensäge von Bruder aufkreuzt.«

»Welchen Bruder meinst du?«

»Den Bösen«, sagt er lässig. »Obwohl Cal uns auch so schnell wie möglich den Spaß verderben wird, wenn er uns findet.«

Er lässt meine Hand los und stürzt sich ins Getümmel. Ich sehe ihm einen Moment nach, dann drehe ich mich wieder zur Tanzfläche um. Ganz am Rand erspähe ich einen Schimmer blassblonder Haare – Cal trägt einen maßgeschneiderten dunkelgrauen Anzug und stellt stolz seinen Bogen und Köcher zur Schau. Neben ihm steht Charlie in einem schwarzen Kleid und ebenso schwarzen Flügeln. Sie unterhalten sich mit einem Jungen und einem Mädchen aus der Jahrgangsstufe unter uns.

Zu meiner Überraschung lacht Cal ausgelassen – er plaudert locker und ganz ohne sein übliches unübersehbares Unbehagen mit Charlie und den anderen. Und während ich die beiden beobachte, legt ihm Charlie wie beiläufig eine Hand auf die Brust.

Flirten die beiden etwa?

Als hätte sie meinen Blick auf sich gespürt, dreht Charlie sich plötzlich um. Ein strahlendes Lächeln erhellt ihr Gesicht, als sie mich sieht. Sie zupft Cal am Arm, und die beiden machen sich auf den Weg zu mir, während Cupid mit zwei Flaschen Cola wieder auftaucht. Er reicht mir eine.

»Ihr zwei scheint euch zu amüsieren«, sage ich zu Charlie und ziehe eine Augenbraue hoch.

»Ja. Er ist mein Freund!«, ruft sie laut, um die Musik zu übertönen.

»Was?!«

»Nicht ihr echter Freund!« Cal versteift sich, und seine Wangen röten sich leicht.

Charlie schüttelt grinsend den Kopf. »Wir mussten doch irgendwie erklären, was er hier macht, oder? Er geht nicht mehr zur Schule.« Sie verschränkt die Arme vor der Brust.

»Du dachtest doch nicht, wir wären wirklich zusammen, oder?« Mit einem verschmitzten Lächeln auf den Lippen blickt sie zu Cal. »Und du musst bei der Vorstellung nicht ganz so entsetzt klingen.«

Cal tritt unbehaglich von einem Fuß auf den anderen – kurz begegnen sich unsere Blicke, dann sieht er hastig zu Boden.

»Nimm's nicht persönlich«, sagt Cupid mit einem breiten Grinsen. »Mein Bruder findet fast alles entsetzlich.«

Cal wirft ihm einen eisigen Blick zu, während Charlie über die Schulter zu den beiden jungen Leuten sieht, mit denen sie sich unterhalten haben. Jetzt tanzen sie miteinander.

»Sieht aus, als würde das Match laufen!«, ruft Charlie begeistert. Dann wendet sie sich an mich, ihr Gesicht plötzlich wieder ernst. »Hast du schon was von Valentine gehört?«

Ich schüttele den Kopf. »Nein. Aber er wird um Mitternacht hier sein.«

Charlie nickt. »Gut. Dann haben wir noch drei Stunden, um dafür zu sorgen, dass möglichst viele Leute in Cupids Namen zusammenkommen. Ich hab eine Art Tombola vorbereitet, bei der die Leute ihren Namen in eine Schüssel werfen und einen Tanzpartner ziehen – und natürlich habe ich das Ganze manipuliert, damit potentielle Matches einander finden. Der DJ spielt eine Playlist mit lauter Songs über Cupid, so dass die Leute seinen Namen ständig im Kopf haben. Und ihr habt alle Capax-Pfeile dabei, oder? Scheut euch nicht, sie einzusetzen, um die Sache etwas zu beschleunigen.«

Sie holt vier Zettel aus ihrem Köcher und teilt sie an uns aus. Darauf sind unter der Überschrift *Potentielle Matches* paarweise Namen aufgelistet.

»Seid ihr bereit?«, fragt Charlie strahlend.

Wir nicken alle steif – offensichtlich teilt keiner von uns ihre Begeisterung.

Sie grinst. »Super! Dann machen wir uns an die Arbeit!«

Wir folgen Charlies Anweisung und verbringen den Abend damit, so viele Matches wie möglich zu arrangieren. Ich habe gerade zwei Mädchen aus dem Cheerleader-Team dazu ermutigt, miteinander zu tanzen, als Cal hinter mir auftaucht.

»Es ist schon fast so weit«, sagt er.

Ich werfe einen Blick auf die Plastikuhr über der Tür. Viertel vor zwölf. Statt der lauten, ohrenbetäubenden Popmusik vorhin werden jetzt nur noch ruhige Balladen und Liebeslieder gespielt, überall um mich herum tanzen engumschlungene Pärchen.

Ich drehe mich zu Cal um. Er blickt starr geradeaus; bedächtig, wachsam. Besorgt. Seine schlanken Finger legen sich fester um seinen Bogen.

»Nicht mehr lang«, sagt Cupid, als er und Charlie sich zu uns an den Rand der Tanzfläche gesellen. Charlie betrachtet die Pärchen, die wir zusammengebracht haben.

»Fühlst du dich stärker, Cupid?«, fragt sie.

»Ich weiß es nicht. Ich glaube, das werde ich erst herausfinden, wenn er da ist.«

Das ganze nächste Lied stehen wir schweigend beisammen, jeder von uns in seine eigenen düsteren Gedanken versunken. Ich hoffe, unser Plan wird aufgehen. Ich hoffe, Cupid ist mächtig genug, um Valentine aufzuhalten, und ich bin stark genug, um ihm alleine entgegenzutreten. Seine höhnische Stimme hallt noch immer in meiner Erinnerung nach.

Wir sehen uns bald wieder, Lila.
Meine Hände ballen sich zu Fäusten.
Es muss einfach funktionieren.

Cupids Arm streift meinen – die Berührung durchzuckt mich wie ein Stromschlag und holt mich jäh in die Gegenwart zurück. Ich ziehe scharf die Luft ein und sehe genau im selben Moment zu ihm auf, in dem er zu mir herunterschaut. Seine Augen wirken im romantisch gedimmten Licht dunkler als sonst. Der nach Zuckerwatte duftende Nebel wabert um uns herum und lässt ihn fast ätherisch erscheinen.

Sein Gesicht ist ernst. »Tanz mit mir«, sagt er. »Bevor er kommt. Nur ein einziger Tanz.«

Er reicht mir seine Hand. Ich nehme sie und spüre ihre tröstliche Wärme.

Charlie dreht sich zu Cal um und lässt ihre schwarzen Haare über ihre bloßen Schultern fallen. »Wollen wir auch tanzen?«, fragt sie. Seine Augen werden schmal, und sie stemmt die Hände in die Hüften. »Nur als Freunde!«

»Das ist wohl kaum der richtige Zeitpunkt.«

Mit einem entnervten Seufzer packt sie ihn am Arm und zieht ihn auf die Tanzfläche, während Cupid und ich uns bereits zwischen den tanzenden Pärchen hindurchschlängeln. Cal zeigt seinen Widerwillen überdeutlich, lässt sich aber von Charlie führen.

»Das ist alles so geschmacklos«, höre ich ihn murren.

Cupid wirft mir einen amüsierten Blick zu, als wir in der Mitte der Turnhalle stehen bleiben. Er nimmt meine Arme und legt sie sich um den Nacken.

»Ist dir bewusst, dass das unser erster Tanz ist?«, fragt er und zieht mich an sich.

Mein Herz schlägt schneller, so nah ist er mir. Ich blicke zu ihm auf und nicke, auch wenn mir bei seinen Worten ein schrecklicher Gedanke kommt. Hoffentlich ist es nicht auch unser letzter.

Doch da beugt er sich zu mir herunter. »Machen wir ihn unvergesslich«, raunt er mir ins Ohr.

Er zieht sich ein kleines Stück zurück, um mich anzusehen. Dann beugt er sich vor und drückt seine Lippen sanft auf meine. Als mein Körper mit seinem verschmilzt, verfliegen die düsteren Gedanken sofort. Ich stelle mich auf die Zehenspitzen, schlinge die Arme um seinen Nacken und erlaube mir, in unserem Kuss zu versinken.

Hitze durchflutet meinen Körper, als sein Mund über meinen gleitet. Ich erwidere seinen Kuss, und er zieht mich noch näher an sich, die Arme fest um meine Taille geschlungen. Dann löst er sich langsam von mir, den Kopf geneigt, so dass er mir ins Gesicht sehen kann – ich spüre seinen warmen Atem auf den Wangen. Irgendwo am Rande meines Bewusstseins nehme ich die anderen Leute um uns herum wahr; Charlie und Cal, die sich unbeholfen im Takt der Musik wiegen. Aber all meine Sinne sind auf Cupid fokussiert.

Sein Duft strömt mir in die Nase – das zarte Aroma seines Eau de Cologne, vermischt mit seinem ganz eigenen Geruch. Die Berührung seiner Hände, die meine Taille umfassen und mich eng an ihn ziehen, setzt meine Haut in Flammen. Seine stürmischen, von Verlangen erfüllten Augen lodern im Licht. Er streicht mir sanft mit dem Daumen über die Wange.

»Lila ...« Seine Stimme ist rau, brüchig.

Ich sehe Sehnsucht in seinem Gesicht – und kaum verhohlene Angst. Denn wenn unser Plan nicht aufgeht, stecken wir in ernsten Schwierigkeiten. Dann stecke *ich* in ernsten Schwierigkeiten.

Wenn unser Plan nicht aufgeht, werde ich womöglich sterben.

Die Erkenntnis trifft mich so hart und unvermittelt, dass ich Cupids Arme noch fester umklammere – am liebsten würde ich ihn nie wieder loslassen.

»Lila, bist du sicher, dass du das tun willst?«

Bevor ich antworten kann, bevor ich irgendetwas Beruhigendes murmeln kann, obwohl mir überhaupt nicht danach zumute ist, vibriert mein Handy in meiner Hosentasche. Mir stockt der Atem. Ich sehe ruckartig zur Plastikuhr auf.

Mitternacht.

Es ist so weit.

Mit wild pochendem Herzen löse ich mich von Cupid und hole mein Handy aus der Tasche. Cal und Charlie machen sich ebenfalls voneinander los und wenden sich mit ernsten Gesichtern zu mir um. Cupid lässt mich keine Sekunde aus den Augen, während ich die Nachricht lese.

> Ich bin hier wie versprochen. Aber wo bist du, Lila? Treffen wir uns in der Cafeteria.
> Komm allein.
> Valentine

33. Kapitel

Langsam sehe ich auf und begegne Cupids Blick. Er ist nervös, seine Schultern sind unter dem schwarzen Jackett straff angespannt.

Mir schlägt das Herz bis zum Hals. »Er ist hier«, sage ich.
Er nickt bedächtig, seine Lippen zu einer schmalen Linie zusammengepresst.

Cal und Charlie kommen zu uns herüber. Als ich ihnen die Nachricht zeige, glitzern Cals silbrige Augen beunruhigt. Irgendetwas am anderen Ende des Raums erregt seine Aufmerksamkeit, und er verspannt sich sichtlich. »Er ist nicht der Einzige, der hier ist.«

Ich folge seinem Blick. An der Wand gegenüber steht ein Mann in einem zerlumpten weißen Anzug Wache – über seiner Schulter hängt ein Köcher voller Pfeile. Mit leerem Blick starrt er zu uns herüber.

»Wir hätten uns denken können, dass er nicht allein kommt«, sagt Cupid mit finsterem Gesicht.

Cal nickt und zieht grimmig die Stirn kraus, während sich mein Herz vor Nervosität zusammenkrampft.

Mein Handy vibriert erneut.

> Lass mich nicht warten, Lila.

»Ich muss los.«
»Wir folgen dir«, sagt Charlie, eine Hand an ihrem Bogen.
»Was ist mit …« Ich sehe zu dem Zombie-Agenten, der uns immer noch beobachtet.

»Wir werden dir folgen«, wiederholt Cupid.

Ich begegne seinem Blick – seine Augen blitzen entschieden. Dann drehe ich mich um und laufe geradewegs auf die Tür zu. Ich spüre Charlie, Cupid und Cal hinter mir. Plötzlich zückt der Agent an der Wand seinen Bogen, legt blitzschnell einen Pfeil ein und schießt. Mein Herz setzt einen Schlag aus. Die Zeit scheint stillzustehen. Der Pfeil, ein rotgoldener Ardor, fliegt direkt auf mich zu.

Da prallt etwas hart gegen meine Schulter und stößt mich zur Seite, aus der Gefahrenzone. Ein unterdrückter, von der Musik gedämpfter Schrei dringt an mein Ohr, als ich erschrocken herumwirbele.

Charlie ist auf die Knie gesunken, ihr Gesicht schmerzverzerrt. Aus ihrer nackten Schulter ragt der Folterpfeil. Cal kniet neben ihr. Er zieht den Ardor heraus und sieht zu, wie er in seiner Hand zu Asche zerfällt – als er aufblickt, liegt ein harter, eiskalter Ausdruck in seinen Augen.

Ich eile zu Charlie und nehme ihre Hand in meine. »Warum hast du das getan?!«

Sie sieht mit tränenden Augen zu mir auf und schenkt mir ein schwaches Lächeln. »Ich musste schon monatelang zusehen, wie du und Cupid euch gegenseitig anhimmelt, da könnte ich es wohl kaum ertragen, wenn ihr von einem Besessenheitspfeil getroffen werdet.«

»Ganz deiner Meinung«, stimmt Cal zu, aber er ist blass geworden.

»Hier gibt's nichts zu sehen«, sagt Cupid zu einer Gruppe von Mädchen, die uns fragende Blicke zuwerfen. »Ein bisschen zu viel Punsch!«, ruft er, woraufhin sie sich achselzuckend abwenden und zur Tanzfläche zurückgehen.

Mein Herz krampft sich zusammen, als ich das schmerzverzerrte Gesicht meiner Freundin sehe. Cupid dreht sich um, zieht einen Pfeil aus seinem Köcher und schießt ihn dem untoten Agenten direkt in die Brust. Der hagere Mann wird zurückgeschleudert und sinkt reglos zu Boden.

Doch er wird schon bald wieder aufstehen.

Ich drücke Charlies Hand. »Geh!«, stößt sie schwer atmend hervor. »Das wird schon wieder.«

Vor uns tritt eine weitere Zombie-Agentin aus den Schatten, ihre schwarzen Haare sind mit Gel nach hinten frisiert.

Mich erfasst eine Welle von Schuldgefühlen. Meinetwegen wurde Charlie von einem Ardor getroffen. Ich hole tief Luft und wende mich Cupid zu, der die zweite Zombie-Agentin wachsam im Auge behält. Sie steht hinter einem Schild aus Schülern, die fröhlich plaudern und von dem Aufruhr an der Tür offenbar nichts mitbekommen haben.

»Kümmer dich um Charlie«, schärfe ich Cupid ein. Damit drehe ich mich um und steuere auf den Ausgang zu.

Doch Cupid hält mich am Arm zurück. »Das gefällt mir nicht. Irgendetwas stimmt hier nicht.«

Noch während er das sagt, erhebt sich der Agent, den er ausgeschaltet hat, ruckartig.

»Valentine ist hier«, erwidere ich. »Das ist vielleicht unsere einzige Chance, ihn aufzuhalten. Bald ist Valentinstag!«

Er macht ein grimmiges Gesicht, lässt mich aber los. Ich gehe zur Tür – geradewegs auf die beiden untoten Agenten zu. Aber aus irgendeinem Grund bin ich überzeugt, dass sie mich nicht angreifen werden. Und ich behalte recht. Sie lassen mich durch – und drehen sich dann mit gespannten Bogen zu Cupid und den anderen um.

Mein Herzschlag dröhnt mir so laut in den Ohren, als ich den leeren Schulflur hinuntereile, dass er beinahe meine widerhallenden Schritte übertönt.

Im Laufen umklammere ich meinen Bogen fester, doch sein kühles Gewicht bietet mir kaum Trost. Allmählich bin ich mir nicht mehr so sicher, ob das Ganze eine gute Idee war. Wir wissen nicht einmal, ob Charlies Plan, Cupid mehr Macht zu verleihen, funktioniert hat. Und sie müssen an mindestens zwei Zombie-Agenten vorbei, um überhaupt zu mir und Valentine zu gelangen.

Vielleicht haben wir die Situation doch nicht so gut unter Kontrolle, wie wir dachten.

Vielleicht haben wir Valentine sogar in die Hände gespielt.

Vielleicht werden nicht wir ihn gefangen nehmen, sondern er mich.

Bei dem Gedanken werde ich langsamer. Wahrscheinlich laufe ich direkt in seine Falle. Aber ich habe keine andere Wahl. Ich muss das tun – für Cal.

Also beiße ich die Zähne zusammen und gehe weiter. Doch als die Tür zur Cafeteria in Sicht kommt, bleibe ich abrupt stehen. Zwei von Valentines Agentinnen halten davor Wache – ich glaube, eine von ihnen kenne ich aus der Matchmaking-Agentur.

Mein Puls beschleunigt sich.

Aber gleichzeitig bin ich mir sicher, dass Valentine mir nicht weh tun wird.

Der süße Gestank des Todes schlägt mir entgegen, als ich an den beiden Frauen vorbeigehe. Sie reagieren überhaupt nicht auf meine Anwesenheit. Sie sind nicht hier, um mich am Eintreten zu hindern – sie sind hier, um die anderen von mir fernzuhalten.

Valentine will mit mir reden.

Ich lege eine Hand an die Tür, drücke sie langsam auf und gehe hinein.

In der Cafeteria ist es kalt und dunkel. Das einzige Licht kommt von einer Lampe draußen im Hof, die durchs Fenster hereinscheint. In der Mitte des großen Raumes sitzt eine von Schatten verhüllte Gestalt, die Hände hinter dem Kopf verschränkt, die Stiefel lässig auf den Tisch gelegt.

»Hallo, Lila«, sagt er.

»Valentine.«

Er schwingt seine Füße vom Tisch herunter und beugt sich vor, lässt seinen Oberkörper aus dem Schatten auftauchen. Er trägt ein hellblaues Hemd, die Ärmel hochgekrempelt, so dass ich freie Sicht auf seine muskulösen Arme habe. Das matte Licht schimmert in seinen Augen, als mich sein stechender Blick trifft.

Seine vollen Lippen verziehen sich zu einem Grinsen. »Wie schön, dass du dich zu mir gesellst. Ich dachte schon, du würdest nicht kommen. Oder dass das alles Teil eines ausgeklügelten Plans ist, um mich gefangen zu nehmen …«

Mein Innerstes krampft sich zusammen, als ich die Belustigung in seiner Stimme höre.

Er deutet vor sich. »Bitte, setz dich doch.«

Langsam gehe ich auf ihn zu, in der Stille klingt jeder Schritt unnatürlich laut. Als ich vor seinem Tisch stehen bleibe, da fallen mir der kunstvoll geschnitzte schwarze Bogen und der Köcher voller Pfeile auf, die am Tischbein lehnen, auf. Ich setze mich nicht.

»Was hast du mit Cals Lebensfaden gemacht?«, frage ich.

Sein leises Lachen hallt in der leeren Cafeteria wider. In der Luft hängt immer noch der Geruch von Bratfett und Pommes, die es zum Mittagessen gab.

»Du hängst wirklich an ihm, oder?« Er schüttelt den Kopf. »Mein lieber kleiner Bruder – ich kann echt nicht verstehen, warum ihm die Leute so viel Zuneigung entgegenbringen.« Er stützt die Ellbogen auf die Tischplatte, beugt sich vor und legt das Kinn auf seine gefalteten Hände.

»Beantworte die Frage«, sage ich.

Er mustert mich einen Augenblick schweigend. Dann nickt er. »Er ist in Sicherheit. Vorerst.«

»Er ist auf dem Schiff, oder? Zusammen mit Mortas Schere.«

Ein Lächeln erscheint auf seinen Lippen. Aus der Nähe kann ich sehen, dass sich Grübchen in seinen Wangen bilden, wenn er lächelt. Er lehnt sich zurück und klatscht in die Hände – das Geräusch zerreißt die Stille und lässt mich erschrocken zusammenfahren.

»Du hast herausgefunden, wie ich die Toten zurückbringe. Aber weißt du auch, warum?«

»Venus. Du versuchst, Venus zurückzubringen.«

»Ich bin beeindruckt.«

»Warum tust du das? Warum willst du sie zurückbringen?«

»Aus Liebe«, antwortet er schlicht, ohne die Augen von mir abzuwenden. Sein Blick ist so intensiv, dass ich am liebsten wegsehen würde. Doch das tue ich nicht.

»Ach ja? Weil du deine Mutter liebst? Tja, ein paar sadistische Tendenzen habt ihr ja immerhin gemeinsam.«

»Nein, ganz und gar nicht.« Sein Grinsen wird noch breiter. »Die entscheidende Frage ist nämlich nicht *warum*, sondern *wie*. Wie ist das möglich?« Er zieht eine Augenbraue hoch. »Bitte, Lila – setz dich. Du machst mich nervös.«

»Dein Wohlbefinden ist mir völlig egal.«

»Und wie steht es mit deinem Wohlbefinden? Ich nehme an, wir haben noch ein bisschen Zeit, bevor meine Brüder herkommen und uns den Spaß verderben.«

Entsetzt starre ich ihn an, und er erwidert meinen Blick, ohne mit der Wimper zu zucken. Herausfordernd fixiert er mich.

Langsam gehe ich zum Tisch, ziehe den Stuhl zurück und setze mich Valentine gegenüber.

Seine breiten Schultern entspannen sich etwas. Er nickt. »Danke«, sagt er und beugt sich vor, so dass sein Gesicht ganz nah an meinem ist. Er riecht nach Meer, wird mir plötzlich bewusst – nach Salz und der weiten Welt. »Ehrlich gesagt bin ich überrascht, dass du nicht schon früher herausgefunden hast, was ich tue. Vor allem, wenn man bedenkt, wo ich die Idee, Charons Fähre zu übernehmen, herhabe.«

Ich halte Blickkontakt. Sein lässiger Ton beunruhigt mich zutiefst, aber das werde ich ihm nicht zeigen.

»Hat Cupid es dir schon erzählt?«, fragt er. »Das mit seiner früheren Freundin?«

Ein hämisches Lächeln umspielt seine Lippen, und seine Augen funkeln boshaft. In seiner blauen Iris scheinen sich unzählige Geheimnisse zu verbergen.

»Er hat mir erzählt, was du getan hast«, sage ich.

»Was *ich* getan habe?« Er fährt sich mit der Hand über den Mund und taxiert mich mit bohrendem Blick. »Ich glaube, er hat einen Teil der Geschichte weggelassen.«

»Welcher Geschichte?«

Er beugt sich durch die Schatten vor, und unbewusst beuge auch ich mich näher zu ihm. Da ertönt hinter mir plötzlich ein lautes Scheppern. Valentine blickt ruckartig auf.

Cupid steht in der offenen Tür, sein Gesicht so finster wie ein aufziehender Sturm. Cal und Charlie haben mit gezücktem Bogen rechts und links von ihm Stellung bezogen. Aus dem Flur ist das Geräusch durch die Luft sausender Pfeile zu hören, und Cupid taumelt nach vorn. Mir bleibt fast das Herz stehen – aus seinem Rücken ragen drei Ardor.

Er blinzelt ein paarmal, als würde er darauf warten, dass der Schmerz einsetzt. Doch anscheinend bleibt er aus. Cupid richtet sich wieder auf, die Schultern durchgedrückt, das Gesicht wild entschlossen. Die drei Pfeile zerfallen zu Asche und rieseln auf sein schwarzes Jackett.

Mich durchströmt eine Woge der Erleichterung. Unser Plan ist aufgegangen.

In Valentines eisblauen Augen blitzt Überraschung auf. »Okay … das ist neu …«

Ein Grinsen breitet sich auf Cupids Gesicht aus. »Hallo, Bruderherz.«

34. Kapitel

Valentine und Cupid starren einander an. Die Spannung zwischen den beiden ist fast greifbar – eine gewaltige Macht, die bleischwer in der Luft hängt. Erdrückend. Aber auch elektrisierend.

Mein Herz hämmert gegen meine Rippen, und ich umklammere haltsuchend die Tischkante. Es hat funktioniert. Aber wir müssen Valentine immer noch überwältigen, und das wird selbst mit Cupids neuen Kräften nicht einfach.

Ich sehe mich rasch um. Charlie macht ein finsteres Gesicht, den Blick starr auf Valentine gerichtet, während Cal argwöhnisch dreinschaut. Beide haben ihren Bogen gespannt. Langsam lasse ich meine Hand unter den Tisch wandern und greife mir einen Pfeil aus dem Köcher, der an meinem Bein lehnt.

Einen seltsamen, flüchtigen Moment lang überkommt mich Enttäuschung, die ich jedoch schnell in die tiefsten Tiefen meines Verstandes verbanne.

Denn Valentine wollte mir gerade etwas sagen. Etwas über Cupid und seine »Freundin«. Etwas über Psyche, das er mir angeblich verschwiegen hat.

Plötzlich applaudiert Valentine demonstrativ langsam – sein Klatschen hallt in der menschenleeren Cafeteria wider. Ich zucke vor Schreck zusammen.

»Ich bin fast beeindruckt, Bruderherz«, knurrt Valentine leise. »Du hast einen meiner Tricks angewandt, um dir mehr Macht zu verschaffen. Aber das sollte mich nicht wundern. Du warst nie besonders originell.« Er grinst breit. »Ich hingegen wurde gefoltert und zum Märtyrer gemacht. Es braucht schon mehr als einen Schulball, um so mächtig zu werden wie ich.«

»Das werden wir austesten müssen, meinst du nicht?«, erwidert Cupid. Sein Lächeln ist nicht verblasst, aber es hat einen bedrohlichen Zug angenommen. Er tritt einen Schritt vor, zieht betont gemächlich einen Pfeil aus seinem Köcher und dreht ihn in den Händen.

Valentine streckt sich nur und verschränkt die Arme hinter dem Kopf. »Dir ist schon klar, dass ich eine Armee befehlige, oder? Eine Armee, die nicht sterben kann. Und was hast du?«

»Er hat mich«, sagt Cal.

Valentines Blick wandert flüchtig zu ihm hinüber. Seine Mundwinkel zucken. Cal hält seinem Blick mit funkelnden Augen stand.

»Natürlich«, sagt Valentine. »Wie konnte ich das vergessen? Ihr zwei versteht euch zurzeit ja prächtig. Ich muss zugeben, das überrascht mich. So eine herzergreifende Bekundung brüderlicher Liebe ... Sollte ich *eifersüchtig* sein, dass ich deine Anerkennung nie gewinnen konnte?« Er legt eine Pause ein, und sein Grinsen wird noch breiter. »Du siehst heute Abend übrigens echt fesch aus, Cal. Versuchst du, jemanden zu beeindrucken? Ein Mädchen vielleicht?«

Cals Augen blitzen zornig, und er lässt den Pfeil von der Sehne schnellen. Er fliegt über meine Schulter direkt auf Valentines Gesicht zu. Mit einer im Dunkeln nur schemenhaft erkennbaren Bewegung nimmt er die Hand vom Kopf und fängt den Ardor wenige Zentimeter vor seinem Gesicht. Er zerdrückt ihn zwischen uns auf dem Tisch zu einem Häufchen Asche und lacht schallend. »Nun, das war ziemlich sinnlos.«

Cal sagt nichts, starrt ihn nur grimmig an. Valentine sieht zu Charlie hinüber. »Wir wurden einander noch nicht vorgestellt. Charlie, richtig? Ich muss sagen, du siehst ein bisschen mitgenommen aus – nicht böse gemeint.« Er grinst höhnisch. »Hat dich einer meiner Agenten mit einem Ardor erwischt? Dafür entschuldige ich mich – aber im Krieg müssen nun mal Opfer gebracht werden.«

Sie wirft ihm einen wütenden Blick zu und hebt ihren Bogen etwas höher.

»Wo wir gerade davon reden«, sagt Cupid und lenkt Valentines Aufmerksamkeit wieder auf sich. Er dreht den Ardor immer noch lässig zwischen den Fingern. »Ich bin dieses ganze Gerede langsam leid. Wollen wir endlich zur Sache kommen?«

Valentine nickt grinsend. »Sehr gern.« Er wendet sich mir zu. »Tut mir wirklich leid, dass ich unsere Unterhaltung so früh beenden muss«, sagt er in lockerem Plauderton, als wären wir alte Freunde, die bei einer Tasse Kaffee zusammensitzen, keine Feinde, die jeden Moment aufeinander losgehen werden. »Ich habe noch etwas zu erledigen. Aber wir reden weiter, wenn ich fertig bin. Wir haben viel zu besprechen.«

Unbändiger Zorn wallt in mir auf, doch tief im Inneren spüre ich auch eine leise Neugier. Valentines Augen glitzern amüsiert, als wüsste er genau, dass ich mit ihm reden will, mich aber dafür hasse.

»Wir haben rein gar nichts zu besprechen«, erwidere ich.

»O doch, das haben wir, Lila.«

»Lass sie in Ruhe«, sagt Cupid, und zum ersten Mal an diesem Abend höre ich einen Anflug von Wut in seiner Stimme.

Valentine beachtet ihn gar nicht. Er schnippt nur mit den Fingern, den Blick immer noch auf mich gerichtet.

Ein unheilvolles Rauschen erfüllt die Luft, und Cal und Charlie werfen sich zu Boden, als mehrere Pfeile durch die Tür fliegen und sich in die gegenüberliegende Wand bohren. Einer trifft Cupid in den Rücken. Diesmal reagiert er überhaupt nicht, sondern marschiert einfach weiter auf Valentine zu. Doch die vier Zombie-Cupids, die Valentine in der Schule stationiert hat, fallen über ihn her, bevor er zu uns gelangen kann.

»Ich sorge dafür, dass meine untoten Freunde dich in Schach halten, damit sie dich später zu mir bringen können«, sagt Valentine.

Ich umklammere den Pfeil hinter meinem Rücken fester. Aus dem Augenwinkel sehe ich, wie Cupid losrennt, und noch ehe mir bewusst wird, was ich da tue, habe ich mich über den Tisch auf Valentine gestürzt, die Wut wie ein tosendes Feuer in meinem Innern, den Pfeil zum tödlichen Stoß erhoben.

Valentine packt ihn blitzschnell und wirft ihn weg. Seine Finger schließen sich um mein Handgelenk wie ein Schraubstock. Er lächelt, und die kleinen Grübchen in seinen Wangen lassen sein Gesicht trotz all seiner Grausamkeit unerwartet sanft erscheinen.

Er beugt sich zu mir. »Ich weiß etwas, das du nicht weißt«, flüstert er mir ins Ohr.

Ich ziehe mich zurück und taxiere ihn mit eindringlichem

Blick, mein Gesicht nur wenige Zentimeter von seinem entfernt. »Was?! Was weißt du?!«

Seine Augen glitzern amüsiert, und seine Lippen verziehen sich zu einem Lächeln, das mich zur Weißglut bringt, aber auch nervös macht. Eine kalte Hand legt sich um mein Herz und drückt fest zu.

Instinktiv packe ich ihn am Kragen und ziehe ihn noch näher an mich. Wieder schlägt mir dieser salzige Meeresgeruch entgegen. In seinen Augen blitzt etwas auf, das ich nicht deuten kann.

»Sag es mir!«, schreie ich ihn an.

Da wird er plötzlich von mir weggerissen; mein Handgelenk entgleitet seinem Griff, und ich halte nur noch ein kleines Stück von seinem Hemd zwischen den Fingern.

»Ganz ruhig, Lila«, höhnt er, »du musst mir nicht gleich die Kleider vom Leib reißen. Du kannst –«

Weiter kommt er nicht, denn in diesem Moment schmettert Cupid ihn gegen die Wand und schlägt ihm ins Gesicht. Ich lasse Valentines Hemd abrupt los, plötzlich angewidert. Was habe ich mir bloß dabei gedacht?

Überall um mich herum fliegen Pfeile durch die Luft. Ich erhasche einen kurzen Blick auf Charlies schwarze Haare und Cals grauen Anzug, als sie auf die Untoten losstürmen. Cupid und Valentine prügeln auf der anderen Seite des Raumes so wild aufeinander ein, dass Tische zu Bruch gehen, aber meine Aufmerksamkeit wird abgelenkt, ehe ich erkennen kann, wer gewinnt.

»Lila!«, brüllt Cal. »HINTER DIR!«

Erschrocken wirbele ich herum. Ein braunhaariger, erschöpft aussehender Mann kommt mit seltsamen, ruckartigen Bewegungen auf mich zu. Ich greife mir meinen Bogen, ziele und schieße. Der schwarze Cupid-Pfeil bohrt sich in seine Schulter, und er taumelt einen Schritt zurück, bevor er weiter auf mich zurennt. Hastig lege ich einen zweiten Pfeil ein und schieße erneut – das Herz schlägt mir bis zum Hals. Dieses Mal treffe ich ihn in die Brust, und er sinkt zu Boden.

Völlig außer Atem drehe ich mich um und sehe, wie Charlie über einen umgekippten Tisch in Deckung springt, während Cal die wilden Hiebe eines Agenten abblockt, bevor er ihn am Kopf packt, ihm mit einem kräftigen Ruck das Genick bricht und ihm gleichzeitig einen schwarzen Pfeil in die Brust rammt.

Er dreht sich zu mir um und wirft mir einen anerkennenden Blick zu, bevor er sich dem nächsten Angreifer zuwendet.

»Lila!«, ruft Charlie durch das ganze Chaos. »Ich könnte hier Hilfe gebrauchen!«

Ich eile zu ihr und gehe hinter dem Tisch in Deckung, während sie einen Pfeilhagel auf die beiden verbliebenen Cupids niederregnen lässt. Sie kauert sich neben mich, unsere Rücken an das harte Holz gedrückt. Um uns herum tobt der Kampf weiter.

»Alles okay?«, frage ich sie.

Sie dreht sich zu mir, und da sehe ich, dass ihre Haut schweißbedeckt ist. Ihre Brust hebt und senkt sich zu schnell, und sie atmet keuchend. Unwillkürlich sehe ich sie wieder von schrecklichen Schmerzen gepeinigt am Boden liegen, nachdem sie von einem Folterpfeil getroffen wurde.

Doch sie nickt. »Ja. Und bei dir?«

Vor meinem inneren Auge taucht Valentines überhebliches Grinsen auf.

Ich weiß etwas, das du nicht weißt.
Ich schlucke schwer. »Ja.«

Mit einem dumpfen Trommeln schlägt eine Vielzahl von Pfeilen in dem umgedrehten Tisch ein, hinter dem wir uns verstecken. Ich zucke zusammen, und der Schreck lässt meinen Adrenalinspiegel in die Höhe schießen. Charlie und ich nicken uns zu. Zusammen drehen wir uns um und feuern zwei Pfeile über unsere Deckung ab. Wir treffen beide die gleiche dunkelhaarige Agentin und schicken sie in den vorübergehenden Tod. Cal bekämpft den letzten Zombie-Cupid, pariert seine Schläge mühelos und schleudert ihn schließlich quer durch den Raum, wo er neben einem anderen Leichnam zum Liegen kommt.

Mit einem beängstigenden Ausdruck im Gesicht schaut Cal kurz zu mir herüber und wendet sich dann Cupid und Valentine zu.

Als ich seinem Blick folge, verschlägt es mir den Atem.

Es ist schwer zu sagen, wer gewinnt. Sie bewegen sich so schnell durch die Schatten, dass ich kaum erkennen kann, wessen Schläge ihr Ziel treffen und wer mehr Angriffe abblocken kann. Cupid ist definitiv stärker geworden, und er hält sich besser als bei ihrem letzten Kampf – aber Valentine ist immer noch mächtiger.

Ich weiß nicht, wie wir ihn überwältigen sollen, wenn das so weitergeht.

Cal spannt seinen Bogen, zielt auf die beiden – und hält inne, seine Schultern unter seinem grauen Jackett straff angespannt. Er richtet den Pfeil noch einmal etwas anders aus, während er die beiden nur schemenhaft zu erkennenden Gestalten ins Visier nimmt.

»Er wird doch nicht schießen, oder? Wenn er sein Ziel verfehlt, könnte er Cupid treffen«, flüstert Charlie neben mir aufgebracht. »Wenn er Cupid ablenkt, ist es vorbei. Er hält nur mit Mühe stand. Valentine könnte entkommen.«

Ich umklammere nervös die Tischkante. Mein Herz hämmert. »Er wird sein Ziel nicht verfehlen.«

Ich weiß selbst nicht, ob ich mir da wirklich sicher bin oder ob das eine Art stilles Gebet ist.

Cal nimmt erneut eine etwas andere Haltung ein, als Cupid und Valentine gegen einen Tisch krachen und ihn mit sich zu Boden reißen; ein ruhiger Pol inmitten des Chaos, das seine beiden Brüder veranstalten. Ich sehe, wie Cupid von Valentine auf die Füße gezerrt wird – dann schlägt Valentine ihm mit der Faust ins Gesicht, und die beiden sind wieder in Bewegung.

»Komm schon, Cal«, murmele ich leise.

Als hätte er mich gehört, lässt er den Pfeil plötzlich von der Sehne schnellen.

Ich fühle, wie sich Charlie neben mir vor Nervosität verkrampft.

Mit angehaltenem Atem sehe ich zu, wie der Pfeil durch die Dunkelheit geradewegs auf die beiden Kämpfenden zusaust, die sich so schnell bewegen, dass sie für mich zu einer untrennbaren Masse verschwimmen. Dann wird Valentine zurückgeschleudert und prallt mit einem lauten Krachen gegen den Metalltresen, an dem das Essen ausgegeben wird – aus seiner Brust ragt ein Ardor, und er hat einen verblüfften Ausdruck im Gesicht.

Ich atme erleichtert auf.

»Danke, Bruderherz«, sagt Cupid, marschiert zu Valentine, packt ihn am Hemd und schmettert seinen Kopf erneut gegen das Metall.

Valentine zieht Cupid mit dem Fuß die Beine weg, so dass er zu Boden geht, und springt auf, doch Cal verstellt ihm den Weg und schlägt ihm ins Gesicht, so dass er gleich wieder zurücktaumelt. Einen Moment sieht er wie betäubt zu Boden.

Dann blickt er zu Cal auf, und auf seinem Gesicht breitet sich ein spöttisches Grinsen aus. »So dankst du es mir, dass ich dich am Leben gelassen habe?« Die beiden starren einander zornig an – Valentine ist etwas größer als Cal, so dass er auf ihn hinabsieht. »Das muss ich wohl noch mal überdenken, wenn ich zum Schiff zurückkomme.«

Mich packt eine kalte Angst.

»Richte unserer Mutter liebe Grüße von mir aus, wenn du da bist, ja?«, erwidert Cal in eisigem Ton und fügt kaum hörbar hinzu: »Muttersöhnchen …«

Er holt erneut zum Schlag aus, doch Valentine blockt den Hieb ab und verpasst ihm eine Kopfnuss. Cal taumelt gegen Cupid, der gerade wieder auf die Beine gekommen ist. Die beiden krachen gegen einen Tisch, und im selben Moment setzen sich zwei der untoten Cupids ruckartig auf.

»Zeit zu gehen«, sagt Valentine.

Blitzschnell rennt er zur Tür. Panik durchzuckt meinen Körper. Wir dürfen ihn nicht entkommen lassen – nicht, bevor er uns verraten hat, wo er die Herzen versteckt hält. Nicht, solange er Cals Lebensfaden auf seinem gekaperten Schiff hat.

Ich springe auf und stürze mich auf ihn, als er an mir vorbeikommt. Charlie richtet sich neben mir ebenfalls auf und stellt sich den Untoten entgegen, die auf uns zustürmen.

Ich pralle in vollem Lauf gegen Valentine, wodurch wir beide zu Boden gehen. Nach Atem ringend werfe ich mich auf ihn und packe seine Kehle mit beiden Händen. Valentine grinst. Mit erschreckender Leichtigkeit rollt er sich auf mich und drückt mich mit seinem Gewicht nieder.

Cupid rennt auf uns zu, aber er ist so auf mich konzentriert, dass er die beiden Untoten nicht sieht, die sich plötzlich auf ihn stürzen. Tief im Innern weiß ich, dass er uns nicht rechtzeitig erreichen wird.

Valentine erhascht meinen Blick, in seinen blauen Augen flackert eine Mischung aus Überraschung und Belustigung auf. Ich bin am Boden festgenagelt. Ich kann mich nicht regen.

»Es rührt mich sehr, dass du mich nicht gehen lassen willst, aber ich muss leider los, Lila.« Er stützt sich auf die Ellbogen, so dass nicht mehr sein gesamtes Gewicht auf mir lastet. »Du hast nicht ernsthaft gedacht, dass ich mich vor dem Valentinstag von euch erwischen lasse, oder?«

Ich packe sein zerfetztes Hemd und ziehe ihn zurück. »Wenn du Cal weh tust, bringe ich dich um.«

Er lächelt nur. »Es war schön, dich wiederzusehen, Lila«, sagt er.

Ich ramme ihm mein Knie zwischen die Beine und werde mit einem schmerzerfüllten Ächzen belohnt. Mit zornig blitzenden Augen blickt er auf mich hinunter. Doch in diesem Moment legt sich ein muskulöser, tätowierter Arm um seinen Hals.

Valentine wird auf die Füße gerissen, und plötzlich bin ich von seinem Gewicht befreit.

»Schlaf jetzt«, ertönt eine tiefe, vertraute Stimme mit starkem britischem Akzent.

Ich drehe mich auf die Seite, blicke auf und sehe Mino in Polizeiuniform, die Hände an Valentines Kopf gepresst. Valentine packt Minos Arme und versucht, sich von ihm loszumachen, sein Gesicht von Verwirrung und ungläubiger Belustigung gezeichnet.

»SCHLAF JETZT!«, brüllt Mino und hält Valentines Blick fest.

Einen kurzen Moment zeigt sich Überraschung auf Valentines Gesicht, dann sinkt er neben mir zu Boden. Ich atme schwer, und mein Herzschlag dröhnt mir in den Ohren.

Mino sieht von Cupid, Cal und Charlie, die grimmig und blutbesudelt neben einem Haufen regloser Zombie-Cupids stehen, zu mir. Dann wirft er Crystal einen kurzen Seitenblick zu und schüttelt langsam den Kopf. »Diese verdammten Liebesagenten ...« Ohne ein weiteres Wort wendet er sich ab und marschiert zur Tür, dreht sich dann jedoch noch einmal um und bleibt mit verschränkten Armen im Türrahmen stehen.

Crystal senkt ihren Bogen. »Ich dachte, ihr könntet vielleicht Hilfe gebrauchen«, sagt sie mit Blick auf Valentine. »Mino ist in das Labyrinth seines Geistes eingedrungen und hat ihn in Schlaf versetzt, aber bei jemand so Mächtigem wird das nicht lange halten. Wir müssen ihn zur Agentur zurückbringen und ihn in eine Sim sperren, um ihn zu befragen.«

Sie hängt sich ihren Bogen über die Schulter und tritt einen Schritt auf die Tür zu. »Cupid, Cal, greift ihn euch. Und dann kommt. Lasst uns herausfinden, wo er die Herzen seiner Zombie-Agenten aufbewahrt.«

35. Kapitel

Wir sitzen alle zusammen in der Cafeteria der Matchmaking-Agentur – nur Mino ist mit Valentine unten im Verlies. Außer uns ist kaum jemand da, aber die paar Agenten, die Nachtschicht haben, schauen neugierig zu uns herüber, während sie in ihre Headsets plappern – offenbar bieten Cupid, Cal und Charlie mit ihren blutbeschmierten Anzügen einen ziemlich eindrücklichen Anblick.

»Willst du ein Foto?«, fragt Cupid und verschränkt lässig die Arme hinter dem Kopf, als ihn ein junger Mann mit offenem Mund anstarrt. »Ich kann es auch signieren, wenn du möchtest.« Der Liebesagent wendet hastig den Blick ab und eilt davon.

Die Stimmung ist viel heiterer als bei unserem letzten Treffen. Zwar müssen wir noch die Herzen der untoten Cupids ausfindig machen und Venus in die Unterwelt zurückschicken, aber jetzt, da wir Valentine gefasst haben, ist er keine Gefahr mehr für mich oder mein Herz.

Ich sehe zu Cupid, und er grinst mich an.

Er ist nicht so schwer verwundet wie nach seinem letzten Kampf mit Valentine – offensichtlich hat der Ball ihm tatsächlich Macht verliehen. Doch das grellweiße Licht in der Cafeteria betont den Bluterguss an seiner linken Wange, wo Valentine einen besonders harten Schlag gelandet hat.

Crystal beugt sich mit einer Kaffeekanne über den Tisch und schenkt uns allen nach. Ich nehme meine Tasse dankbar entgegen.

Nach dem Adrenalinschub, den mir der Kampf mit Valentine versetzt hatte, war ich total aufgedreht, als wir paarweise in drei verschiedenen Autos zur Agentur zurückfuhren, Valentine und seine vier Zombie-Cupids in den Kofferraum von Minos Polizeiwagen gesperrt. Aber jetzt spüre ich langsam meine Erschöpfung. Meine Knochen schmerzen, weil ich mit Valentine auf den Boden gekracht bin, und ich bin völlig fertig.

Ich weiß etwas, das du nicht weißt.

Valentines Worte tauchen plötzlich aus meinem Gedächtnis auf, aber ich dränge sie zurück.

Ich werfe einen Blick auf mein Handy, um Dad eine Nachricht zu schreiben, und da sehe ich, dass es schon ein Uhr nachts ist. Kein Wunder, dass ich so müde bin. Gierig trinke ich ein paar Schlucke Kaffee.

»Was jetzt?«, frage ich.

Crystal setzt sich auf ihren weißen Sessel. »Jetzt warten wir«, sagt sie. »Vielleicht kann Mino unbehelligt in Valentines Verstand eindringen und herausfinden, wo er die Herzen versteckt. Wenn ihm das gelingt, muss keiner von uns die Sim betreten, um ihn zum Reden zu bringen. Sobald wir wissen, wo die Herzen sind, beschaffen wir sie, setzen Charon wieder als Fährmann der Toten ein und senden Venus dorthin zurück, wo sie hingehört.« Sie wirft ihre blonden Haare über die Schulter und schenkt uns ein mattes Lächeln.

»Glaubst du wirklich, dass Mino das schafft?«, fragt Cal. »Denn wenn nicht, verschwenden wir nur unsere Zeit. Ich kenne meinen Bruder. Seinen Willen zu brechen wird nicht leicht.«

Er hat sein Jackett ausgezogen und sieht für seine Verhältnisse erstaunlich schluderig aus; die oberen Knöpfe seines weißen Hemdes sind offen, und unter seinem Kragen ist ein kleiner Blutfleck.

Crystal wendet sich ihm zu und zieht eine Augenbraue hoch. »Ich weiß, dass du und Mino euch nicht versteht«, sagt sie. »Aber das ist kein Grund, es ihn nicht wenigstens versuchen zu lassen. Er ist eine unserer besten Ressourcen.«

Cals Gesicht verfinstert sich. »Ressourcen … ja, schon klar«, murmelt er. »Deshalb willst du ihn immer in deiner Nähe haben.«

Crystal spitzt die Lippen, und ihre Augen funkeln zornig. »Was soll das heißen?!«

»Okay, okay, heben wir uns die Streitereien für später auf«, sagt Cupid hörbar amüsiert.

Charlie sieht neugierig zwischen Crystal und Cal hin und her – ihre Augen glitzern, wie sie es immer tun, wenn sie meint, ein interessantes Gerücht aufgeschnappt zu haben. Sie wirft mir einen *Darüber-müssen-wir-nachher-unbedingt-reden*-Blick zu.

Ich ringe mir ein Lächeln ab. Ob zwischen Crystal und Mino irgendetwas läuft und was für ein Problem Cal damit hat, ist im Moment meine geringste Sorge.

Hat Cupid es dir schon erzählt? Das mit seiner früheren Freundin?

Valentines Worte hallen in meinem Kopf wider.

Ich blinzle, trinke noch einen Schluck Kaffee und versuche angestrengt, seine Stimme aus meinen Gedanken zu verbannen. Ich muss Cupid fragen, was er damit meinte. Aber nicht jetzt. Wenn wir unter uns sind.

»Alles okay, Sonnenschein?«, erkundigt Cupid sich.

Ich nicke und setze gerade zu einer Antwort an, als ich aus

dem Augenwinkel eine Bewegung wahrnehme. Mino kommt auf uns zu. Er hat seine Polizeijacke ausgezogen, und sein weißes Hemd ist am Kragen aufgeknöpft und bis zu den Ellbogen hochgekrempelt. Er sucht Crystals Blick und schüttelt leicht den Kopf.

Crystal seufzt.

»Du konntest nichts Nützliches finden?«, fragt Cupid und beugt sich vor.

»Tut mir leid, alter Freund.« Mino zieht sich einen Stuhl heran und lässt sich lässig darauf nieder. »In der Schule habe ich ihn eiskalt erwischt – er wusste nicht, wozu ich fähig bin. Aber seine Geheimnisse sind gut versteckt im Labyrinth seines Geistes.«

Cals Augen funkeln beinahe triumphierend, so sehr freut es ihn, dass Mino versagt hat – doch seine Genugtuung ist nur von kurzer Dauer, denn im nächsten Moment wird ihm klar, was das bedeutet. Wir haben immer noch keine Informationen, die uns weiterhelfen könnten.

»Na ja, wenigstens kann er Cupids Lebensfaden nicht mehr durchtrennen«, sage ich. »Der ist auf der Fähre, und Valentine ist hier. Und wenn wir ihn hier festhalten, kann er Venus nicht zurückbringen, oder?«

Mino schenkt sich eine Tasse Kaffee ein, ehe er antwortet. »Ah ja, also was das angeht ...«, sagt er. »Eines konnte ich herausfinden – ein Geheimnis, von dem Valentine wohl wollte, dass wir es lüften.«

»Was?!«, fragt Cal barsch und richtet sich auf seinem Stuhl auf.

»Bevor er zum Ball gegangen ist, hat Valentine seine Kontrolle über die Herzen eingesetzt, um einen Befehl auszusenden.« Er trinkt gemächlich einen Schluck, während wir uns alle erwartungsvoll vorbeugen. »Wenn Valentine am Valentinstag nicht zurück auf der Fähre ist, wird einer seiner Männer mit Mortas Schere Cals Lebensfaden durchschneiden.«

Mein Magen krampft sich zusammen. Mino sieht Cal direkt an, seine dunklen Augen glitzern. »Sorry, alter Freund.«

Crystal steht so abrupt auf, dass ihr Stuhl über den Boden schrappt. »Wir müssen in eine Sim und ihn verhören. *Sofort.* Cal, Cupid, ihr kennt ihn am besten. Ihr kommt mit. Mino – du auch, ich brauche deine besonderen Fähigkeiten.«

»Ich sollte mit ihm reden«, sage ich.

Die anderen sehen mich überrascht an.

Crystal schüttelt den Kopf. »Ich weiß, du willst helfen, Lila, aber –«

»Das ist es nicht«, erwidere ich.

Ihre ordentlich gezupften Augenbrauen ziehen sich zusammen. »Was dann?«

Ich beiße mir auf die Lippen. *Was ist es dann?* Das kann ich selbst nicht richtig erklären. »Ich … ich denke einfach, dass er mit mir reden wird. Das ist alles.«

»Kommt überhaupt nicht in Frage«, sagt Cal und springt auf, sein Gesicht aschfahl. »Das ist zu gefährlich.«

Crystal zuckt die Achseln. »Er hat recht. Ihr beide solltet erst mal hierbleiben. Ihr könnt ohnehin nicht viel tun.«

Ehe ich irgendetwas erwidern kann, schreitet sie zur Tür, dicht gefolgt von Mino und Cal. Cupid wirft mir einen entschuldigenden Blick zu, bevor er um den Tisch herumläuft, und drückt mir einen zärtlichen Kuss auf die Stirn.

»Tut mir echt leid, Sonnenschein.« Damit verlässt auch er die Cafeteria.

Charlie und ich sehen ihm nach. Ich seufze resigniert.

Sie täuschen sich. Valentine wird nicht mit ihnen reden. Er wird nur mit mir reden – da bin ich mir vollkommen sicher. Ich weiß nicht, woher ich das weiß, aber das tue ich.

Wir haben viel zu besprechen.

Ich schrecke mitten in der Nacht aus dem Schlaf. Als meine Augen sich langsam an die Dunkelheit gewöhnen, wird mir klar, dass ich auf einem ramponierten Sofa in Cals Büro liege, wo ich ein kurzes Nickerchen machen wollte, während die anderen Valentine verhören. Charlie liegt leise schnarchend in Cals Sessel auf der anderen Seite seines Schreibtischs.

Ich frage mich, was mich geweckt hat. Noch während mir der Gedanke durch den Kopf schießt, höre ich wütende Stimmen aus dem Großraumbüro – der Lärm dringt zusammen mit dem grellweißen Licht durch die Glaswände. Ich setze mich auf, binde meine Haare zu einem lockeren Knoten zusammen und spähe hinaus.

Cupid und Cal eilen Crystal sichtlich aufgebracht nach, die ihrerseits direkt auf mich zusteuert. Einige der Liebesagenten an ihren Computern beobachten das Ganze interessiert.

Mir wird flau im Magen. Was ist mit Valentine?

Crystal öffnet die Tür zu Cals Büro.

»Das kommt nicht in Frage, Crystal«, braust Cal auf.

»Ausnahmsweise stimme ich meinem Bruder voll und ganz zu«, sagt Cupid mit zornig blitzenden Augen. »Das ist zu gefährlich!«

Crystal wirft den beiden einen strengen Blick zu. »Sie kann auf sich aufpassen.«

»Nein! Wir müssen einen anderen Weg finden!«, schreit Cupid so laut, dass Charlie aus dem Schlaf aufschreckt.

»Hm? Was?«, murmelt sie.

Die anderen ignorieren sie einfach und stellen sich vor mir auf.

»Was ist los?«, frage ich.

»Egal! Das lasse ich nicht zu!«, ruft Cupid und taxiert Crystal mit wütendem Blick.

Sie antwortet ihm nicht, sondern wendet sich an mich, einen wild entschlossenen Ausdruck im Gesicht. »Valentine hat gesagt, er würde uns verraten, wo die Herzen sind«, sagt sie.

Ich blicke zwischen den dreien hin und her – Cals Lippen sind zu einer dünnen Linie zusammengepresst, und seine Kieferknochen treten deutlich hervor, so fest beißt er die Zähne zusammen. Cupids Augen blitzen vor Wut, und seine Armmuskeln sind angespannt. Doch Crystal hält dem Zorn der beiden Brüder entschlossen stand.

»Warum habe ich das Gefühl, dass es einen Haken gibt?«, frage ich.

Crystal stößt einen tiefen Seufzer aus. »Er sagt, dass er nur mit dir reden wird, Lila«, erklärt sie. »Wenn wir Cal retten wollen, musst du in die Sim. Du musst allein mit Valentine sprechen.«

36. Kapitel

Valentine wird nur mit mir reden.

Bei dem Gedanken wird mir angst und bange, aber ich bin nicht überrascht. Ich verkneife mir das »Ich hab's euch ja gesagt«, das mir auf der Zunge brennt. Cupid und Cal starren mich eindringlich an, doch ich wende mich direkt an Crystal. »Okay«, sage ich.

Cupids Gesicht verfinstert sich. »Nein«, sagt er, »sie wird nicht mit ihm reden. Und schon gar nicht alleine.« Er ballt die Fäuste, und seine Brust hebt und senkt sich stoßweise, als habe er Mühe, den Sturm in seinem Innern zurückzuhalten.

Ich sehe ihm fest in die Augen. »Das ist nicht deine Entscheidung.«

Cupid schüttelt vehement den Kopf. »Es ist nicht *deine* Entscheidung! Er ist *mein* Bruder. Und ich kenne ihn. Er ist verdammt schlau. Er führt irgendetwas im Schilde.«

Ich stehe auf. Cal und Crystal treten einen Schritt zurück, aber Cupid weicht nicht von der Stelle. Ich fühle die Hitze seines Körpers, so nah ist er mir. Sein Blick bohrt sich in mich hinein.

»Dann lass mich herausfinden, was er vorhat.«

»Nein. Wenn du die Sim betrittst, betrittst du seinen Verstand. Dort drinnen bist du völlig schutzlos. Er könnte dir weh tun.«

»Das wird er nicht.«

»Woher willst du das wissen, Lila?« Seine Stimme ist rau vor Frustration.

»Er braucht mein Herz, um Venus zurückzubringen!«, entgegne ich ebenso aufgebracht. »Also wird er mich wohl kaum vorher umbringen, oder? Aber er wird Cal töten, wenn wir ihn nicht aufhalten. Ich werde gehen.«

»Nein«, sagt Cal leise. »Ich sollte ein Mitspracherecht haben – schließlich ist es mein Lebensfaden, um den es geht. Du wirst nicht dein Leben für mich riskieren, Lila.«

Crystal seufzt ärgerlich. »Lila hat recht«, sagt sie. »Das hat keiner von euch zu bestimmen. Sondern sie.« Sie mustert mich prüfend. »Bist du sicher, dass du dazu bereit bist?«

»Ja.«

»Okay. Dann gehen wir jetzt runter in den Kerker. Wir müssen dir Zutritt zu Valentines Sim verschaffen.« Damit wendet sie sich ab und marschiert zur Tür.

Ich dränge mich zwischen Cupid und Cal hindurch und folge Crystal trotz all ihrer Proteste.

Charlie springt auf und eilt uns nach.

Wir gehen in den Innenhof und bleiben vor dem stillen, spiegelglatten Teich in der Mitte stehen. Der Kerker befindet sich darunter. Ich erschaudere, als ich mich an das letzte Mal erinnere, dass wir dort unten waren – vor Venus' Gerichtsverhandlung. Damals dachten Crystal und ich, Cal hätte uns verraten. Ich glaube nicht, dass mir das jetzt noch irgendjemand weismachen könnte.

Mein Herz krampft sich zusammen, als ich daran denke, was Valentine gesagt hat: dass einer seiner Männer Cals Lebensfaden durchtrennen wird, wenn er am Valentinstag nicht wieder frei ist. Ich beiße die Zähne zusammen. Das werde ich nicht zulassen.

Crystal holt einen Ausweis aus ihrem weißen Blazer und

scannt ihn am steinernen Rand des Pools ein. Ein Piepsen ertönt, und das Becken gleitet zur Seite. Darunter kommt eine Treppe zum Vorschein, die in die Dunkelheit hinabführt. Ein muffiger Geruch schlägt uns entgegen.

»O Mann, das weckt böse Erinnerungen«, murmelt Charlie.

Ich schaue zu ihr. Sie trägt immer noch das schwarze Abendkleid, das sie auf dem Ball anhatte, aber inzwischen ist es zerknittert vom Kampf und ihrem Nickerchen auf dem Sessel. Sie hat einen grimmigen Ausdruck im Gesicht.

Ich hatte fast vergessen, dass Charlie dort unten gefangen war, in einer Sim eingesperrt, die auf ihren schlimmsten Albträumen beruhte. Plötzlich wird mir klar, dass ich sie nie gefragt habe, was sie dort drinnen erlebt hat.

»Ja«, pflichte ich ihr bei.

Crystal wirft mir einen raschen Blick zu und steigt in die Dunkelheit hinab. Charlie eilt ihr nach. Ich hole tief Luft und will den beiden gerade folgen, da hält mich jemand am Arm fest.

Als ich mich umdrehe, sehe ich Cupids Gesicht dicht vor mir.

»Du wirst dich nicht derart in Gefahr bringen!« Er blickt mich eindringlich an.

Cal steht hinter ihm und sieht ebenfalls ärgerlich zu mir. »Lass uns das regeln.«

Mein Blick wandert zwischen den beiden hin und her. Cals Gesicht ist kreidebleich – das Mondlicht, das durchs Dachfenster hereinfällt, spiegelt sich in seinen silbrigen Augen. Wieder fällt mir der inzwischen getrocknete Blutfleck an seinem Kragen auf.

»Na ja, irgendwie ist es ja ganz schön, dass ihr beide euch endlich mal einig seid.«

Cal wirft mir einen bösen Blick zu. »Das ist kein Witz, Lila.« Er tritt einen Schritt vor, so dass die beiden Seite an Seite stehen und bedrohlich über mir aufragen. Doch als ich ein grimmiges Gesicht mache und zurückweiche, lässt Cupid mich sofort los.

»Hört zu, ich weiß eure Sorge wirklich zu schätzen. Aber wenn ich irgendwie helfen kann, werde ich es tun.« Wut steigt in mir auf, als die beiden den Kopf schütteln. »Ich weiß, ich habe keine Cupid-Kräfte wie ihr – aber das heißt nicht, dass ich nutzlos bin.«

»Ich hab nicht gesagt –«, setzt Cupid an.

»Das musstest du auch gar nicht!«, brause ich auf. »Es ist offensichtlich, was ihr beide denkt.« Damit drehe ich mich auf dem Absatz um und marschiere hinunter in die Finsternis – mein Herz hämmert wild, als ich unten ankomme, und es dauert einen Moment, bis meine Augen sich an die Dunkelheit gewöhnen.

»Lila, das denken wir überhaupt nicht!« Cupids und Cals Schritte donnern hinter mir die Treppe hinunter, während ich zu Crystal und Charlie aufschließe, die mit Mino vor einer der beängstigend engen Zellen stehen. Ich nähere mich den dreien langsam und werfe einen Blick durch das vergitterte Fenster, durch das sie wie gebannt starren. Mein Herz setzt einen Schlag aus, als ich Valentine mit geschlossenen Augen ganz nahe an der Tür sitzen sehe. Obwohl er an einem schrecklichen Ort gefangen sein sollte, umspielt ein Lächeln seine Lippen.

Mino grinst breit, als er mich sieht. »Ich wusste, dass sie

den nötigen Mumm hat«, sagt er – seine tiefe Stimme dröhnt durch den feuchten Korridor.

»Wo ist die Sim?«, frage ich.

Crystal öffnet ihre Hand, in der sie einen kleinen metallenen Mikrochip hält. Mit wild klopfendem Herzen nehme ich ihn an mich. Mino öffnet die Zelle neben der von Valentine und bedeutet mir mit einer schwungvollen Handbewegung hineinzugehen.

Ich hole tief Luft und bin mir dabei nur allzu bewusst, dass alle mich beobachten.

»Was erwartet mich da drin?«, frage ich und setze mich auf die hölzerne Bank im Innern der Zelle.

»Valentines Albtraum«, antwortet Mino.

Mein Puls rast und sendet eine Woge eisiger Kälte durch meinen Körper. Was könnte jemand so Mächtigem wie ihm Angst machen?

»In zehn Minuten wird die Sim automatisch beendet«, sagt Crystal. »Dort drinnen vergeht die Zeit schneller. Du solltest etwa eine Stunde Zeit haben, um mit ihm zu reden. Aber wenn irgendwas schiefgeht … nun, wir haben keine Möglichkeit, dich rauszuholen.« Sie wirkt besorgt, was ihr ganz und gar nicht ähnlich sieht. »Du wirst dich irgendwo verstecken müssen.«

»Das ist zu lang«, wendet Cal ein. »So viel Zeit braucht sie nicht.«

Crystal beachtet ihn gar nicht, ihre Aufmerksamkeit gilt ganz allein mir. »Denk dran – wenn du in der Sim stirbst, stirbst du auch im wirklichen Leben.«

Mein Atem beschleunigt sich, aber ich nicke.

Ich werde das schon schaffen. Das muss ich.

»Zehn Minuten. Rede mit Valentine. Rette Cal. Lass dich nicht umbringen.«

Mit erzwungenem Lächeln sage ich: »Okay. Verstanden.« Ich sehe in die Gesichter meiner Freunde, die mich alle voller Sorge beobachten, und verdrehe die Augen. »Könntet ihr bitte aufhören, mich anzustarren?! Das ist ein bisschen beunruhigend …«

Ein kleines Lächeln zeigt sich auf Cupids Gesicht, aber sein Blick bleibt ernst. »Ich lasse dich keine Sekunde aus den Augen.«

Mein Herz macht einen Satz, als ich die Leidenschaft in seinen Augen sehe. Einen Moment kehren meine Gedanken zu unserem innigen Kuss auf meinem Bett zurück; ich kann fast spüren, wie ich mit den Fingern durch seine zerzausten Haaren fuhr und seine warmen Lippen über meinen Hals glitten, bevor er meinen Mund mit seinem eroberte.

Ich nicke. Mit zittrigen Fingern stecke ich mir den kühlen Mikrochip ins Ohr.

»Bereit?«, fragt Crystal.

Ich beiße die Zähne zusammen und sehe ihr fest in die Augen. »Bereit.«

37. Kapitel

Ein heftiger Ruck erschüttert meinen Körper. Es fühlt sich an, als würde ich fallen. Übelkeit durchflutet mich in dumpfen Wellen, und ich kneife die Augen zu, um die vier nervösen Gesichter vor mir – und Mino – auszublenden.

Dann schlagen meine Füße auf etwas Hartem auf.

Und plötzlich ist um mich herum alles still.

Das leise Tröpfeln von Wasser im Kerker der Matchmaking-Agentur ist verschwunden. Ich spüre die Sonne im Gesicht, obwohl ich weiß, dass das nur eine Illusion ist – in Wirklichkeit sitze ich unter dem wachsamen Blick von Cupid und den anderen in einer stockdunklen Zelle.

Mein Herz hämmert gegen meine Rippen.

Im ersten Moment will ich die Augen gar nicht aufmachen. Wo auch immer ich bin – das ist Valentines schlimmster Albtraum.

Wovor hat er am meisten Angst?

»Hallo, Lila«, erklingt seine Stimme von irgendwo hinter mir und lässt mich erschrocken zusammenfahren. »Das ist ein wenig desorientierend, nicht wahr?«

Ich öffne die Augen und drehe mich um.

Was immer ich erwartet habe, *das* war es nicht.

Der Boden ist aus weißem Marmor. Wände gibt es nicht, und eine sanfte, zart nach Zitrusfrüchten duftende Brise weht um die hohen Steinsäulen. In der Ferne kann ich Berge erkennen, aber davor, am Rande dieses Bauwerks, steht eine schaurig vertraute Statue – obwohl sie etwas anders aussieht, als ich sie in Erinnerung habe. Mir wird mulmig.

»Einer von Aphrodites Tempeln«, sagt Valentine. Ich wende mich ihm zu. Er liegt auf einem steinernen Altar, zu dem fünf Marmorstufen hochführen, den Blick von mir abgewandt. Seine Arme sind hinter seinem Kopf verschränkt, und er starrt zur Decke hoch. Langsam setzt er sich auf und schwingt seine Beine über den Rand des Altars. Seine schockierend blauen Augen richten sich auf mich, und mein Herz schlägt schneller. Ein Grinsen breitet sich auf seinem Gesicht aus. »Oder Venus, als die du sie kennst.«

Ich ziehe irritiert die Stirn kraus und schirme meine Augen mit der Hand vor dem grellen Sonnenlicht ab. Einen Moment vergesse ich das Ziel dieses riskanten Unterfangens: herauszufinden, wo Valentine die Herzen versteckt hält, damit wir Cal retten können.

»Ich dachte, in der Sim solltest du deinen schlimmsten Albtraum durchleben«, sage ich.

Er lacht leise. »Hier ist es eigentlich ganz schön, oder?«, sagt er mit einem Achselzucken. »Aber dieser Ort weckt schreckliche Erinnerungen.«

Er springt vom Altar und kommt die Treppe herunter auf mich zu. Instinktiv weiche ich einen Schritt zurück, aber er bleibt nicht stehen, als er mich erreicht – er geht einfach an mir vorbei zum Rand des Tempels.

»Komm«, sagt er.

»Ich dachte, du wolltest etwas mit mir besprechen«, erwidere ich und verschränke die Arme vor der Brust.

Er dreht sich zu mir und geht rückwärts weiter zum Ausgang. Sein Lächeln wird breiter, so dass seine Grübchen wieder zum Vorschein kommen. »Das tue ich.«

Ich werfe ihm einen argwöhnischen Blick zu. Aber ich

habe nur etwa eine Stunde Zeit. Vielleicht ist es das Beste, wenn ich erst mal mitspiele. Ich folge ihm und bleibe stehen, als er sich auf die Treppe setzt, die vom Tempel wegführt. Er klopft neben sich auf den Marmor und bedeutet mir, mich zu setzen. Ich komme seiner Aufforderung nach, lasse aber einen Abstand von knapp einem Meter zwischen uns, damit ich ihm nicht zu nahe bin.

»Wo sind die Herzen, Valentine?«, frage ich.

Er fährt sich mit der Hand über seine kurzgeschorenen Haare. »Was? Hast du denn gar keine Zeit für Smalltalk?« Seine Augen glitzern neckisch.

»Ich bin nicht zum Smalltalk gekommen. Ich bin hier, weil ich die Herzen der Liebesagenten zurückholen will. Du bedrohst meinen Freund.«

Sein Mundwinkel zuckt. »Wie viel Zeit haben sie dir gegeben?«, will er wissen.

»Nicht viel. Also solltest du besser anfangen zu reden.«

Er lacht. »Du bist eine schlechte Lügnerin, Lila«, erwidert er und mustert mich forschend. »Sie würden nicht wollen, dass du zu viel Zeit mit mir verbringst. Aber doch genug, um die Wahrheit herauszubekommen. Ich schätze, wir haben eine Stunde zusammen, richtig?«

Ich begegne seinem Blick, antworte aber nicht.

Er grinst breit und entblößt dabei seine strahlend weißen Zähne. »Ausgezeichnet.« Seine Augen funkeln vor Belustigung. »In einer Stunde können wir so viel machen.« Er streckt seine muskulösen Arme aus und lässt die Knöchel knacken. »Hast du Angst vor mir, Lila?«

»Du wirst mir nicht weh tun«, sage ich und überrasche mich damit selbst.

Er sieht mich verwundert an. »Wie kannst du dir da so sicher sein?«

Ich blicke ihm fest in die Augen. »Du brauchst mein Herz für das, was du vorhast.« So viel weiß ich aus der Nachricht, die er mir geschickt hat. »Um Venus zurückzubringen. Richtig? Und du brauchst es am Valentinstag. Also nehme ich stark an, dass du mir bis dahin nichts tun wirst.«

Sein Gesicht nimmt einen amüsierten Ausdruck an. »Willst du ein Geheimnis wissen, Lila?«

»Deswegen bin ich hier.«

»Und ich hatte gehofft, du wärst hier, um meine Gesellschaft zu genießen«, sagt er grinsend.

»Du weißt, dass ich das nie tun würde. Also, was für ein Geheimnis?«

Er hält einen Moment inne, ehe er endlich mit der Sprache herausrückt. »Ich brauche nicht nur *dein* Herz.«

Ein eisiger Schauer läuft mir über den Rücken. »Was?«

Er wendet sich den grünen Bergen in der Ferne zu, beugt sich vor und stützt die Ellbogen auf die Knie. »Ja. Wie sich herausstellt, brauche ich dein Herz, um Venus zurückzubringen – und das deines Seelenverwandten. Echt cool, oder?«

Cupid.

Heiße Wut wallt in mir auf. Ich beiße die Zähne zusammen und taxiere Valentine mit stechendem Blick.

Er droht nicht nur, Cals und mein Leben zu zerstören, jetzt ist er auch noch hinter Cupid her. Da fällt mir plötzlich etwas ein, und meine Panik lässt schlagartig nach.

Stattdessen stoße ich ein raues, bitteres Lachen aus. »Du kannst Cupid nicht töten. Er ist ein Original, genau wie du. Schon vergessen?«

Er fährt sich mit der Hand über den Mund, als wäre er tief in Gedanken versunken. »Wenn ich meinen Bruder töten wollte, wäre das ein Hindernis, das sich leicht überwinden ließe.« Er begegnet meinem zornigen Blick, und seine vollen Lippen verziehen sich zu einem Lächeln. »Lass uns etwas spielen, Lila.«

Ich starre ihn misstrauisch an. Mein Herz pumpt von unbändiger Wut berauschtes Blut durch meine Adern, und ich kann fühlen, wie mein Puls in meinen Ohren pocht. Ich baue mich vor ihm auf – mit zusammengekniffenen Augen blicke ich auf ihn hinunter, denn die Sonne scheint mir an Venus' Statue vorbei direkt ins Gesicht.

»Ich habe deine Spielchen satt. Sag mir, wo die Herzen sind.«

Valentine erhebt sich, so dass er über mir aufragt. Ich kann seine Körperwärme spüren, auch wenn wir uns in einer Sim befinden, nicht in der Realität. Sein maskuliner Geruch strömt mir zusammen mit dem Zitronenduft entgegen, den die sommerliche Brise mit sich trägt. Mein Atem beschleunigt sich, so nah ist er mir. Er sieht mich mit undurchschaubarer Miene an.

»Wenn du mein Spiel zu meiner Zufriedenheit spielst, verrate ich dir, wo die Herzen sind. Andernfalls habe ich dir nichts mehr zu sagen.«

»Was für ein Spiel?!«, fahre ich ihn wütend an.

Valentines Augen funkeln amüsiert. »Wir stellen einander drei Fragen«, sagt er. »Der andere muss ehrlich antworten. Wenn ich zufrieden bin, kannst du mich als Drittes fragen, wo ich die Herzen aufbewahre. Und ich werde es dir sagen.«

»Warst du schon immer so ein kontrollsüchtiges Arschloch?«, frage ich und mustere ihn prüfend.

Er grinst. »Ist das deine erste Frage?«

»Nein.«

Sein Grinsen wird noch breiter. Er lässt seinen Blick einen Moment auf mir ruhen, dann nimmt er wieder auf der Marmortreppe Platz. Ich zögere, doch schließlich setze ich mich neben ihn.

»Ich beantworte sie trotzdem«, sagt er. »Nein, ich war nicht immer so.« Er sieht zu mir herüber. »Also, spielst du mit?«

»Na gut.«

»Sehr schön. Ich fange an.« Er überlegt einen Moment. »Was ist deine früheste Kindheitserinnerung?«

Ich blicke ihn überrascht an.

»Was?«, fragt er.

Ich zucke die Achseln und streiche mir eine verirrte Haarsträhne aus den Augen. »Ich weiß auch nicht … Ich hatte etwas … Boshafteres erwartet.«

Er stößt ein leises Lachen aus, ohne den Blick von mir abzuwenden. »Also?«, hakt er nach.

Ich seufze. »Ähm, ich weiß es nicht. Mein vierter Geburtstag, schätze ich.«

Ich wende mich Valentine zu. Sein Gesicht verrät nicht viel, aber ich meine, einen Anflug von Enttäuschung in seinen strahlend blauen Augen zu erkennen.

»Warum?«, frage ich. »Warum willst du das wissen?«

»Ich kann es dir sagen – aber damit wäre eine deiner Fragen aufgebraucht.«

Er sieht mich herausfordernd an, aber ich schüttele den

Kopf. Ich muss etwas Wichtigeres herausfinden. Nervös kaue ich auf meiner Unterlippe herum. Meine Gedanken überschlagen sich, so viele Fragen schwirren mir durch den Kopf.

»Du willst Venus zurückbringen«, sage ich. »Aber diesem Sim nach zu schließen, ist es dein schlimmster Albtraum, in ihrem Tempel zu sein.«

Er nickt knapp und signalisiert mir damit, dass ich weiterreden soll.

»Das ergibt doch keinen Sinn. Warum ist das dein schlimmster Albtraum?«

Er schweigt einen Moment, und ein dunkler Schatten legt sich über sein Gesicht.

»Dieser Tempel erinnert mich an etwas, das vor langer Zeit passiert ist. Etwas, von dem ich wünschte, es wäre nicht passiert.« Ich warte, dass er weiterspricht. Er macht eine Handbewegung, die alles um uns herum einschließt. »Ich habe früher ganz in der Nähe gewohnt, in Athen, zusammen mit meinen Brüdern. In diesem Tempel erhielten wir Befehle von unserer Mutter. Damals hatte sie noch keine weltweite Organisation, obwohl sie schon begonnen hatte, sie aufzubauen.«

Ich ziehe irritiert die Stirn kraus. »Aber Cal hat gesagt –«

»Dass ich ein ›Muttersöhnchen‹ sei?« Er grinst. »Das stimmt – ich war ihr Liebling. Ich hatte nie viel Mitgefühl mit den Menschen, im Gegensatz zu meinen beiden Brüdern. Zumindest war das so, bis ich *sie* kennengelernt habe.«

»Wen?«

Valentine lächelt schief. »Erst darf ich dir noch eine Frage stellen.« Er leckt sich die Lippen und sieht mich erwartungsvoll an. »Wie hast du dich gefühlt, als du Cupid begegnet bist? Wusstest du, dass er dein Match ist? Konntest du es fühlen?«

»Ich …«

Valentines Blick bohrt sich in mich hinein. Ich frage mich, warum er das wissen will. Das bereitet mir ein unbehagliches Gefühl – ganz besonders, da es Valentine war, der unser Match arrangiert hat.

»Komm schon. Es ist nur ein Spiel, Lila.«

Mich überkommt eine Woge frustrierter Wut. Doch dann seufze ich und versuche, mich zu erinnern.

Ich weiß noch genau, wie Cupid mich damals in der Schule zum ersten Mal angesehen hat. Wie mein Magen sich zusammenzog und mein Herz schneller schlug. Obwohl ich dachte, er wäre gefährlich, obwohl ich wusste, dass ich mich von ihm fernhalten sollte, habe ich alles darangesetzt, mich auf seiner Party mit ihm zu treffen.

Ich habe ihn geküsst, obwohl das den Weltuntergang hätte herbeiführen können.

»Ja«, antworte ich und erwidere seinen Blick trotzig. »Ich habe es gefühlt. Jetzt bist du wieder dran. Du hast gesagt, du hättest kein Mitgefühl mit den Menschen gehabt, bis du *sie* getroffen hast. Wen meinst du?«

»Einen Menschen«, sagt Valentine und starrt mit abwesendem Blick auf die gewaltige Gebirgskette in der Ferne. »Ein Mädchen, das ich geliebt habe.«

Er dreht sich zu mir um und mustert mich durchdringend, als würde er etwas suchen. »Psyche«, sagt er schließlich.

»Cupids Freundin …« So hat er sie bei unserer Begegnung in der Schulcafeteria genannt. »Sie war vorher mit dir zusammen.«

Er wendet den Blick ab und umklammert die Marmorstufe, auf der er sitzt, so fest, dass seine Knöchel weiß hervortreten. Sein Lächeln erreicht nicht seine Augen.

»Das verstehe ich nicht«, sage ich. »Cupid hat gesagt, du hättest mit einem Amore-Pfeil auf ihn geschossen, damit er denkt, er wäre in Psyche verliebt.«

»Ja. Genau hier in diesem Tempel. Und deshalb ist das auch meine persönliche Hölle.«

»Warum hättest du das tun sollen, wenn du sie geliebt hast?«

Valentine schweigt einen Moment, lehnt sich mit aufgestützten Händen nach hinten und streckt seine langen Beine aus. Er befeuchtet seine Lippen. »Psyche war ein Mensch, aber sie wurde von vielen verehrt. Sie sagten, sie wäre die wiedergeborene Venus.«

»Das hat Venus bestimmt nicht gefallen.«

Er lacht leise. »Nein, ganz und gar nicht. Sie hat mir befohlen, mit einem Pfeil auf Psyche zu schießen und sie zur Strafe mit einem Geächteten zu verkuppeln. Ich habe sie mit Hilfe einer List hergelockt, in diesen Tempel. Und ich wartete mit einem Köcher voller Pfeile hinter diesen Säulen.« Er deutet hinter sich.

Ich werfe ihm einen angewiderten Blick zu. »Und du hast es getan?«

Er schüttelt langsam den Kopf. »Nein. Habe ich nicht. Sie hatte etwas an sich, das mich innehalten ließ. Die Gerüchte über sie waren nicht übertrieben – sie war wunderschön. Aber es war mehr als das. Ich konnte ihr einfach nicht weh tun. Sie bemerkte mich, kam zu mir und redete mit mir – als wäre ich ein anständiger Mensch und nicht jemand, der den

Auftrag hatte, ihr Leben zu zerstören. Danach begann unsere Liebesaffäre – natürlich im Geheimen, damit meine Mutter nichts davon mitbekommen würde.«

Ich mustere ihn erstaunt. Seine Schultern sind wie unter einer schweren Last gebeugt, und in seinen Augen flackert Kummer auf. Er hebt einen kleinen Stein vom Boden auf und wirft ihn gedankenverloren auf die Wiese vor uns.

Fast bekomme ich Mitleid mit ihm. Ich muss mir in Erinnerung rufen, was er getan hat – er hat unzählige Liebesagenten getötet, Cals Lebensfaden gestohlen, die arme Beatrice furchtbar behandelt, und er will mein Herz stehlen, um Venus zurückzubringen.

Er ist ein Monster.

Aber es fällt mir schwer zu glauben, dass ein Monster sich verlieben könnte.

»Und? Was ist passiert?« Meine Stimme klingt barscher als beabsichtigt. Ich darf kein Mitleid mit ihm haben. Zu viele Leben stehen auf dem Spiel.

Er lächelt grimmig. »Als Venus erfuhr, dass ich meine Aufgabe nicht erfüllt hatte, beauftragte sie jemand anderen damit.«

»Wen?«, frage ich, obwohl ich die Antwort tief im Innern bereits weiß.

»Deinen herzallerliebsten Cupid. Wen denn sonst?« Seine Augen verfinstern sich; zwei bodenlose Abgründe, in denen Gefahr lauert. »Ich habe versucht, ihn aufzuhalten. Aber er ist trotzdem hergekommen, um Venus' Befehl auszuführen.«

Eine eisige Kälte breitet sich in mir aus. Ich schüttele den Kopf. »Nein. So etwas würde Cupid nicht tun.«

»O doch, das würde er.«

Ich rutsche unruhig auf der Marmortreppe hin und her und reibe mir das Gesicht. Dafür habe ich keine Zeit. »Okay. Wie du meinst. Aber das erklärt immer noch nicht, warum du auf ihn geschossen hast.«

»Ich wusste nicht, wie ich sie anders retten sollte«, sagt er. »Ich dachte, wenn Cupid das Gleiche für sie empfinden würde wie ich, könnte er ihr nicht weh tun. Doch als ihn der Pfeil traf, erschrak er so sehr, dass er die gespannte Sehne seines Bogens losließ. Sein Pfeil traf Psyche, und als ihre Blicke sich begegneten, verliebten sie sich ineinander.« Ein grimmiges Lächeln erscheint auf seinem Gesicht. »Den Rest der Geschichte kennst du vermutlich schon. Aber ich nehme an, diesen Teil hat Cupid weggelassen.«

Er starrt gedankenverloren in die Ferne, während mir unzählige Fragen im Kopf herumschwirren. Ich erinnere mich daran, was Cupid gesagt hat – dass Psyche immer noch dort draußen sein könnte und wahrscheinlich nicht gut auf ihn zu sprechen sei. Wenn Valentine die Wahrheit sagt, ergibt das alles tatsächlich einen Sinn.

»Was ... was ist mit ihr passiert? Mit Psyche?«

Er reibt sich das Kinn und dreht sich dann mit einem breiten Grinsen im Gesicht zu mir um, der Kummer in seinen Augen mit einem Mal spurlos verschwunden. »Ich glaube, ich bin dran mit Fragen.«

»Also gut«, seufze ich. »Das ist aber die letzte.«

Er sieht mich durchdringend an. »Weißt du, wie mächtig du bist, Lila? Wie mächtig du werden könntest?«

»Was?« Seine Frage überrascht mich.

»Offensichtlich nicht.« Er klingt fast enttäuscht. »Aber wenn du das alles einfach seinen Lauf nehmen lässt ...«

Mein Herz schlägt schneller. »Was meinst du damit?«

Er lächelt. »Du hast nur noch eine Frage. Welche soll es sein? Was ist mit Psyche passiert? Was meine ich damit? Oder wo habe ich die Herzen versteckt?«

Das Blut rauscht mir in den Ohren, während er mich mit herausforderndem, höhnischem Blick mustert. Ich will auf jede dieser Fragen die Antwort wissen.

Aber im Grunde bleibt mir nur eine Wahl.

Ich seufze schwer und lasse den Blick über die wunderschöne Landschaft am Fuß der Treppe wandern. Habe ich noch genug Zeit, um mehr über die anderen Sachen herauszufinden, die er erwähnt hat? Ich bin mir sicher, dass die Stunde schon fast abgelaufen ist.

Langsam wende ich mich wieder ihm zu. »Du weißt, was ich dich fragen muss. Wo hast du die Herzen versteckt?«

Seine Lippen verziehen sich zu einem Grinsen. »Das hab ich dir schon gesagt.«

»Was? Nein, hast du nicht!«

Wie schon beim Eintritt in die Sim überkommt mich eine heftige Übelkeit und schneidet mir das Wort ab. Panisch blicke ich zu Valentine.

Nein. Ich bin noch nicht bereit zu gehen.

»Sieht aus, als wäre deine Zeit vorbei«, sagt er. »Wir sehen uns am Valentinstag, Lila!«

»Valentine!«

Sein Name entringt sich meiner Kehle, als die Welt um mich herum erzittert. Ich kneife die Augen zu.

Als ich sie wieder aufmache, blicken Cupid und die anderen mich durch die offene Tür meiner Zelle erwartungsvoll an. Ich höre sie alle wild durcheinander fragen: *Was ist passiert? Alles okay? Was hat er gesagt? Wo sind die Herzen?*

Ich weiß nicht, wo die Herzen sind – das muss ich noch herausfinden. Aber etwas anderes, das Valentine gesagt hat, erscheint mir beinahe ebenso wichtig.

Ich blende das Stimmengewirr aus und konzentriere mich einzig und allein auf Cupid. »Wir müssen über Psyche reden.«

38. Kapitel

Cupid fährt sich mit der Hand über den Mund. Seine Augen verdüstern sich im matten Kerkerlicht fast unmerklich. Meine Worte bringen die anderen abrupt zum Schweigen.

Einen Moment sagt niemand etwas, und ich kann nichts anderes hören als das Tröpfeln von Wasser.

»Davon hat er dir erzählt?«, fragt Cupid, und seine Hände ballen sich zu Fäusten. »Was hat Psyche mit all dem zu tun?«

Ich mustere ihn forschend. Ich erinnere mich an den Kummer und die Verbitterung, mit der Valentine mir von ihr erzählt hat. Und ich denke darüber nach, warum Valentine Venus zurückbringen will, obwohl sie erst ihm und dann Cupid befohlen hat, Psyches Leben zu zerstören.

Sein schlimmster Albtraum ist es, in Venus' Tempel gefangen zu sein.

Das ergibt doch alles keinen Sinn …

»Ich weiß es nicht«, sage ich, nehme den Mikrochip aus meinem Ohr und beuge mich auf dem klammen Stuhl vor. »Aber irgendetwas hat sie damit zu tun.« Ich stehe auf, lasse Cupid dabei aber nicht aus den Augen. »Ist es wahr? Was er mir erzählt hat?«

»Wo sind die Herzen?«, unterbricht Crystal uns ungeduldig und drängt sich zwischen Mino und Cal hindurch, dessen Schultern sich bei der Berührung sichtlich anspannen. Sein Blick ruht auf mir, aber ich wende mich Crystal zu. Ich bringe es nicht über mich, ihm in die Augen zu sehen. Ich habe die Antworten, die er so dringend benötigt, nicht bekommen.

»Ich … ich bin mir nicht sicher. Ich bin noch nicht dahintergekommen.«

Alle Farbe weicht aus ihrem Gesicht. Cupid blickt grimmig drein. Charlie beißt sich auf die Lippen, ihr Gesicht ungewöhnlich ernst.

»So ein Pech aber auch, alter Freund«, sagt Mino und begegnet Cals eisigem Blick über Crystals Kopf hinweg.

»Nicht hilfreich, Mino«, weist Crystal ihn ärgerlich zurecht, dann wendet sie sich wieder an mich. »Was soll das heißen, du bist noch nicht dahintergekommen? Erzähl mir alles.«

»Ich weiß auch nicht. Er hat in Rätseln gesprochen. Ich werde noch nicht schlau daraus. Aber er meinte, er habe mir schon gesagt, was ich wissen will, und das glaube ich ihm. Ich muss nur herausfinden, worauf er sich bezieht.« Ich sehe zu Cupid auf, der meinen Blick mit finsterer Miene erwidert. »Und dafür brauche ich Antworten.«

Cupid neigt den Kopf, und ausnahmsweise kann ich in seinem Gesicht nicht die Spur eines Lächelns entdecken.

»Dürfte ich einen Vorschlag machen?«, fragt Mino.

Wir drehen uns alle überrascht zu ihm um.

»Vielleicht sollten wir dieses Gespräch woanders als in diesem kalten, gruseligen Kerker fortsetzen?« Er hebt eine Augenbraue, was die kleine Narbe, die sich darüberzieht, noch betont. »Ich habe mehr als genug Zeit hier unten verbracht, vielen Dank auch.« Er wirft mir einen Blick zu, und ich sehe seine Augen amüsiert funkeln.

Ich nicke. Mein Puls rast – ich brauche noch etwas Zeit, um mich von meiner Begegnung mit Valentine zu erholen. Ich atme tief durch, um mich zu beruhigen, und folge den anderen den Korridor hinunter.

Als wir an Valentine vorbeikommen, der noch immer in seiner düsteren Zelle sitzt, fällt mir wieder dieses kleine Lächeln auf, das seine Lippen umspielt.

Weißt du, wie mächtig du bist, Lila?

Seine Worte dringen ungebeten in meine Gedanken ein.

Ich reiße den Blick los und konzentriere mich stattdessen auf Cupid an meiner Seite und das Licht, das durch die Tür am oberen Ende der Kerkertreppe scheint.

Mit übereinandergeschlagenen Beinen sitze ich auf dem Ledersessel in Cupids Wohnzimmer.

Ich weiß noch genau, wann ich zuletzt hier war. Damals war ich zum ersten Mal bei ihm zu Hause; Cupid, Cal und ich übernachteten alle gemeinsam in seinem Wohnzimmer, weil die Arrows hinter mir her waren. Ich kann kaum glauben, wie viel sich seither verändert hat. Aber noch immer haben es Liebesagenten auf mich abgesehen …

Cal rumort in der Küche herum – er meinte, er wolle sich schnell etwas zu essen machen. Allerdings bezweifle ich, dass er nach allem, was passiert ist, wirklich Hunger hat. Wahrscheinlich versucht er sich nur abzulenken. Bei dem Gedanken krampft sich mein Herz zusammen.

Die Luft in Cupids Wohnzimmer ist warm und still und riecht leicht nach Rauch aus dem Kamin, der sich in all seiner Pracht zwischen die Bücherregale schmiegt. Cupid kniet vor meinem Sessel, umfasst mit beiden Händen meine Arme und beugt sich zu mir vor. Sein Blick hält meinen fest.

»Bist du sicher, dass er sonst nichts gesagt hat?« Seine Stirn legt sich in Falten. Er versucht es zwar zu verbergen, aber er macht sich genauso große Sorgen um Cal wie ich.

Ich nicke.

Ich habe schon vorhin in Crystals Büro erzählt, was in der Sim passiert ist; von dem Tempel, Valentines Spiel, wie er mir versichert hat, er habe mir gesagt, wo sich die Herzen befinden. Als Cupid merkte, wie erschöpft ich bin, bestand er darauf, Cal und mich hierherzubringen, und setzte Charlie unterwegs zu Hause ab. Crystal und Mino blieben in der Agentur, um Valentine im Auge zu behalten und zu sehen, ob sie vielleicht noch mehr aus ihm herausbekommen können.

Doch ich bezweifle stark, dass sie das werden. Er hat mir gesagt, was ich wissen muss – da bin ich mir sicher. Ich muss die versteckte Botschaft nur entschlüsseln.

Ohne den Blick von Cupids finsterem Gesicht abzuwenden, beuge ich mich vor. Seine vertraute Wärme strömt auf mich ein, durchdrungen von einem leichten Schweißgeruch. Er trägt immer noch dasselbe weiße Hemd, das er auf dem Ball anhatte, auch wenn es seither etwas gelitten hat.

Ich sehe ihn grimmig an und spüre, wie sich mein Herz verhärtet. »Ist es wahr? Was Valentine über Psyche gesagt hat?«

Er seufzt. »Das kommt darauf an ... Was hat er dir denn erzählt?«

»Du hast auf sie geschossen.« Wut brodelt in mir hoch. »Venus hat dir befohlen, Psyches Leben zu zerstören, indem du sie mit einem Pfeil triffst, und du wolltest ihren Befehl ausführen.«

Er atmet schwer aus, nimmt die Hand einen Moment von der Armlehne meines Sessels und fährt sich durch die Haare, die im Feuerschein wie Bronze schimmern. Seine Schultern spannen sich an, als er meinem Blick begegnet. »Ja.«

Fassungslos lehne ich mich zurück, um mehr Abstand zwischen uns zu bringen. »Das ist furchtbar! Wie konntest du das tun?«

Er reibt sich den Nacken. Das Kaminfeuer wirft flackernde Schatten auf sein Gesicht. »Die Leute glaubten, sie sei sehr mächtig. Es hat nicht lange gedauert, bis die Götter auf sie aufmerksam wurden. Venus sagte mir, Psyche würde einen Krieg verursachen und damit die ganze Welt vernichten.«

»Und du hast ihr geglaubt? Deiner völlig wahnsinnigen Mutter, die –«

»Hör zu, Lila.« Seine Stimme ist rau, brüchig. »Ich habe ihr nicht geglaubt. Nicht aufs Wort. Aber ich wusste, falls Psyche wirklich die nächste Reinkarnation von Venus wäre, würde es Krieg zwischen ihr und Venus geben, wenn ich nichts unternahm. Und in diesem Krieg würde es zahllose unschuldige Opfer geben.« Er atmet tief durch. »Also habe ich beschlossen, ihren Befehl zum Teil auszuführen. Ich wollte Psyche mit einem Pfeil treffen und sie verkuppeln. Aber nicht mit einem Geächteten. Sondern mit jemandem aus dem Ausland. Jemandem, der sie in Sicherheit bringen und so vor meiner sadistischen Mutter und ihren fanatischen Anhängern retten würde.«

»Valentine sagte, er habe versucht, dich aufzuhalten.«

Cupid nickt. »Ich dachte, er hätte herausgefunden, was ich vorhabe, und würde auf Venus' Befehl handeln.«

»Aber das tat er nicht. Er hat Psyche geliebt.«

Cupid lacht freudlos. »Zu wahrer Liebe ist er nicht fähig, Lila. Er ist gerissen und redegewandt, aber lass dir nicht weismachen, er wäre kein Monster. Ich weiß nicht, warum er das getan hat. Ich weiß nicht, warum er mich mit einem Amore dazu gebracht hat, mich in Psyche zu verlieben. Vielleicht wollte er sich einfach amüsieren. Vielleicht wollte er mich gegen sich aufbringen. Vielleicht hat er wirklich geglaubt, dass Psyche die Reinkarnation von Venus sei, und wollte sehen, was passiert. Aber ich kenne meinen Bruder. Was auch immer er vorhatte, es war nichts Gutes.«

Ich seufze. »Ich weiß nicht, was ich denken soll. Als er mir davon erzählt hat … kam es mir vor, als würde sie ihm wirklich am Herzen liegen.«

Cupid sieht mich verwundert an, und ich kann eine Spur von Verletzlichkeit in seinem Gesicht erkennen. Dann zuckt er die Achseln. »Vielleicht mochte er sie tatsächlich, auf seine Art. Aber ich glaube nicht eine Sekunde, dass er selbstlos gehandelt hat. Auch wenn das alles … Vielleicht war das der Auslöser für all die Gräueltaten, die er später begangen hat.«

Ich erinnere mich daran, wie eindringlich Valentine mich angesehen hat, während er mir die Geschichte erzählte. Ich erinnere mich an den Kummer in seinem Gesicht. Und einen Moment muss ich gegen heftiges Mitgefühl ankämpfen, das sich tief in meinem Innern regt.

Nein. Ich werde kein Mitleid mit ihm haben.

Er ist ein Mörder.

Er will mein Herz. Und das von Cupid.

Und er hat bereits Cals Lebensfaden gestohlen und droht damit, ihn zu durchtrennen.

Ich konzentriere mich auf Cupids Gesicht, seine meergrünen Augen, sein kräftiges Kinn.

»Wenn Venus den Angriff auf Psyche angeordnet hat, warum versucht er dann, sie zurückzubringen?«

Cupid schüttelt ratlos den Kopf. »Keine Ahnung.«

Ich stoße einen tiefen Seufzer aus. »Was machen wir jetzt? Er behauptet, er hätte mir gesagt, wo die Herzen sind – aber das hat er nicht.«

Cupid schweigt einen Moment nachdenklich, dann sagt er: »Mein Bruder ist manipulativ und machtbesessen. Aber ich glaube nicht, dass er ein Lügner ist«, sagt er. »Er muss dir irgendeinen Hinweis gegeben haben.« Er beugt sich vor und drückt mir einen zärtlichen Kuss auf die Stirn. »Ich glaube fest daran, dass du ihn entschlüsseln und die Welt retten wirst.«

»Kein Stress ...«

Ein Grinsen breitet sich auf seinem Gesicht aus, und er zuckt die Achseln. »Wir haben noch Zeit«, sagt er. »Es ist noch fast eine Woche bis zum Valentinstag.«

»Aber was, wenn ich es nicht schaffe?«

Cupids Gesicht verdüstert sich. »Dann wird Cal sterben, oder Venus wird zurückkommen.«

39. Kapitel

Ich liege im Dunkeln allein in Cupids Bett und starre zur Decke hoch.

Cupid hat beschlossen, zur Matchmaking-Agentur zurückzufahren, um Valentine selbst einen Besuch abzustatten und wenn möglich mehr Informationen aus ihm herauszupressen. Ich glaube, wir wissen beide, dass er damit keinen Erfolg haben wird. Aber nach unserem Gespräch schien er aufgewühlt – genau wie Cal, den ich immer noch unten herumlaufen höre. Ich nehme an, er wollte einfach das Gefühl haben, etwas Sinnvolles zu tun.

Aber wir wissen alle, dass ich diese Aufgabe lösen muss.

Wo hast du die Herzen versteckt?

Das hab ich dir schon gesagt.

Wieder und wieder gehe ich im Kopf durch, was in der Sim geschehen ist. Die Antwort ist irgendwo darin verborgen – das muss sie einfach. Aber es kommt mir vor, als hätten wir nur über Psyche geredet. Ich rufe mir auch noch einmal in Erinnerung, was Cupid über sie gesagt hat. Und einen Moment lang lasse ich zu, dass Mitleid in mir aufkommt.

Doch dann wird mir schlagartig wieder bewusst, dass Valentine nicht nur mein Leben bedroht, sondern auch die von Cupid und Cal. Und er hat unzählige Liebesagenten umgebracht, um seine Zombie-Armee aufzubauen.

Seine Geschichte ist traurig, aber das entschuldigt nicht all die schrecklichen Dinge, die er getan hat.

Ich liege eine gefühlte Ewigkeit wach. Sobald ich versuche einzuschlafen, sehe ich seine stechend blauen Augen vor mir, wie sie mich durchdringend anstarren. Ich sehe sein hämisches Grinsen und die Grübchen in seinen Wangen, die sich in mein Gedächtnis eingebrannt haben. Jedes Mal, wenn wir uns begegnet sind, hatte ich das Gefühl, als würde er etwas über mich wissen, das nicht einmal ich selbst weiß. Nach unserem Besuch bei den Schicksalsgöttinnen dachte ich, es wäre nur die Tatsache, dass er Cupid ins System der Matchmaking-Agentur eingefügt hat. Doch dann erinnere ich mich, was er in der Sim gesagt hat.

Weißt du, wie mächtig du bist, Lila?

Was meinte er damit?

Auch Psyche geht mir nicht aus dem Kopf – Valentines und Cupids Versionen der Geschichte passen immer noch nicht ganz zusammen. Wem soll ich glauben? Und wo ist Psyche jetzt?

Schließlich setze ich mich auf. Ich kann nicht schlafen – es weiter zu versuchen hat keinen Zweck. Ich nehme mein Handy, um Psyche, den Valentinstag und Cupid zu googeln. Aber der Akku ist leer.

Allerdings habe ich immer noch das Sagenbuch von Cal unten in meiner Tasche. Ob ich darin wohl irgendetwas Nützliches finde?

Ich stecke mein Handy in die Tasche der Jogginghose, die mir Cupid geliehen hat, dann tappe ich barfuß über den weichen Teppich und husche die Wendeltreppe hinunter. Im Haus ist es so still, dass ich instinktiv auf Zehenspitzen zur Küche schleiche, als würde ich etwas Unrechtes tun.

Und genauso fühle ich mich auch – als würde ich spionieren.

Ich nehme meine Tasche, die bei der Küchentheke liegt,

hänge mein Handy zum Laden ans Netz und lege es vor mir auf die Tischplatte, dann setze ich mich auf einen der Barhocker und widme mich dem Buch. Mein Herz schlägt schneller, als ich Psyches Namen im Inhaltsverzeichnis finde. Ich schlage die Seite auf und will gerade anfangen zu lesen, als ich hinter mir Schritte höre.

Hastig klappe ich das Buch zu und drehe mich um.

Cal steht im Türrahmen, beleuchtet vom geisterhaften Mondlicht, das durch die Glasfront des Hauses hereinscheint, und den Lampen an den Unterseiten der Küchenschränke. Er trägt eine karierte Schlafanzughose und ein schwarzes T-Shirt, und seine sonst so ordentlich frisierten weißblonden Haare sind zerzaust. Er wirft mir einen fragenden Blick zu, sagt aber nichts, sondern kommt schweigend zu mir herüber und setzt sich auf den freien Stuhl auf der anderen Seite der Küchentheke.

»Hübscher Schlafanzug«, sage ich. Seine Wangen röten sich leicht. »Ich dachte, du hättest nichts anderes in deinem Kleiderschrank als Anzüge und Rollkragenpullover.«

»Ha, ha«, sagt er, ohne eine Miene zu verziehen. »Echt witzig.« Er wirft einen Blick auf das Buch vor mir auf dem Tisch. »Du recherchierst?«

Ich zucke die Achseln. »Ich versuche nur, Valentine besser zu verstehen, um herauszufinden, wo er die Herzen versteckt hat.«

»Dann willst du wohl mehr über Psyche erfahren?«

»Du kanntest sie auch?«

Cal hält kurz inne. Dann nickt er. »Venus hat ihr unvorstellbares Leid zugefügt.« Sein Gesicht verfinstert sich. »Ihr Hass auf Psyche war ganz ähnlich wie ihr Hass auf dich.«

Ich erschaudere, als ich mich an meine Konfrontation mit Venus bei der Gerichtsverhandlung erinnere. Sie wollte mich töten. Und jetzt will Valentine sie zurückbringen.

»Es kam mir vor, als würde er sie wirklich lieben. Valentine, meine ich.«

Cal schweigt einen Moment. Dann seufzt er. »Du hast Mitleid mit ihm.«

Ich rutsche unruhig auf meinem Stuhl hin und her. »Ich … Das ist es nicht. Es ist –«

»Tu das nicht«, fällt er mir ins Wort und sieht mich eindringlich an. »Er ist gefährlich. Ganz besonders, wenn man sich Sorgen um ihn macht.«

»Ja, das dachte ich mir schon, als ich seine gruseligen Nachrichten gekriegt hab.«

»Nicht nur deswegen.«

Ich ziehe irritiert die Stirn kraus. »Weswegen dann?«

»Die Sache ist die –« Er unterbricht sich abrupt und wendet den Blick ab.

»Was?«

Er stößt den Atem aus. »Hat Cupid dir je von dem alten Pfeil, dem Amore, erzählt?«

»Ja. Warum?«

»Der Capax bringt Menschen dazu, sich zu verlieben – wenn schon Gefühle vorhanden sind. Der Ardor verursacht eine krankhafte Obsession. Das Original, der Amore, lag irgendwo dazwischen.«

»Warum erzählst du mir das?«

»Weil der Amore, auch wenn er bei allen funktioniert hat, deutlich länger und stärker gewirkt hat, wenn er zwei Personen traf, die ein gutes Match abgaben.« Er hält einen

Moment inne. »Cupid und Psyche waren eine ganze Weile zusammen, bevor er erkannt hat, was passiert war.« Langsam blickt er zu mir auf.

»Was willst du damit sagen?«

»Ich glaube, dass auch Cupid Gefühle für sie hatte. Und ich denke, die Feindschaft zwischen den beiden rührt nicht nur von dem Verrat und der Tatsache her, dass Valentine auf Cupid und dieser wiederum auf Psyche geschossen hat. Sondern auch daher, dass sie beide Gefühle für dasselbe Mädchen hatten. Und in gewisser Weise wissen sie beide, dass diese Gefühle echt waren.« Sein Blick senkt sich auf seine schlanken Finger, und er spielt nervös an seinem Handy herum.

Ich beobachte ihn, nicht sicher, was ich von all dem halten soll.

Schließlich sieht er wieder zu mir auf. »Und jetzt hat Cupid Gefühle für dich«, sagt er. »Das weiß Valentine. Und er hat dich schon dazu gebracht, Mitleid für ihn zu empfinden.« Er schüttelt den Kopf. »Er ist intrigant, Lila. Wir müssen ihn aufhalten, bevor er die ganze Welt zerstört. Lass dich nicht von ihm einwickeln.«

»Ich ... äh ... natürlich nicht.« Ich seufze tief. »Wo könnte Psyche sein? Meinst du, sie ist wirklich fort?«

»Wer weiß? Vielleicht ist sie tot. Vielleicht ist sie an dem Ort, an den die Götter gegangen sind, als sie diese Welt verlassen haben. Vielleicht ist sie irgendwo dort draußen.« Cal zuckt angespannt die Achseln. »Ihr Verschwinden hat sie jedenfalls beide schwer getroffen. Sie haben sich nie besonders gut verstanden, aber danach waren sie wütender denn je – sie machten einander für ihren Verlust verantwortlich, nicht Venus. Ein solcher Kummer kann die Tatsachen verschwimmen lassen. Jemanden zu verlieren, den man liebt, ist verdammt hart. Besonders für Leute wie uns.« Ein finsterer Ausdruck huscht über sein Gesicht, doch er senkt rasch den Blick. »Uns Unsterblichen ist jegliche Liebe verboten. Wenn wir sie dennoch finden und verlieren –« Er unterbricht sich und hüstelt verlegen.

»Amena«, sage ich leise. »Wo ist sie jetzt? Du hast sie in einen Cupid verwandelt, richtig?«

Er nickt, und ich sehe die Verletzlichkeit in seinen Augen. »Das ist das Schlimmste an der ganzen Sache ... Ich weiß nicht, wo sie ist.« Er fährt sich mit der Hand durch die Haare und meidet meinen Blick. »Ich habe schon seit Jahren nicht mehr mit ihr gesprochen.« Er zuckt die Achseln, sein Gesicht plötzlich wieder wie versteinert.

»Hast du versucht, sie zu finden?«

»Ich ... äh ...«

Ehe Cal weitersprechen kann, piepst sein Handy. Er nimmt es in die Hand und starrt mit finsterem Gesicht auf das Display.

»Was ist los?«, frage ich.

»Cassie«, sagt er leise.

»Das Orakel?«

»Ja.« Er begegnet meinem Blick. »Sie hatte eine Vision.«

Er schiebt mir das Handy über die Küchentheke zu, und ich lese Cassies Nachricht. Mit jedem Wort nimmt die wilde Panik in meinem Innern zu.

Jemand wird Valentine zur Flucht verhelfen.
Es wird einen Kampf am Wasser geben.
Nicht alle werden überleben.
Sie wird wiederauferstehen.

40. Kapitel

Ich verbringe den ganzen Samstag in der Matchmaking-Agentur und versuche, Valentines Botschaft zu entschlüsseln.

Mein erster Gedanke ist, dass der Ort, an dem er die Herzen versteckt hat, etwas mit Psyche zu tun hat, also sitzen Cupid und ich stundenlang im dunklen Überwachungsraum und schauen uns im Schnelldurchlauf alle Aufnahmen an, die in den letzten Monaten vom Tempel – dem Ort, an den ihn die Sim zurückgebracht hat – gemacht wurden. Als wir dort nichts als Touristen und alte Ruinen sehen, schlägt Cupid ein paar andere Orte vor, die er mit Psyche verbindet – die meisten in und um Athen, aber einer auch in Rom.

Er seufzt schwer, als wir nichts finden, und lehnt sich zurück, seine Hand so nah an meiner, dass sich unsere kleinen Finger fast berühren.

»Das bringt nichts«, sagt er. Seine meergrünen Augen flackern in der Dunkelheit, während immer neue Aufnahmen auf den Monitoren vor uns auftauchen. »Was hat er noch gesagt? Er hat dich nach deiner ersten Erinnerung gefragt, oder?«

»Mein vierter Geburtstag? Ich wüsste es doch wohl, wenn Valentine die Herzen von toten Liebesagenten bei mir zu Hause versteckt hätte.«

Und dennoch stelle ich am nächsten Tag, während Dad mit Sarah unterwegs ist, das ganze Haus auf den Kopf. Aber ich finde nichts als Erinnerungen. Als Dad nach Hause kommt, wühle ich gerade in den Pappkartons herum, die ich vom Dachboden geholt habe. Meine ursprüngliche Aufgabe ist kurzzeitig in Vergessenheit geraten, als ich einen Stapel Fotos aus meiner Kindheit gefunden habe.

»Was machst du da?« Dad stößt fast mit mir zusammen, als er hereinkommt. Er zieht verblüfft die Augenbrauen hoch und setzt sich zu mir.

»Oh, ich weiß auch nicht ... Ich wollte wohl ein bisschen in Erinnerungen schwelgen«, sage ich und lege das Foto von mir und Mom an Weihnachten vor ein paar Jahren weg.

Er schenkt mir ein aufmunterndes Lächeln und nimmt ein Foto aus einer der staubigen Schachteln. »Hey, kannst du dich daran noch erinnern?«

Er reicht es mir; darauf sitzt mein winzig kleines früheres Ich auf Moms Schultern, und Dad steht mit einem Eis in der Hand neben uns – dieses Foto wurde am Strand von Malibu aufgenommen.

»Ja«, antworte ich lächelnd. »Seid ihr an dem Tag nicht total wütend auf mich geworden?«

Dad lacht leise. »Du bist mal wieder auf Erkundungstour gegangen. Wir haben dich nur eine Sekunde aus den Augen gelassen, und weg warst du. Deine Mutter und ich hätten fast einen Herzinfarkt gekriegt. Ein paar Minuten später haben wir dich bei den Höhlen ganz in der Nähe gefunden – du hast fröhlich gespielt! Das waren die längsten Minuten meines Lebens.«

Er nimmt noch ein Foto, auf dem ich die Kerzen auf einem Geburtstagskuchen ausblase, und zeigt es mir. »An dem Tag hast du so viel Kuchen gegessen, dass du dich übergeben musstest.«

»Daher habe ich also meine seltsame Abneigung gegen

Schokoladenkuchen.« Trotz all der schrecklichen Dinge, die in letzter Zeit passiert sind, muss ich lachen, und wir schwelgen den ganzen restlichen Abend zusammen in Erinnerungen.

Am nächsten Morgen bereue ich es jedoch, dass ich mich von meiner Aufgabe habe ablenken lassen. Den ganzen Schultag fühle ich mich miserabel, die Nervosität liegt mir bleischwer im Magen und schnürt mir die Kehle zu. Nur noch fünf Tage bis zum Valentinstag. Der Gedanke lastet auf mir wie ein erdrückendes Gewicht. Ich muss herausfinden, wo die Herzen sind. Cals Leben hängt davon ab. Und wenn Cassie recht hat, ist die Situation sogar noch schlimmer, als wir dachten.

Jemand wird Valentine zur Flucht verhelfen.
Es wird einen Kampf am Wasser geben.
Nicht alle werden überleben.
Sie wird wiederauferstehen.

Ihre Nachricht lässt mir keine Ruhe. Besonders der letzte Teil.

Die Liebesagenten haben entschieden, Cassies Prophezeiung ernst zu nehmen, und die Sicherheitsvorkehrungen in der Matchmaking-Agentur verschärft. Aber was, wenn das nicht ausreicht? Und wer wird versuchen, Valentine zu befreien?

Als wäre das alles noch nicht schlimm genug, sind überall in meiner Klasse und den Spinden meiner Mitschüler herzförmige Pralinen und Liebesbriefe aufgetaucht und die Läden scheinen nur noch kitschigen Valentinstagskram zu verkaufen.

Auf dem Weg von der Schule zur Matchmaking-Agentur

machen wir in einem dieser Läden halt, um uns Cola zu kaufen.

»Diese bescheuerten Karten sind doch schon nervig genug«, schimpft Cupid und greift mit angewidertem Gesicht nach einer Karte mit einem geflügelten Baby darauf. »Auch ohne dass sie meinem boshaften Bruder mehr Macht verleihen.«

»Wenn wir das hier überleben, werde ich wohl kein Geschenk zum Valentinstag kriegen, oder?«

Ein Grinsen breitet sich auf seinem Gesicht aus. »Du hast schon einen der Original-Cupids«, sagt er. »Reicht das denn nicht?«

Ich knuffe ihn leicht in den Arm, kann mir aber ein Lächeln nicht verkneifen.

Am nächsten Tag diskutieren Charlie und ich ganz hinten im Klassenzimmer, wo Valentine die Herzen versteckt haben könnte, aber jede unserer Theorien fühlt sich noch unwahrscheinlicher an als die vorherige.

»Was ist mit Beatrice?«, flüstere ich, während Ms Green einen ihrer schier endlosen Monologe hält. »Vielleicht weiß sie etwas, das uns weiterhelfen könnte. Sie hat gesagt, er habe ständig über ein Mädchen geredet, als ihr Vater ihn gefangen gehalten hat. Damit meinte sie doch bestimmt Psyche, oder?«

Charlie nickt, also setzen wir uns in der Mittagspause mit unseren Tabletts an Beatrice' Tisch.

»Habt ihr ihn schon gefunden?«, fragt die und lässt den mit Herzchen bedruckten Notizblock, in den sie gemalt hat, schnell in ihrer Tasche verschwinden. »Ich gehe noch zur

Schule, weil ich dachte, er könnte es nach wie vor auf dich abgesehen haben, Lila. Aber ich habe ihn nicht gesehen.«

»Ja, wir haben ihn gefunden«, antworte ich grimmig. »Aber deshalb sind wir nicht hier.«

»Oh?« Sie zieht verwundert die Augenbrauen hoch.

Wir erzählen ihr von unserer Theorie, dass er die Herzen an einem für Psyche wichtigen Ort versteckt hat, und ihre dunklen Augen werden schmal. »Wir dachten, du weißt vielleicht etwas darüber«, erkläre ich. »Du hast gesagt, er hätte oft über sie geredet.«

Sie sieht mich entschuldigend an. »Sorry, ich kann euch nicht helfen. Wo ist er jetzt? Vielleicht könnte ich mit ihm sprechen?«

Charlie schüttelt den Kopf. »Er ist in der Matchmaking-Agentur eingesperrt. Crystal lässt niemanden in seine Nähe.«

Einen Moment wirkt Beatrice fast enttäuscht, doch dann zuckt sie die Achseln. »Okay. Nun, wenn ihr Hilfe braucht …«

Am Mittwoch sitzen Charlie, Cupid, Cal und ich nach der Schule betrübt um einen Tisch im Love Shack herum. In drei Tagen ist Valentinstag. Uns läuft die Zeit davon.

Cal läuft die Zeit davon.

Die Sorge macht ihm zu schaffen, auch wenn er es angestrengt zu verheimlichen versucht. Unter seinen Augen zeichnen sich dunkle Ringe ab, er sitzt noch steifer da als sonst – wenn das überhaupt möglich ist – und reibt sich ständig die Schläfen, als hätte er Kopfschmerzen.

Im matten, fuchsienfarbenen Licht, mit den Stimmen unserer Klassenkameraden im Hintergrund, tauschen wir Theorien aus und kauen erneut alles, was Valentine zu mir gesagt hat, gründlich durch. Ich will mich noch einmal mit ihm treffen, aber Crystal hält das für keine gute Idee – sie hat Angst, dass Cassies Prophezeiung wahr werden und jemand ihn aus Versehen freilassen könnte.

Und ich habe die Antwort ohnehin im Kopf. Ganz bestimmt. Ich muss sie nur finden.

Cal geht schon früh, als ihm klarwird, dass wir nicht weiterkommen, und während er niedergeschlagen zur Tür trottet, steht Charlie auf.

»Ich begleite ihn«, sagt sie sichtlich besorgt, »und vergewissere mich, dass bei ihm alles okay ist.«

Sie nimmt mich in den Arm und dreht sich dann zu Cupid, der seinem Bruder mit sorgenvollem Gesicht nachsieht. »Das ist eine gute Idee«, sagt er.

Wir setzen unser Gespräch zu zweit fort, doch nach einer Weile seufze ich resigniert und vergrabe das Gesicht in den Händen. »Das ist aussichtslos.«

Cupid ergreift meine Hände, zieht sie sanft herunter und bringt mich dazu, ihn anzusehen. »Wir schaffen das schon, Lila«, sagt er. »Das tun wir doch immer.«

Aber die Zuversicht, das unerschütterliche Selbstvertrauen, das er sonst immer ausstrahlt, lässt ihn ausgerechnet jetzt im Stich.

»Ich habe Angst«, gestehe ich ihm und mir selbst zum ersten Mal ein.

Es laut auszusprechen mindert den Druck etwas, der sich in mir aufgebaut hat. Es gibt mir ein dringend benötigtes Ventil. Erlaubt es mir, meine Sorgen mit jemandem zu teilen.

Cupid blickt mich eindringlich an; das rosarote Licht spiegelt sich in seinen Augen, als er sich zu mir beugt und seine warmen Hände um meine legt. »Ich auch.«

»Wenn Cassies Prophezeiung sich bewahrheitet, dann … dann werden wir nicht überleben«, sage ich.

Er zieht verwirrt die Stirn kraus. »Wie meinst du das?«

»Die letzte Zeile: *Sie wird wiederauferstehen.* Valentine braucht unsere Herzen, um sie zurückzubringen.«

Er schüttelt den Kopf. »Wir werden dagegen ankämpfen. Prophezeiungen müssen nicht wahr werden.«

Doch er sieht alles andere als überzeugt aus.

Und ehe ich weiß, wie mir geschieht, ist es Donnerstag. Wenn ich bis morgen nicht herausfinde, was es mit all dem auf sich hat, werden wir entweder Valentine freilassen müssen, der mich und Cupid töten wird, um Venus zurückzubringen – oder Cal wird sterben.

Nach der Schule bleibe ich im leeren Klassenzimmer sitzen. Ich muss zur Matchmaking-Agentur, aber ich kann mich nicht aufraffen. Ich habe das Mysterium um die verschwundenen Herzen immer noch nicht aufgeklärt.

Auf meinem Handy sind unzählige Nachrichten von Cupid und Charlie, die die Schule geschwänzt hat, um bei den anderen zu sein.

> Hast du das Rätsel schon gelöst?
> Uns läuft die Zeit davon.
> Du schaffst das, Sonnenschein.

Ich scrolle zu Crystals Nachricht hinunter, und mein Magen krampft sich schmerzhaft zusammen, als ich sie noch einmal lese.

> Es tut mir leid – aber wir müssen ernsthaft in Betracht ziehen, Valentine freizulassen, damit er seinen Handlanger daran hindert, Cals Lebensfaden durchzuschneiden. Wenn es dazu kommt, müssen wir dich hier in der Agentur in Schutzgewahrsam nehmen.

Die neueste Nachricht – von Cal – bricht mir fast das Herz.

> Wir werden Valentine auf keinen Fall freilassen. Ich werde mein Leben nicht gegen deins eintauschen, und ich weiß, dass mir Cupid da zustimmt. Mach dir keine Sorgen.

Entschieden schüttele ich den Kopf.

Ich werde Cal nicht für mich sterben lassen.

Mit einem Blick auf die Uhr stecke ich mein Handy zurück in meine Tasche. Ich muss los. Ich muss mich meinem Schicksal stellen.

Langsam schiebe ich meinen Stuhl zurück und gehe zur Tür. Auf dem Weg nach draußen fällt mir etwas ins Auge. Ein Block mit Herzchenmuster auf einem der Tische in der ersten Reihe. Ich runzele nachdenklich die Stirn. Gehört der nicht Beatrice? Ich erinnere mich, dass sie vor ein paar Tagen, als wir sie in der Cafeteria angesprochen haben, darin herumgemalt hat, und die Neugier geht mit mir durch. Ich nehme den Block und schlage die erste Seite auf.

Was ich dort sehe, verschlägt mir den Atem.

Die ganze Seite ist mit einem einzigen Wort vollgekritzelt.

Valentine.

Ich blättere weiter. Auf der nächsten Seite bietet sich mir dasselbe Bild. Und auch auf der danach.

Als ich zur letzten Seite komme, packt mich blankes Entsetzen. Darauf ist ein unordentlich gemaltes Herz zu sehen, in dem steht: *Valentine & Beatrice für immer.*

Ich lasse den Block fallen und greife fluchend nach meinem Handy.

»Alles in Ordnung, Sonnenschei–«

»Kann es sein, dass jemand, der vor Jahren mehrmals mit einem Ardor getroffen wurde, immer noch besessen ist?«, unterbreche ich ihn so hastig, dass ich über meine eigenen Worte stolpere. »Selbst wenn dieser jemand jetzt ein Cupid ist?«

»Ähm … unwahrscheinlich, aber theoretisch möglich, schätze ich. Warum?«

»Das Mädchen aus der –«

In diesem Moment ertönt ein lautes Krachen auf der anderen Seite der Leitung. Ein Schrei.

»Was zum …«, höre ich Cupid murmeln.

Dann bricht die Verbindung ab.

Mich ergreift ein kaltes Grauen, als mir Cassies Prophezeiung wieder einfällt.

Jemand wird Valentine zur Flucht verhelfen.

Beatrice.

Mit wild pochendem Herzen renne ich durch die leeren Schulflure zu meinem Auto. Ich habe den Parkplatz gerade erreicht, als ein ramponierter grüner Mini mit quietschenden Reifen auf mich zuschlittert. Ich presse mich gegen die Wand und kann ihm gerade noch ausweichen.

Adrenalin rauscht durch meine Adern.

Das Fenster wird heruntergekurbelt.

Mich durchflutet eine unfassbare Erleichterung, als ich Cassie sehe.

»Lila!«, ruft sie. »Ich hatte eine Vision, dass du mich womöglich brauchst. Du hast recht – etwas Schreckliches ist passiert. Wir müssen zur Matchmaking-Agentur! Sofort!«

Ich zögere einen Moment und werfe einen besorgten Blick auf mein Auto.

»Deinem Auto wird nichts passieren, Süße«, versichert mir Cassie. »Glaub mir. Ich bin ein Orakel. Aber was die Matchmaking-Agentur angeht …«

Wir wechseln einen kurzen Blick, dann springe ich in den Mini. Kaum habe ich mich angeschnallt, da rast sie schon los.

41. Kapitel

Schon bevor wir die Agentur betreten, fühle ich, dass etwas nicht stimmt. Die Tür, die normalerweise geschlossen ist, damit keine ahnungslosen Menschen hereinspazieren, steht weit offen, und ein tiefer Riss zieht sich über das Glas.

Cassie und ich wechseln einen raschen Blick, bevor wir hineingehen.

Der hell erleuchtete Eingangsbereich scheint verlassen, doch als wir uns der Rezeption nähern, wird mir flau im Magen. Auf der weißen Oberfläche hat sich eine tiefrote Lache ausgebreitet.

Blut.

So schnell wie möglich laufen wir zum Empfangstresen und finden den Rezeptionisten – einen dunkelhaarigen jungen Mann; ich glaube, er heißt Carlos – auf dem Boden zusammengesunken. Cassie hechtet über den Tisch, so dass ihr langer schwarzer Zopf wie eine Peitsche durch die Luft saust, kniet sich neben ihn und fühlt seinen Puls.

»Er lebt noch«, sagt sie und blickt zu mir auf. »Anscheinend wurde er nicht von einem Cupid-Pfeil getroffen, sondern nur bewusstlos geschlagen.«

Ich nicke und kämpfe gegen die düsteren Sorgen an, die in mir brodeln.

»Komm«, sage ich eindringlich und eile zur Glastür, Cassie dicht hinter mir.

Als wir das Großraumbüro betreten, wird mir einen Moment schwarz vor Augen. Mein Herz rast. Auch Cassie bleibt wie angewurzelt stehen.

Die Lampen flackern aus und an, aus und an und tauchen den Schauplatz der Gewalt in einen schaurigen Schein. Überall auf dem Boden und den Tischen liegen bewusstlose – oder vielleicht sogar tote – Liebesagenten. Die weißen Fliesen sind blutbespritzt. Laptops wurden zerschmettert, Möbel zerbrochen.

»Was ist hier passiert?«, flüstere ich erschüttert.

Die Frage ist sinnlos, und ich warte nicht auf Cassies Reaktion. Ich weiß die Antwort bereits.

Valentine.

Mein Blick huscht panisch hin und her, während ich weiterhaste. Ich muss die anderen finden!

»Lila, warte!«, ruft Cassie. »Was, wenn er immer noch hier ist?«

Ich wirbele zu ihr herum – sie ist am anderen Ende des Raums stehen geblieben.

»Meine Freunde«, sage ich so ruhig wie möglich. »Wir müssen sie finden.«

Sie blickt mich noch einen Moment länger reglos an. »Okay«, sagt sie schließlich. »Wenn dieses Chaos durch Valentines Flucht angerichtet wurde, sind sie bestimmt hinter ihm her.«

Ich nicke. »Wir müssen zum Kerker.«

Ohne zu zögern, drehe ich mich um und eile durch das Büro zum Innenhof. Das Becken wurde bereits zur Seite gefahren und gibt den Blick auf die Treppe frei, die zu den Zellen hinabführt. Am Rand des gähnenden Loches sehe ich einen blutigen Stiefelabdruck. Mein Herz setzt einen Schlag aus.

Cassie bleibt neben mir stehen. Als ich mich zu ihr umdrehe, sehe ich, dass sie ein Tischbein als Waffe in der Hand hält. Sie schwingt es probeweise durch die Luft.

»Nur zur Sicherheit«, sagt sie.

»Gute Idee.«

Hastig mache ich mich an den Abstieg und springe die letzten paar Stufen hinunter. Als ich sehe, was mich dort unten erwartet, bleibt mir die Luft weg.

Im Gang vor mir liegen mehrere reglose Gestalten.

Ich eile zu ihnen – die offenen Zellentüren, an denen ich vorbeikomme, nehme ich in meiner Panik kaum wahr. Als Erstes sehe ich Cupid, vollkommen reglos. Ich werfe mich neben ihm auf die Knie. Eine kalte Angst legt sich um mein Herz. Cupid sollte doch unsterblich sein. Aber ich erinnere mich schrecklich genau an Valentines Worte.

Wenn ich meinen Bruder töten wollte, wäre das ein Hindernis, das sich leicht überwinden ließe.

Ich drücke meine Finger an seinen Hals.

Und atme erleichtert auf, als ich einen schwachen, aber stetigen Puls spüre.

Er ist am Leben – nur ohnmächtig. Ich eile zur nächsten vom schwachen Kerkerlicht matt erleuchteten Gestalt, während Cassie eine Zellentür nach der anderen aufreißt und wieder schließt. Cal. Er lebt.

Ein Stück den Korridor hinunter sehe ich Crystal und Mino, die dicht nebeneinander an der Wand zusammengesackt sind. Sie atmen noch.

Doch dann erkenne ich die letzte niedergestreckte Gestalt. Und der Anblick zerreißt mir das Herz.

Charlie liegt mit dem Gesicht nach unten am Boden.

Ihr Hals ist unnatürlich verrenkt.

Ich renne zu ihr und schlage mir die Knie auf, als ich mich neben sie fallen lasse. »Charlie?«, flüstere ich zaghaft und berühre ihren Hals.

Ich kann keinen Puls spüren.

»Charlie?!«, sage ich erneut, lauter diesmal.

Hinter mir regt sich etwas, aber ich bin zu keiner Reaktion fähig. Ein unaussprechliches Grauen lähmt mich.

»CHARLIE?!«

Eine Hand legt sich auf meine Schulter.

»Lila«, sagt Cupid. »Lass mich mal sehen.«

Ich kann mich nicht zu ihm umdrehen. Ich kann nur wie betäubt auf Charlie hinunterstarren. Das darf nicht wahr sein. Sie kann nicht …

Cupid umfasst meine Taille und zieht mich aus dem Weg, dann beugt er sich über Charlies leblosen Körper. Er legt eine Hand an ihren Hals und dreht sie behutsam um.

Eine heftige Übelkeit steigt in mir auf. Nur undeutlich nehme ich wahr, wie die anderen um mich herum das Bewusstsein wiedererlangen.

»Ist sie …« Ich kann es nicht aussprechen. Nicht dieses Wort. Nicht, wenn es um meine beste Freundin geht.

Da atmet Charlie plötzlich scharf ein, und ihre Augen öffnen sich. Ihr Gesicht nimmt einen verblüfften Ausdruck an. »Was? Warum starren mich alle an?« Sie versucht aufzustehen, zuckt aber vor Schmerz zusammen, als sie ihren Hals bewegt. »Au!«

Ich breche vor Erleichterung zusammen und schlinge die Arme fest um sie.

»Ich dachte, du wärst tot«, stoße ich unter Tränen hervor. »Cassies Prophezeiung …«

»Hä?«, fragt sie verwundert, als ich sie freigebe.

»Jemand wird Valentine zur Flucht verhelfen«, sagt Cassie. »Es wird einen Kampf am Wasser geben. Nicht alle werden überleben. Sie wird wiederauferstehen.«

»Nicht alle werden überleben«, wiederhole ich.

»Was um alles in der Welt ist hier los?!« Crystals aufgebrachte Stimme hallt im feuchtkalten Gang wider.

»Valentine ist entkommen«, erwidert Cal ungehalten.

»Ja, das dachte ich mir. Aber wie? Er war in seiner Zelle, als mir jemand von hinten auf den Kopf geschlagen hat. Wer war das? Wer hat ihn befreit?«

Ich sehe über die Schulter in Crystals finsteres Gesicht.

»Beatrice«, sage ich. »Valentines Exfreundin.«

»Was?«, fragt Charlie. »Ich dachte, sie würde ihn hassen.«

»Sie ist immer noch in ihn verliebt. Zwischen Hass und Obsession verläuft ein schmaler Grat.« Ich erzähle ihnen von dem Notizblock.

Crystal nickt. »Davon habe ich schon mal gehört – auch wenn es nur selten passiert. Wenn jemand oft genug mit einem Ardor getroffen wird, ist die Wirkung unumkehrbar. Armes Mädchen.«

»Armes Mädchen?!«, entgegnet Cupid. »Sieh dir an, was sie getan hat!« Sein Gesicht verdüstert sich. »Vielleicht hat sie ihn überhaupt erst aus der Sim in Dublin befreit.«

Crystal wirft mir einen eindringlichen Blick zu. »Wo ist er, Lila?«, will sie wissen. »Wohin ist Valentine geflohen? Wo sind die Herzen? Wir haben nur noch wenige Stunden bis Mitternacht – bis zum Valentinstag. Wenn wir ihn bis dahin nicht aufgehalten haben, müssen wir eine Entscheidung fällen. Ob wir dich und Cupid oder … nun ja …«

»… oder unseren guten alten Freund Cal sterben lassen«, beendet Mino ihren Satz.

Crystal nickt – ihre strahlend blauen Augen leuchten durch die Dunkelheit. Cupid umfasst meine Schulter.

»Wir haben über Psyche, den Tempel und meine früheste Kindheitserinnerung geredet«, sage ich. Angst und Frustration ringen in meinem Innern um die Oberhand. »Ich weiß nicht, wann er mir gesagt haben sollte, wo –« Ich verstumme abrupt. »Es wird einen Kampf am Wasser geben«, murmele ich. »Meine früheste Kindheitserinnerung …«

Ich ziehe mein Handy aus der Tasche und haste den Korridor hinunter. Mit eiligen Schritten folgen die anderen mir die Treppe hoch. Mein Dad geht ran, als ich mich an den Rand des Beckens setze. Das Herz schlägt mir bis zum Hals.

»Hi, Süße«, sagt er. »Alles in Ordnung?«

»Ja«, lüge ich und versuche mich zu beruhigen. »Ich hab mich nur gefragt … Das Foto, das wir gefunden haben, von unserem Ausflug zum Strand – wie alt war ich da?«

Er überlegt einen Moment. »Ähm … drei. Wir haben dich zu deinem dritten Geburtstag dorthin mitgenommen. Das weiß ich noch, weil –«

»Danke, Dad! Wir sehen uns nachher!« Ich lege auf und drehe mich zu den anderen um, die mich erwartungsvoll anstarren. Ein triumphierendes Lächeln breitet sich auf meinem Gesicht aus. Plötzlich ergibt alles einen Sinn.

»Ich hab mich geirrt. Meine erste Kindheitserinnerung ist nicht die Party zu meinem vierten Geburtstag, sondern der Tag am Strand.« Ich wende mich Crystal zu. »Ich weiß, wo die Herzen sind!«

42. Kapitel

Cupid und ich gehen Hand in Hand den Korridor zum Gerichtssaal entlang. Als mein Blick über die schwarzweiß gemusterten Wände wandert, steigen unschöne Erinnerungen in mir auf – wie ich mit gefesselten Händen von Venus' Männern hier durchgeschleift und vor Gericht gestellt wurde. Wenn wir versagen, wird Venus zurückkehren. Aber in diesem Szenario wäre ich wohl ohnehin schon tot.

Ich brauche dein Herz. Dann geht mein Plan auf.

Mich durchströmt eine kalte Angst. Aber inmitten der Panik spüre ich eine eiserne Entschlossenheit aufsteigen. Denn ich glaube, dass ich das Rätsel endlich gelöst habe. Uns mag nicht mehr viel Zeit bleiben, aber wir werden kämpfen. Das müssen wir.

Durch die Tür am Ende des Gangs dringt aufgeregtes Stimmengewirr. Cupid drückt meine Hand, als wir davor stehen bleiben. Wir wechseln einen nervösen, aber entschiedenen Blick. Gemeinsam betreten wir den Saal.

Darin drängen sich unzählige Agenten in weißen Anzügen.

Alle Cupids, die nicht zu schwer verletzt sind, haben sich hier zusammengefunden, und wir müssen uns durch die Menge schlängeln, um zu dem Podium auf der anderen Seite zu gelangen. Crystal steht hinter einem Rednerpult auf der Bühne und lässt den Blick über die versammelten Liebesagenten schweifen. Als sie uns entdeckt, nickt sie uns zu und sieht sich dann noch einmal um.

Nachdem ich Crystal und den anderen erzählt hatte, wo

die Herzen meiner Meinung nach sind, ergriff sie sofort die Initiative und berief eine Cupid-Vollversammlung ein, um den bevorstehenden Kampf zu planen. Dann trug sie Mino auf, Selena, ihre Sirenen und möglichst viele Sagengestalten, die uns auch in unserem Kampf gegen Venus beigestanden hatten, zu rekrutieren, während Cal in den Überwachungsraum ging, um Beatrice ausfindig zu machen, und Cassie die Schicksalsgöttinnen anrief.

»Ich fürchte, es wird nicht leicht, die Herzen zu zerstören«, hat Crystal vorhin im Innenhof besorgt geäußert. »Cassie hat einen Kampf vorhergesehen. Das heißt, Valentine wird Verstärkung mitbringen – wahrscheinlich seine ganze Zombie-Armee. Wir müssen uns auf das Schlimmste vorbereiten.«

Ein ärgerliches Grummeln holt mich zurück in die Gegenwart, und ich drehe mich um, als Charlie, Cassie und Cal sich durch eine Gruppe sichtlich verdrossener Liebesagenten drängeln. Charlie und Cassie wirken erstaunlich fröhlich, und als sie sich nähern, höre ich Charlie fragen, ob Cassie eine gute Note in ihrem letzten Mathetest vorhergesehen hat. Doch Cal macht ein finsteres Gesicht. Er begegnet Cupids Blick und nickt steif.

»Du hast sie gefunden?«, fragt Cupid.

»Ich musste nicht lange suchen.«

»Und? Wo ist sie?«, hake ich nach.

Cal wendet sich mir zu und atmet langsam aus. »Sie ist hier. Ich hab sie im Büro gefunden.« Er schüttelt den Kopf. »Valentine muss sie bewusstlos geschlagen haben, nachdem sie ihn befreit hatte. Anscheinend brauchte er sie nicht mehr.« Er wendet sich an Cupid. »Ich denke immer noch, dass wir Lila von hier wegbringen sollten.«

»Nein.« Ich werfe ihm einen wütenden Blick zu. »Früher oder später wird er mir damit drohen, dich zu töten. Und ich lasse dich nicht sterben. Außerdem weiß nur ich genau, wo die Herzen versteckt sind.«

»Lila, ich hab dir doch gesagt –«

»Mir gefällt das auch nicht«, unterbricht Cupid uns in besorgtem Ton. »Aber bei uns ist sie sicherer, Bruderherz.« Er sieht zu Cassie. »Besteht vielleicht eine klitzekleine Chance, dass deine Freundinnen, die Schicksalsgöttinnen, uns dieses eine Mal helfen werden?«

Sie zuckt die Achseln. »Sie werden sich nicht einmischen. Anscheinend würde das gegen ihre Gesetze verstoßen. Ich dachte wirklich, sie würden ihre Einstellung diesmal ändern – immerhin haben wir es mit einer ganz und gar unnatürlichen Armee zu tun, und Valentine hat Mortas Schere geklaut … Aber nein, sie halten sich wie immer raus.«

»Das ist echt ätzend.«

Crystal räuspert sich, und wir wenden uns alle zur Bühne um, wo sie in ihrem blütenweißen Anzug steht, einen wild entschlossenen Ausdruck im Gesicht.

»Danke, dass ihr so kurzfristig hergekommen seid.« Ihre Stimme wird von einem kleinen Mikrophon auf dem Rednerpult verstärkt und hallt von den hohen Säulen wider. In dem riesigen Saal kehrt Stille ein. »Wie ihr wisst, wurde die Matchmaking-Agentur heute angegriffen, und ja, die Gerüchte, die seit etwa einer halben Stunde umgehen, sind wahr: Valentine ist aus dem Kerker ausgebrochen.«

Im Saal erhebt sich aufgeregtes Gemurmel. Charlie und ich wechseln einen Blick.

»Valentine plant, die ursprüngliche Gründerin der Agentur

zurückzubringen. Und diesen Plan will er an seinem großen Tag umsetzen – der in etwa vier Stunden beginnt.« Sie hält einen Moment inne und blickt sich um. »Um ihn aufzuhalten und Venus endgültig in die Unterwelt zurückzuschicken, müssen wir die Herzen zerstören, die Valentine benutzt, um seine Armee von Untoten zu kontrollieren. Wenn uns das gelingt, wird Valentine seine Handlanger verlieren, so dass Charon die Fähre der Toten zurückerobern kann. Lila, die ihr inzwischen alle kennt, hat herausgefunden, wo die Herzen versteckt sind – und sie wird sie beschaffen. Allerdings können wir höchstwahrscheinlich nicht einfach in das Versteck hineinspazieren.« Sie spricht mit solcher Leidenschaft, dass sich ihre Wangen röten. »Valentine wird uns mit seiner Armee erwarten. Deshalb rufe ich euch hiermit alle dazu auf, uns beizustehen. Der Menschheit in diesem alles entscheidenden Kampf beizustehen. Unseren Agenten beizustehen, die von Valentine ermordet wurden. Ich muss euch bitten, zu den Waffen zu greifen.«

Die Aufregung im Saal schwappt über; eine Flutwelle, die nach und nach alle erfasst. Überall um mich herum stehen Agenten stramm und warten auf weitere Befehle. Charlie beißt entschlossen die Zähne zusammen. Cupid drückt meine Hand.

»Heute Nacht werden wir Valentine ein für alle Mal ausschalten«, ruft Crystal. »Heute Nacht ziehen wir in den Krieg!«

Wenig später sitze ich auf der Rückbank des Aston Martin; Cupid fährt, Cal sitzt sichtlich nervös neben ihm. Der Kofferraum ist mit Waffen beladen. Charlie bleibt mit Crystal in der Agentur – die beiden werden sich uns anschließen, sobald die Armee bereit ist.

»Bist du sicher, dass die Herzen dort sind?«, fragt Cal, während wir durch die Dunkelheit auf Malibu zurasen.

Ich denke an Cassies Prophezeiung.

Es wird einen Kampf am Wasser geben.

Ich denke an Charons Wohnort und den Tag am Strand, an den mein Dad mich erinnert hat. Und ich denke an mein Gespräch mit Valentine. In seinem Gesicht hat sich ein Anflug von Enttäuschung gezeigt, als ich sagte, meine erste Kindheitserinnerung wäre mein vierter Geburtstag. Er wollte, dass ich ihn finde.

Ich beiße die Zähne zusammen und nicke entschieden. »Ja«, sage ich. »Sie sind in einer der Höhlen am El Matador State Beach an der Küste von Malibu. Da bin ich mir sicher.«

Cupid wirft einen Blick auf die Uhr am Armaturenbrett.

21.30 Uhr.

Er drückt aufs Gas.

»Wir müssen uns beeilen«, sagt er. »Wir haben nicht mehr viel Zeit.«

Als Cupid das Auto auf dem kleinen Parkplatz an der Klippe über den Höhlen parkt, ist es schon stockdunkel. Ein Teil von mir hatte befürchtet, dass Valentine und seine Armee über uns herfallen würden, kaum dass wir unser Ziel erreicht hätten, aber ich sehe weit und breit niemanden. Als der Motor verstummt, höre ich nichts als das wilde Rauschen der Wellen, die gegen die Felsen donnern und an den Strand branden.

Einen Moment lang überkommt mich Panik.

Was, wenn ich mich geirrt habe? Was, wenn die Herzen doch nicht hier sind und ich die letzten Stunden vergeude, die uns noch bleiben?

Doch dann verdränge ich die Zweifel und fasse wieder Mut.

Nein, das ist der richtige Ort. Ganz sicher.

Cupid sucht meinen Blick im Rückspiegel. »Bereit?«

Ich nicke. Er öffnet die Tür, steigt aus und lässt dabei einen bitterkalten Luftzug herein. Ich erstarre, denn der Meeresgeruch lässt mich unwillkürlich an Valentines eisblaue Augen denken. Als sich die Tür wieder schließt und den Wind sowie die Erinnerung abhält, dreht Cal sich mit grimmigem Gesicht zu mir um.

Er atmet tief durch – offensichtlich hat er Mühe, mir ins Gesicht zu sehen. Doch als er schließlich zu mir aufblickt, glänzen seine silbrigen Augen vor Leidenschaft. »Lila.«

»Was ist los, Cal?«

Er fährt sich nervös mit der Hand durch die Haare. »Ich glaube nicht, dass ich das überleben werde …«

»Cal … doch, das wirst du. Das werden wir alle. Wir werden Valentine besiegen.«

»Lila«, sagt er erneut. »Lass mich ausreden.«

Ich mache den Mund zu und nicke. Er zögert. In diesem Moment hören wir, wie Cupid den Kofferraum zuschlägt.

Cal sieht mir fest in die Augen. »Mach keine Dummheiten. Spiel nicht die Heldin. Nicht für mich. Wenn meine Zeit gekommen ist, dann soll es so sein. Lass dich nicht von Valentine manipulieren. Ich hatte ein langes Leben. Und ich habe mehr als genug Verluste erlitten. Genau wie Cupid. Ich …

Er …« Er seufzt frustriert auf. »Tu einfach nichts Unüberlegtes, okay?«

Ich schüttele vehement den Kopf. »Nein, sag … sei einfach still, Cal. Du wirst nicht sterben.«

»Verbiete mir nicht den Mund!«, braust er auf.

»Alles wird gut. Du wirst nicht sterben. *Keiner von uns* wird sterben. Wir holen die Herzen, zerstören sie, schicken Venus dorthin zurück, wo sie hingehört, und dann bekommst du deinen Lebensfaden wieder.«

Er atmet tief durch und schluckt die Wut hinunter, die ich in seinen Augen aufblitzen sehe. »Lila …«

Als ich nur weiter den Kopf schüttele, streckt er die Hand nach meinem Arm aus, hält jedoch abrupt inne – seine Hand verharrt einen Moment zögerlich in der Luft, dann zieht er sie zurück. Ich begegne seinem Blick.

»Ich mein's ernst«, sagt er. »Versprich mir, dass du, wenn es dazu kommen sollte, dein eigenes Leben – und Cupids – über meins stellst.«

»Wie könnte ich dir das versprechen?«

»Venus darf nicht zurückkehren«, sagt er. »Um keinen Preis. Das weißt du. Wenn du es nicht für dich tun kannst, dann tu es für die Menschheit. Wenn sie zurückkehrt … wird sie uns alle töten.« Er sieht mir in die Augen, sein Blick so hart wie Stahl. »Lila! Versprich es mir.«

Die Fahrertür geht auf, und Cupid steckt seinen Kopf zu uns herein. Cal wendet sich ruckartig von mir ab.

»Kommt ihr zwei jetzt endlich?«, fragt Cupid. Er hat sich schon einen Bogen über die Schultern gehängt.

Als er unsere finsteren Gesichter sieht, zieht er verwundert die Augenbrauen hoch. »Was ist los? Hab ich was verpasst?«

»Wir reden nur über die nicht gerade unwahrscheinliche Möglichkeit, dass wir alle sterben, Venus wiederaufersteht und die Welt untergeht ... Der ganz normale Wahnsinn also.«

»Wie schön, dass ihr beide euch nicht unterkriegen lasst!« Er deutet mit dem Kopf zum Strand. »Jetzt kommt. Crystal und die anderen werden bald hier sein. Und Valentine ebenfalls. Holen wir uns die Herzen, bevor es zu spät ist.«

43. Kapitel

Am tiefschwarzen Nachthimmel funkeln Sterne. Die nach Seetang riechende Luft surrt förmlich vor Aufregung, und der Wind, der vom Meer zu uns herüberweht, peitscht mir die Haare ins Gesicht. Cupid steht am Rand der Klippen und blickt auf die tosenden Fluten hinunter. Das Mondlicht bricht sich in seinem Bogen und den Pfeilen in seinem Köcher.

Ich wende mich von ihm ab, als Cal den Kofferraum öffnet, und greife nach einer Waffe. Cal hält meinen Bogen fest, bevor ich ihn herausziehen kann.

»Ich mein's ernst, Lila«, wiederholt er aufgebracht. »Mach keine Dummheiten.«

Ich entreiße ihm den Bogen und hänge ihn mir über die Schulter. »Komm«, sage ich. »Wir vergeuden Zeit.«

»Lila …«

Ohne ein weiteres Wort wende ich mich ab und marschiere zu Cupid. Ich kann nichts hören als das sanfte Rauschen der Wellen, doch trotz der Ruhe, die mich umgibt, beschleicht mich ein ungutes Gefühl. In der salzigen Meeresluft liegt eine dunkle Vorahnung.

Ich folge Cupids Blick. Wir stehen am äußersten Rand der Klippen, und weit unter uns sind Höhlen zu erkennen – so pechschwarz, dass die Dunkelheit daraus hervorzukriechen scheint.

»Ähm … du kannst dich nicht zufällig erinnern, welche Höhle es war, oder?«, fragt Cupid.

Ich kaue nervös auf meiner Unterlippe. »Ich war erst drei. Hoffentlich werde ich es wissen, wenn ich sie sehe.«

Cal kommt zu uns, und zusammen steigen wir die feuchten Holzstufen hinab, die zum Strand führen.

»Ich dachte, er wäre schon hier«, sage ich so leise, dass das Rauschen der Wellen meine Worte beinahe verschluckt.

»Das ist er bestimmt.« Cupid wirft mir über die Schulter einen finsteren Blick zu. »Irgendwo …«

Hinter uns ertönt das Heulen von Motoren – ein lautes, hungriges Knurren in der Dunkelheit. Mein Herz setzt einen Schlag aus, doch als ich mich umdrehe, sehe ich Crystals Auto – gefolgt von einer Kolonne von Everlasting-Love-Firmenwagen – auf dem Parkplatz halten. Mich durchströmt eine Woge der Erleichterung.

Wenigstens haben wir Verstärkung.

Wir steigen die letzte Stufe in die kleine Bucht hinab. Spitze Steine ragen aus dem Sand, und die Ausläufer der Klippen bilden eine Reihe natürlicher Torbögen. Es ist schon lange her, dass ich das letzte Mal hier war, aber alles ist noch genauso, wie ich es in Erinnerung habe, nur in Schatten gehüllt – meine heiteren Kindheitserinnerungen von Dunkelheit getrübt.

»Kannst du dich erinnern, Lila?«, fragt Cupid.

Ich blicke mich um, sehe mir jedes der schwarzen Löcher im Fels genau an. Eine der Höhlen fühlt sich vertraut an. Mein Herz schlägt schneller.

»Dort drüben!«

»Bist du sicher?«, fragt Cal. Das Mondlicht spiegelt sich in seinen silbrigen Augen.

Ich nicke.

Langsam und vorsichtig nähern wir uns der Höhle. Jeder flackernde Schatten lässt mich erschrocken zusammenfahren. Cals blasse Finger legen sich fester um seinen Bogen, und Cupid kneift bei jedem Plätschern argwöhnisch die Augen zusammen. Es ist zu still – ich kann nichts hören als unseren beschleunigten Atem, das Meeresrauschen und Crystal und ihre Armee, die sich oben auf den Klippen auf den Abstieg vorbereiten.

Etwas durch und durch *Falsches* liegt in der Luft. Schwer. Unnatürlich.

Irgendetwas stimmt hier nicht.

An den verspannten Schultern der beiden Brüder rechts und links von mir kann ich erkennen, dass sie es ebenfalls spüren.

Wir erreichen den Eingang der Höhle.

»Er könnte dort drinnen sein«, sagt Cal und starrt angestrengt in die Finsternis.

Mit einer blitzschnellen, fließenden Bewegung spannt Cupid seinen Bogen und feuert in rascher Folge ein paar Pfeile in die Dunkelheit ab. Ich höre, wie sie durch die Luft sausen, dann kehrt Stille ein.

Cal wirft seinem Bruder einen wütenden Blick zu. »Das macht es bestimmt leichter, uns reinzuschleichen«, fährt er ihn an. »Warum schreist du nicht gleich, dass wir da sind?«

»Wenn sie hier sind, wissen sie schon, dass wir kommen, Bruderherz«, erwidert Cupid ruhig. »Ich dachte, wir könnten sie wenigstens unvorbereitet treffen.«

Er hängt sich den Bogen wieder über die Schulter und dreht sich zu mir um. Ich kann die Nervosität in der Luft deutlich spüren – die atemlose Spannung. Als der Wind in die Höhle und wieder herausströmt, trägt die salzige Meeresluft den Gestank des Todes mit sich.

»Die Herzen sind dort drinnen«, sage ich. »Da bin ich mir sicher.«

Cupid nickt. Und zusammen betreten wir die Höhle.

Mein Puls rast, als wir über die Schwelle treten. Meine Muskeln spannen sich in Erwartung eines Angriffs an. Hier drinnen ist es stockdunkel, die Luft ist feucht und drückend. Hastig krame ich mein Handy hervor und schalte die Taschenlampe ein. Mein Magen krampft sich zusammen, als ich den schwachen Lichtstrahl fieberhaft hin und her bewege.

Die Höhle, die etwa so groß ist wie ein Fußballfeld, erstreckt sich bis an die Klippen.

Und sie ist vollkommen leer. Verlassen.

Hier ist nichts.

Mein Herz wird schwer.

Ich war mir so sicher, dass ich richtigliege. Doch jetzt erkenne ich mit schrecklicher Gewissheit, warum hier keine Zombies lauern, warum es so still ist, warum der Strand menschenleer ist … Sie sind nicht hier. Ich habe mich geirrt. Und die Zeit ist abgelaufen.

»Nein …« Das Wort kommt nur als heiseres Flüstern über meine Lippen.

Das war unsere beste, unsere *einzige* Chance. Und ich habe sie vertan.

Plötzlich ergreift Cupid meine Hand. »Sieh mal, dort drüben.« Er zieht sie sanft ein Stück zur Seite, so dass der schmale Lichtstrahl auf etwas Schimmerndes zwischen den Felsen fällt.

Übelkeit und Euphorie steigen zu gleichen Teilen in mir auf. Im Boden klafft ein Loch. Der nasse Sand am Rand ist blutrot verfärbt, und das Licht bricht sich auf etwas Glänzendem im Innern.

Bevor die anderen mich aufhalten können, renne ich darauf zu und lasse mich in dem widerwärtig klebrigen Sand auf die Knie fallen. In dem Loch befindet sich eine Metallkiste.

»Lila!« Cal und Cupid tauchen plötzlich rechts und links von mir auf.

»Sei vorsichtig!«, fährt Cal mich an. »Das könnte eine Falle sein.« Er sieht mit ärgerlichem Blick zwischen Cupid und mir hin und her. »Ihr beide seid viel zu leichtsinnig!«

Ich ignoriere ihn, lege mein Handy auf den Boden und greife mir die Kiste. Erleichterung durchflutet mich. Wir müssen nur noch die Herzen zerstören, dann bereiten wir dem Ganzen hier und jetzt ein Ende.

Mit zitternden Fingern umfasse ich den Deckel der Kiste – das Metall ist eiskalt und von getrocknetem Blut rostrot gefärbt. Der Gestank bringt mich zum Würgen, als ich sie zu öffnen versuche. Cupid und Cal, dem sein Missfallen deutlich anzumerken ist, packen mit an, und zusammen hieven wir die Kiste auf den dunklen Sand.

Ich fahre mit den Händen darüber und suche nach einer Möglichkeit, sie zu öffnen – einem Spalt, einem Verschluss, irgendetwas. Als ich stattdessen ein Vorhängeschloss finde, schwindet meine Hoffnung.

»Sie ist verschlossen«, sage ich und kämpfe gegen das Entsetzen an, das mich zu überwältigen droht. Hilfesuchend blicke ich zu Cupid. »Solltest du nicht übernatürlich stark sein? Kannst du es aufbrechen?«

Cupid umfasst das solide Metall mit beiden Händen. »Titan«, sagt er an Cal gewandt.

Während sie das Schloss begutachten, hallt ein surrendes

Geräusch durch die Höhle, und mein Handy blinkt auf. Mich erfasst ein kaltes Grauen. Die Nachricht könnte von sonst irgendjemandem sein, aber ich glaube, ich weiß, von wem sie ist.

»Das kriegen wir ganz sicher nicht mit Gewalt auf«, sagt Cupid. »Nicht hier. Vielleicht könnten wir es zur Agentur bringen.«

Ich werfe einen Blick auf das Display.

Heftige Übelkeit steigt in mir auf, als ich Valentines Nachricht lese.

> Ich glaube, dafür braucht ihr einen
> Schlüssel.

Ich bekomme eine Gänsehaut.

Mein Handy empfängt noch eine Nachricht. Aber diesmal ist es ein Bild.

Auf dem körnigen Foto blicken mir Valentines stechend blaue Augen entgegen, seine Lippen sind zu einem grausamen Lächeln verzogen. Er befindet sich auf einem Schiff. Und er hält eine silberne Schnur, die er um den Hals trägt, in die Kamera. Daran hängt ein Schlüssel.

Ich starre das Bild stumm vor Schreck an, während Cupid und Cal weiter mit der Kiste hantieren.

Noch eine Nachricht erscheint auf dem Display.

> Keine Sorge. Du wirst schon bald die
> Chance haben, ihn dir zu holen.
> Wir nähern uns dem Ufer.
> Ich brauche
> noch ein paar Herzen

> für die Hauptattraktion
> um Mitternacht.
> Bis gleich!
> Valentine

Ich ziehe Cupid und Cal zu mir und halte ihnen mein Handy unter die Nase. Cal wird totenblass, und Cupid flucht laut. Wir springen auf und rennen zurück zum Strand.

Ein leises Trommeln durchbricht die angespannte Stille, aber ich kann nicht hören, wo es herkommt. Am Strand hat sich eine Armee von Liebesagenten mit schussbereit gespannten Bogen versammelt und versperrt uns den Blick aufs Meer. Wir drängen uns zwischen ihnen hindurch, und ich sehe Cassie, Mino und Selena, die einen anderen Teil der Armee ein Stück seitlich von uns anführen.

Endlich erreichen wir das vordere Ende der Formation und bleiben schwer atmend neben Crystal und Charlie stehen. Sie starren voller Entsetzen aufs Meer hinaus. Als ich ihrem Blick folge, läuft es mir eiskalt den Rücken hinunter.

Am Horizont leuchtet ein unnatürliches, geisterhaftes Licht. Und in dem himmlischen Schein zeichnen sich die Umrisse eines gigantischen Schiffes ab.

Charons Fähre der Toten.

Es scheint sich nicht zu bewegen. Das kann es nicht. Noch nicht. Es hängt an der Barriere zwischen Leben und Tod fest. Sie hält. Vorerst.

Doch ich kann noch andere Schemen auf den wogenden Wellen erkennen, die mit jeder Sekunde, die verstreicht, größer werden. Ruderboote. Sie folgen einem etwas größeren Boot an der Spitze. Und sie kommen direkt auf uns zu.

Mein Atem beschleunigt sich, und mein Herzschlag passt sich den Kriegstrommeln an, deren lautes Donnern über das Wasser zu uns herüberdröhnt.

Das ist das Ende.

Wir haben die Herzen nicht rechtzeitig gefunden.

Wir haben versagt.

Valentine ist bereits auf dem Weg hierher, um uns alle zu töten und seine Mutter zurückzubringen.

Ich habe das Gefühl, ich sollte etwas sagen. Aber was? Welche Worte könnten das Grauen mindern, dem wir uns gegenübersehen?

Stattdessen greife ich nach Cupids Hand – genau im selben Moment, in dem er nach meiner greift. Cal spannt sich an. Crystal drückt sanft seinen Arm, bevor sie sich wieder dem offenen Meer zuwendet. Charlie und ich wechseln einen Blick, dann reckt sie das Kinn, ihr entschlossenes Gesicht vom schaurigen Leuchten des Schiffes am Horizont beleuchtet.

Ich versuche, Trost in der Wärme all meiner Freunde um mich herum zu finden, als ein kalter Wind aufkommt und den Gestank des Todes und das stürmische Rauschen des Meeres zu uns herüberträgt. Verzweifelt versuche ich, die Gedanken zurückzudrängen, die mir immer und immer wieder durch den Kopf gehen – die einzigen beiden Zeilen von Cassies Prophezeiung, die noch nicht wahr geworden sind.

Nicht alle werden überleben.

Mit jeder Sekunde, die verstreicht, kommen die Boote dem Ufer näher.

Sie sind schon fast da.

Sie wird wiederauferstehen.

44. Kapitel

Als sich das unheilvolle Trommeln mit dem Tosen der Wellen vermischt, hebt Crystal den Arm. »Bogenschützen bereitmachen!«

Das Geräusch von Sehnen, die alle gleichzeitig gespannt werden, mischt sich unter den Lärm. Cupid blickt zu mir. Ich sehe die unausgesprochene Frage in seinem Gesicht und nicke. Wir lassen einander los, spannen ebenfalls unsere Bogen und warten auf den Befehl zum Angriff. Cal und Charlie tun es uns gleich.

Auf dem Wasser fahren bestimmt fünfzig Boote. Das fahle Leuchten von Charons Schiff, das noch an der Schwelle zwischen Leben und Tod verharrt, taucht sie in einen unheimlichen Schein. In jedem von ihnen befinden sich fünf oder sechs Untote mit aschfahlem Gesicht, alle mit Pfeil und Bogen bewaffnet. Wir sind in der Unterzahl – und diese Cupids können nicht sterben. Nicht ohne Mortas Schere, die irgendwo auf Valentines Schiff versteckt ist.

Irgendwo in der Ferne höre ich schrilles, mädchenhaftes Gelächter. Es klingt irre. Und schrecklich vertraut.

Venus.

Ich bemühe mich mit aller Macht, es auszublenden und mich stattdessen auf den näheren Feind zu konzentrieren.

Am Bug des großen Bootes, das von vier leichenblassen, halbverwesten Cupids gesteuert wird – und nur noch etwa zwanzig Meter entfernt ist –, steht Valentine. Als er mich an vorderster Front der Armee von Liebesagenten sieht, breitet sich ein Grinsen auf seinem Gesicht aus.

Er begegnet meinem Blick und formt mit den Händen ein Herz.

Augenblicklich ziehe ich einen Pfeil aus dem Köcher auf meinem Rücken. Ich fühle das tröstlich kühle Metall zwischen den Fingern und spanne den Bogen, so dass die Federn am Schaft leicht über meine Wange streichen. Ohne mit der Wimper zu zucken, erwidere ich Valentines Blick.

Um den Hals trägt er den Schlüssel zu der Kiste, in der er die Herzen aufbewahrt. Wenn es mir irgendwie gelingt, ihn in die Finger zu bekommen, bevor er mich tötet, kann ich dem ein Ende setzen.

Aus dem Augenwinkel nehme ich eine Bewegung wahr; Crystal lässt ihre Hand durch die Luft schnellen.

»Feuer!«, schreit sie.

Ich lasse den Pfeil fliegen und sehe zu, wie er sich mit der Flut von Pfeilen vereint, die die Agenten abschießen. Er durchschneidet die Luft und bohrt sich durch Valentines himmelblaues Hemd in seine Brust. In dem Lärm um mich herum – dem Stöhnen und Platschen, mit dem die getroffenen Cupids in die reißenden Fluten stürzen – kann ich seine Reaktion nicht hören. Aber ich sehe sie, und sie bringt mein Blut zum Kochen.

Er lacht.

Mit einem gehässigen Grinsen im Gesicht zwinkert er mir zu. Dann hebt er genau wie Crystal den Arm.

»Noch mal!«, brüllt Crystal.

Ich greife mir einen weiteren Pfeil, aber bevor ich schießen kann, schwenkt Valentine seinen Arm nach unten und unzählige Pfeile prasseln auf uns herab. Wie in Zeitlupe sehe ich einen schwarzen Cupid-Pfeil direkt auf mich zufliegen.

Ich will mich zur Seite werfen, aber bevor ich dazu komme, hebt Cupid blitzschnell die Hand und greift den Pfeil nur wenige Zentimeter von meinem Gesicht entfernt aus der Luft – mit zornigem Gesicht lässt er ihn in seiner Hand zu Asche zerfallen. Wenn mich dieser Pfeil getroffen hätte, wäre ich jetzt ein Cupid. Mein Puls rast.

Crystal ordnet einen weiteren Pfeilhagel an, der auf die Zombie-Armee niederregnet.

Doch da erreicht das erste von Valentines Booten seichtes Gewässer, und die Untoten springen an Land. Cal legt rasch einen schwarzen Pfeil ein und trifft einen von ihnen in die Brust – an die Stelle, wo sein Herz wäre, wenn er eines hätte. Auch Charlie erledigt einen der Zombie-Agenten mit einem schnellen Schuss.

»Valentine trägt den Schlüssel zu der Kiste mit den Herzen um den Hals«, sage ich.

Der Agent, den Charlie gerade erschossen hat, setzt sich wieder auf.

»Wir müssen ihn uns holen! Wenn wir die Herzen nicht zerstören, werden sie immer wieder zum Leben erwachen.«

»Cupid, ist noch etwas von der Macht übrig, die der Ball dir verliehen hat?«, fragt Crystal.

Valentines Boot erreicht als Nächstes seichtes Gewässer. Er steigt gemächlich aus, während die anderen sofort zum Angriff übergehen.

»Ein bisschen«, antwortet Cupid, den Blick starr geradeaus gerichtet.

Crystal nickt.

Die Liebesagenten stürzen sich ins Meer, als überall um uns herum Untote aus ihren Booten springen. Irgendwo in der Ferne höre ich Mino ein gewaltiges Brüllen ausstoßen. Valentine watet durch das kniehohe Wasser auf uns zu.

»Okay«, sagt Crystal, »ich kümmere mich um seine Armee. Cupid, Lila – Valentine hat es auf euch beide abgesehen. Er braucht eure Herzen um Mitternacht. Wenn ihr ihn bis dahin ablenken und euch den Schlüssel holen könnt ...«

Cupid nickt – seine Augen blitzen bedrohlich. Schreie und der Gestank von Blut durchdringen die salzige Meeresluft. An meiner anderen Seite schießt Cal noch einen Pfeil auf Valentine ab, dann rammt er einem bleichen, grausig aussehenden Mädchen den Ellbogen ins Gesicht und stößt ihr einen schwarzen Pfeil in die Brust. Charlie stürzt sich auf einen der Untoten, so dass er ins flache Wasser fällt, und Crystal trifft drei Zombie-Cupids nacheinander mit einem Pfeil in den Kopf, bevor sie zum Nahkampf übergeht.

Valentine schreitet weiter seelenruhig durch das Chaos, ohne den Blick von mir abzuwenden.

»Er braucht dein Herz!«, schreit Cal. »Lauft zur Höhle. Lauft weg! Lass ihn zu euch kommen!«

Cupid nickt. Er wechselt einen Blick mit seinem Bruder, dann packt er mich an der Schulter, und wir rennen durch das Kampfgetümmel – über den blutüberströmten Sand. Ich sehe ein Mädchen aus der Agentur leblos am Boden liegen, ihr weißer Kampfanzug ist mit Asche bestäubt.

Mein Magen krampft sich zusammen, aber wir rennen weiter auf die Klippen zu.

Wir sind fast da.

Plötzlich stürzt Cupid nach vorne und landet hart auf den Knien. Sein Gesicht verzieht sich vor Schmerz. Aus seinem Rücken ragt ein Ardor.

Ich drehe mich hastig um.

Eine blasse, muskulöse Agentin rennt auf mich zu – ihre Augen starren blicklos ins Leere, die Haut hängt in Fetzen von ihrem Gesicht und ihren freiliegenden Knochen. Ich ziehe einen Pfeil aus meinem Köcher und ramme ihn ihr in die Brust, als sie sich auf mich stürzt, so dass wir beide zu Boden gehen.

Ich rolle ihren kalten, leblosen Körper von mir herunter. Es wird nicht lange dauern, bis sie wieder zu dem Untotendasein zurückkehrt, in dem sie schon wer weiß wie lange gefangen ist. Ich springe auf und stelle zu meinem Entsetzen fest, dass Cupid von fünf Zombie-Agenten gleichzeitig attackiert wird. So unfassbar schnell, dass seine Bewegungen zu verschwimmen scheinen, ersticht er drei von ihnen mit Pfeilen, bevor noch mehr ihren Platz einnehmen.

Als ich ihm zu Hilfe eilen will, höre ich hinter mir ein Lachen.

Ich wirbele herum, feuere einen Pfeil in das heillose Chaos vor mir ab und treffe einen Mann in zerrissener Kleidung in die Schulter, bevor sich ein Liebesagent auf ihn stürzt. Aber das Lachen kam nicht von ihm.

Mein Blick schweift über das Schlachtfeld. Überall um mich herum sausen Pfeile durch die Luft. Ich sehe, wie Selena an der Küste einem Mann das Genick bricht, während Cassie mit ihrem langen schwarzen Stab auf drei Untote einschlägt und sie in die reißenden Fluten schleudert.

»Schlaft!«, höre ich Mino brüllen.

Ich entdecke ihn mitten im Kampfgetümmel. Ein Pfeil fliegt auf seinen Hinterkopf zu. Ich will ihn gerade warnen, als ein anderer Pfeil den ersten trifft und ihn ablenkt, so dass er von den Felsen abprallt. Crystal steht mit gespanntem Bogen etwa zehn Meter von Mino entfernt und hält nach weiteren Angreifern Ausschau. Dann stürzt sie sich wieder in die Schlacht.

Ich sehe mich nach Charlie und Cal um, kann sie aber nirgends entdecken. Eine kalte Hand legt sich um mein Herz.

Nicht alle werden überleben.

Da höre ich wieder dieses Lachen. Ich drehe ruckartig den Kopf und entdecke Valentine, begleitet von einem Gefolge zerlumpt gekleideter Cupids. Mein Herz setzt einen Schlag aus. Ich schieße einen Pfeil auf ihn ab, aber er fängt ihn mühelos und zerbröselt ihn zu Asche, die vom eisigen Wind davongetragen wird.

Er grinst. »Hallo, Lila.«

Mit einer herrischen Geste zeigt er auf Cupid, und sein todbringendes Gefolge geht auf seinen Bruder los.

»Lila!«, brüllt Cupid, als die Meute über ihn herfällt. »Lauf!«

Adrenalin rauscht durch meine Adern wie eine Feuersbrunst, die mich verzehrt. Ein Teil von mir will fliehen – so viel Abstand wie möglich zwischen mich und das Scheusal bringen, das mir das Herz aus der Brust reißen will.

Aber das tue ich nicht.

Ich brauche den Schlüssel.

Ich muss dem ein Ende setzen.

Ich halte Valentines Blick stand, dann sehe ich langsam zu seinem Hals hinunter, wo eine silberne Kette in dem gleichen geisterhaften Licht glitzert, das die Fähre der Toten ausstrahlt.

Er bleibt wenige Meter von mir entfernt stehen und

streicht mit einem leisen Lachen über die Kette; wir beide sind der einzige Ruhepol in dem tobenden Chaos um uns herum.

Ich höre Cupid hinter mir schreien und weiß, dass der Schmerz in seiner Stimme mir gilt, nicht ihm selbst. Er kann sich gegen die Zombie-Agenten behaupten, aber er glaubt nicht, dass ich es mit Valentine aufnehmen kann.

»Lila! Lauf!«

Ich ignoriere ihn und konzentriere mich einzig und allein auf Valentine.

»Wie es scheint, habe ich etwas, was du benötigst, Lila«, knurrt er. »Und du hast etwas, was ich benötige. Was sollen wir bloß tun?« Das erwartete Lächeln breitet sich auf seinem Gesicht aus – seine Augen funkeln vor Aufregung.

Plötzlich wirbelt er herum und greift einen Pfeil, der direkt auf seinen Kopf abzielt, aus der Luft. Er zerbricht ihn zwischen den Fingern. Hinter ihm taucht Cal mit gespanntem Bogen und stechendem Blick auf, seine Silhouette vom Licht des Geisterschiffes am Horizont umrahmt.

»Lass sie in Ruhe«, stößt er zornig hervor.

»So tapfer, kleiner Bruder«, sagt Valentine. »Aber auch ziemlich dumm, so wagemutig zu sein, wo ich doch etwas von dir habe.« Er hebt eine Hand hoch. »Schnipp, schnapp«, sagt er und deutet mit der Hand eine Scherenbewegung an.

Das Blut gefriert mir in den Adern. Cal wird totenblass. Unsere Blicke begegnen sich.

Da sinkt er plötzlich auf die Knie, und ein schmerzerfüllter Schrei entringt sich seiner Kehle. Ich sehe voller Entsetzen zu. Wasser strömt ihm aus dem Mund. Nach Atem ringend greift er sich an die Kehle, um sich zu befreien, doch seine Finger greifen ins Nichts, und er übergibt sich qualvoll.

Einen Moment kann ich mich nicht regen – ich stehe einfach nur da, wie gelähmt vor Entsetzen. Dann sehe ich zu Valentine auf. »Was hast du getan?!«

Er lacht leise. »Ich foltere ihn nur ein bisschen, Lila.«

Ich stürze mich auf ihn. Die Wucht meines Angriffs trifft Valentine unvorbereitet, und wir gehen beide zu Boden. Er wirft mich mühelos ab, doch ich rolle rasch herum, springe auf und drehe mich zu ihm um. Er ist schon wieder auf den Beinen und klopft sich gelassen den Sand von der Hose.

Cal windet sich immer noch vor Schmerz. Der Anblick zerreißt mir fast das Herz.

»Hör auf!«, stoße ich zwischen zusammengebissenen Zähnen hervor. »Lass ihn in Ruhe!«

Mit einer blitzschnellen Bewegung ist Valentine direkt vor mir. Ich schlage nach seinem Gesicht, doch er packt meine Hand und hält sie fest. Ich blicke zu ihm auf, und sein durchdringender Geruch nach Schweiß und Meer überwältigt mich fast.

»Mein kleiner Bruder wird das schon überstehen.« Cals atemloses Wimmern unterbricht Valentines Rede, und er zieht eine Augenbraue hoch. »Nun, das vermute ich zumindest. Aber ich muss meine Brüder bis Mitternacht in Schach halten, während wir beide uns unserer Aufgabe widmen.« Er zwinkert mir zu, und ich bekomme eine Gänsehaut – seine Finger schließen sich wie ein Schraubstock um mein Handgelenk, während er mich mit stechendem Blick taxiert. »Außerdem habe ich eine Passagierin auf meinem Schiff, die ich noch ein Weilchen unterhalten muss, bevor sie ihren großen

Auftritt hat.« Er wirft einen gleichgültigen Blick auf Cal, der auf Händen und Knien am Boden kauert und Wasser hochwürgt. »Wie es aussieht, hat sie seinen Lebensfaden ins Wasser getaucht.«

»Du hast seinen Lebensfaden Venus gegeben?!«

Er zuckt die Achseln. »Sie war ein bisschen durch den Wind – sie ist schon eine ganze Weile auf diesem Schiff und sitzt irgendwo zwischen Leben und Tod fest. Das hat sie ziemlich mitgenommen – wodurch sie *sehr schlechte* Laune bekommen hat. Aber wenn sie ihre Macht wiedererlangt ...« Er erschaudert übertrieben, wedelt mit den Armen und schüttelt sich. Dann grinst er. »Nun, sagen wir einfach, dann will ich mich gut mit ihr stellen.«

»Was, wenn sie den Lebensfaden einfach durchschneidet?!« Eine eisige Kälte sickert durch meine Adern. Dann kommt mir plötzlich ein Gedanke – im ersten Moment noch benebelt von Cupids wildem Gebrüll und Cals Keuchen. »Dein Lebensfaden ist auch auf dem Schiff. Was, wenn sie den durchschneidet?! Wenn mich nicht alles täuscht, ist sie nicht gerade vernünftig.«

»Mein Lebensfaden ist in Sicherheit«, erwidert er und klopft sich mit der freien Hand auf die Brust. »Und sie wird Cals Lebensfaden nicht durchtrennen. Nicht, solange wir ihn noch als Druckmittel brauchen. Wie du siehst –«

Plötzlich prallt etwas mit voller Wucht gegen ihn, und er taumelt zurück – sein schraubstockartiger Griff um mein Handgelenk löst sich. Cupid baut sich vor ihm auf und wischt sich mit dem Ärmel seiner Lederjacke das Blut von der Nase.

»Wie es aussieht, musst du dir ein bisschen mehr Mühe geben, Bruderherz«, sagt er. »Denn meiner Ansicht nach müssen wir *dich* nur bis nach dem Valentinstag in Schach halten, wenn du deine übernatürlichen Kräfte verlierst. Oder …«

»… uns den Schlüssel holen, den du um den Hals trägst«, beende ich seinen Satz und fixiere Valentine mit wild entschlossenem Blick.

Cupid schlägt ihm ins Gesicht. Doch das hat nicht die geringste Wirkung auf Valentine.

Er lacht nur. »Ah ja, der Gedanke ist mir auch schon gekommen«, sagt er.

Er schnippt mit den Fingern, und die Untoten, die Cupid gerade erst besiegt hat, stehen wieder auf und umzingeln ihn. Sie packen seine Arme, während er rasend vor Wut um sich schlägt, doch es sind zu viele. Sie drehen ihn zum Meer und dem geisterhaften Schiff um.

Ich will zu Cupid rennen, um ihm zu helfen, aber Valentine hält mich am Arm zurück. Mein Innerstes zieht sich zusammen, als er erneut die Hand hebt.

»Was tust du da?!«, schreie ich.

Valentine lächelt gehässig. »Als du Venus ein Ticket für Charons Fähre besorgt hast, hast du ihr ein sehr interessantes Gepäckstück mitgegeben«, sagt er. »Etwas, womit ich meinen lästigen Bruder endlich loswerden könnte.«

»Was?!«

Und dann sehe ich es.

Einen goldenen Schimmer weit draußen auf dem Schiff. Ein Objekt, das immer größer und größer wird, als es unaufhaltsam auf uns zuschießt. Es ist ein Pfeil. Aber nicht irgendein Pfeil.

Der *Finis*.

Ich höre ein irres, glockenhelles Lachen, das mir in den Ohren dröhnt.

»Nein!«

Ich reiße mich von Valentine los und renne zu Cupid. Aber Valentine ist sofort wieder hinter mir und hält mich zurück. Er umfasst mein Gesicht, zwingt mich zuzusehen.

»Nein!«

Cupids Augen werden groß.

Und der *Finis* trifft ihn mitten in die Brust.

Er wird rückwärts gegen die Klippen geschleudert und sackt in sich zusammen – sein Schrei vom letzten Pfeil zum Verstummen gebracht.

Dem Pfeil, mit dem ich Venus ins Jenseits geschickt habe.

Der einzigen Waffe, abgesehen von Mortas Schere, mit der man einen der ursprünglichen Cupids töten kann.

45. Kapitel

Wie gelähmt starre ich auf Cupid, der regungslos an der Felswand liegt. Kalte Angst und heiße Wut wallen in mir auf und schlingen sich um meine Seele. Valentine hält meine Arme in eisernem Griff.

Doch da fällt mir etwas ein. Der *Finis* funktioniert nur, wenn er von einem Sterblichen abgeschossen wird. Und auf Valentines Schiff gibt es keine Sterblichen. Cupid ist nicht tot – das kann nicht sein. Vielleicht ist er bewusstlos. Aber nicht tot. Das bedeutet zwar, dass ich mich Valentine alleine stellen muss. Doch er hat mir gerade eine Waffe verschafft.

Der *Finis* kann alle töten, in deren Adern Cupids Blut fließt.

Während die Schlacht um mich herum weiter tobt und Cal sich qualvoll im Sand windet, sein gerötetes Gesicht vom Licht des Totenschiffes beleuchtet, reiße ich mich von Valentine los. Ich eile zu Cupid und werfe mich neben ihm auf die Knie.

Ich stoße einen kummervollen Schrei aus, um Valentine abzulenken. Dann packe ich den goldenen Pfeil, ziehe ihn heraus und stecke ihn unauffällig in meinen Köcher. Cupid wird sich wieder erholen, wenn ich Valentine besiege, und mit dieser Waffe bin ich dazu in der Lage.

Ich drücke die Finger an seine Halsschlagader und atme erleichtert auf, als ich einen kräftigen Puls spüre. Ich wusste, dass er noch lebt, aber ein Teil von mir hatte trotzdem Angst.

Nicht alle werden überleben.

»Wie schade«, sagt Valentine, der plötzlich direkt hinter mir auftaucht.

Ich stehe auf, drehe mich aber nicht zu ihm um. Stattdessen halte ich den Blick auf Cupid gesenkt – seine mit Blut verkrusteten Haare und das rote Rinnsal, das ihm aus der Nase tropft – und stoße ein bitteres Lachen aus.

»Der *Finis* funktioniert nur, wenn er von einem Sterblichen abgeschossen wird, du Idiot«, sage ich. »Cupid ist nicht tot.«

Valentine schweigt einen Moment – das einzige Geräusch ist der Kampflärm, der vom Ufer zu uns herüberdringt, und Cals schmerzerfülltes Keuchen.

Dann lacht er.

Ich wirbele zu ihm herum. Unsere Blicke begegnen sich, meiner ebenso stechend wie seiner.

»Ich weiß«, sagt er. »Ich wollte ihn auch gar nicht töten. Jedenfalls noch nicht.« Er grinst. »Ich musste ihn nur aus dem Weg räumen.«

Er wirft einen Blick auf seine Armbanduhr und dreht wie beiläufig an dem Rädchen an der Seite. Dann wendet er sich wieder mir zu.

»Ich hab nur schnell den Timer eingestellt, damit wir wissen, wann der große Moment gekommen ist«, sagt er. »Nicht mehr lange – nur noch etwa eine halbe Stunde.«

Mein Herz hämmert. Als er mich mit forschendem Blick mustert, habe ich das Gefühl, als könne er es hören.

Wird er mir wohl auf der Stelle das Herz herausreißen, wenn er merkt, dass ich den *Finis* habe? Er ist auf jeden Fall nah genug – seine Hitze schlägt mir entgegen, während sich sein Brustkorb unter seinem zerrissenen blauen Hemd ruckartig hebt und senkt.

Ich halte seinem Blick stand und versuche, die Übelkeit zu unterdrücken, die unwillkürlich in mir aufsteigt. Wenn er sich weiter auf mein Gesicht konzentriert, könnte mein Plan vielleicht aufgehen. Meine Beine fühlen sich zittrig an, aber ich gebe mir alle Mühe, ruhig zu bleiben. Ich darf mir meine Angst nicht anmerken lassen.

Ich muss den richtigen Moment abwarten. Ihn töten. Und mir den Schlüssel holen.

»Ich kann fast hören, wie sich die Zahnrädchen in deinem Kopf drehen, Lila«, sagt Valentine hörbar amüsiert. »Ich bin sehr gespannt, welch teuflischen Plan du ersinnst, um mich aufzuhalten.« Er wackelt mit seinen dunklen Augenbrauen. »Jetzt komm, lass uns irgendwo hingehen, wo wir ungestört reden können.« Er wirft einen missbilligenden Blick auf Cal, der immer noch Wasser aushustet. »Irgendwo, wo wir unsere Ruhe haben. Er macht mir fast ein schlechtes Gewissen.«

Ich sehe zu Cal, der vor dem Chaos aus herumfliegenden Pfeilen und Blut kauert. Mein Herz zieht sich schmerzhaft zusammen.

»Dann hör auf, ihn zu quälen.«

»Ich kann meine Mutter nicht kontrollieren«, erwidert Valentine und wirft mir einen vielsagenden Blick zu. »Aber ich kann einem meiner Männer befehlen, ihr die Schere zu bringen. Wenn sie die Schere erst hat … nun, wer weiß, wie lange mein Bruder dann noch lebt.«

Ich starre ihn wortlos an – und fasse einen Entschluss. Ich habe keine andere Wahl, als mit ihm zu gehen. Ich hatte nie eine Wahl. Aber ich akzeptiere, was ich tun muss. Ich glaube, darauf ist es von Anfang an hinausgelaufen; eine letzte Konfrontation zwischen uns beiden.

»Ich hatte beinahe Mitleid mit dir«, sage ich.

»Ich will kein Mitleid von dir, Lila.« Seine Augen lodern auf, und einen Moment wirkt er fast verunsichert. »Das ist das Letzte, was ich wollte.« Mit finsterem Blick sieht er zu Cupid.

Ich packe ihn am Arm, und er wendet sich ruckartig wieder mir zu – seine Augen weiten sich fast unmerklich. Ich darf nicht zulassen, dass er sich Cupid genauer anschaut. Er darf nicht merken, dass der *Finis* nicht mehr in seiner Brust steckt.

»Gehen wir jetzt endlich?«, fahre ich ihn an und sehe zu der Höhle, in der er die Herzen versteckt hat.

Ein teuflisches Grinsen breitet sich auf seinem Gesicht aus. »Da hat es aber jemand eilig, mit mir allein zu sein. Das gefällt mir.« Er dreht sich um und marschiert auf die Höhle zu. »Dann komm.«

Ich atme langsam aus. Inmitten der lähmenden Angst, dass ich gleich sterben könnte, keimt Hoffnung auf. Ich habe immer noch eine Chance zu gewinnen. Eine sehr kleine Chance. Aber eine Chance.

Mein Blick schweift über die erbitterte Schlacht, die am Eingang zur Höhle tobt. Im Wasser treiben unzählige Leichen. Liebesagenten lassen Pfeile durch die Luft schnellen und stürzen sich auf Feinde, die sie nicht endgültig besiegen können. Ich sehe, wie Crystal einen Untoten mit einem harten Kopfstoß zu Boden schleudert, aber sofort von drei weiteren angegriffen wird. Irgendwo weiter weg höre ich

Mino vor Schmerz brüllen. Von Charlie fehlt immer noch jede Spur.

Die ganze Szene wird von dem geisterhaften Schiff an der Grenze zwischen Leben und Tod beleuchtet, die alles ist, was Venus noch von unserer Welt fernhält.

Voll Sorge wende ich mich Cal zu, der mühsam den Kopf hebt, und begegne seinem schmerzerfüllten Blick. Er schüttelt mit letzter Kraft den Kopf.

»Tu das nicht …« Seine Worte werden von einem weiteren Schwall Meerwasser begleitet.

Ich sehe zu Cupid, der bewusstlos an den Klippen liegt – Blut rinnt zwischen seinen Haaren hervor und tropft auf seine Lederjacke.

Dann drehe ich mich wieder zu Valentine um, der mir über die Schulter einen ungeduldigen Blick zuwirft. »Wir haben nicht den ganzen Tag Zeit, Lila.«

Im Wissen, dass ich den Pfeil, mit dem ich ihn töten kann, bei mir habe und dass Cal sterben wird, wenn ich es nicht tue, atme ich tief durch und folge ihm. Ich schließe zu ihm auf, als wir den dunklen Eingang der Höhle erreichen.

Sobald wir über die Schwelle treten, verklingen die Kampfschreie und das Klirren von Waffen. Ich höre Valentine in der Dunkelheit herumhantieren, und kurz darauf flackert Licht auf. Mit einer Hand steckt er eine Streichholzschachtel weg, während er mit der anderen eine brennende Fackel in die Höhe hält. Ihr Knistern hallt in der feuchtkalten Höhle schaurig wider, und ihr Licht bricht sich in der silbernen Kette um Valentines Hals und der Kiste voller Herzen, die Cupid, Cal und ich geborgen haben.

»Ich wusste, dass du herausfinden würdest, wo sie sind«,

sagt Valentine, als er meinen Blick bemerkt. Er führt mich weiter in die Dunkelheit. In der Mitte der Höhle bleibt er stehen, steckt die Fackel in den Boden und dreht sich zu mir um. Der Kampflärm ist verstummt. Es gibt nur noch uns beide. »Wir verstehen uns, nicht wahr?«

Ich schüttele den Kopf. »Ich verstehe dich überhaupt nicht«, sage ich – obwohl ich nicht ganz sicher bin, ob das wahr ist. »Wie könnte ich das? Du bist ein Monster. Du quälst deine Brüder. Du bringst eine Göttin zurück, deren einziges Ziel es ist, die Menschheit zu zerstören. Du hast unschuldige Cupids ermordet und sie selbst im Tod noch verhöhnt, indem du sie in eine Armee von Zombies verwandelt hast. Du hast Beatrice benutzt und dafür gesorgt, dass sie nie über dich hinwegkommen wird.«

Er beobachtet mich mit amüsiertem Gesicht. Ich kann ihm nichts tun – nicht mit Waffen, noch nicht. Sein Blick ist zu wachsam, seine Muskeln zu straff gespannt. Also suche ich stattdessen nach Worten.

Ich werfe ihm einen abschätzigen Blick zu. »Was würde Psyche von all dem halten?«

Sein Grinsen verblasst. Zum ersten Mal sehe ich Wut in seinen Augen aufblitzen. »Du hast ja keine Ahnung, was ich für sie getan habe.«

»Ist das dein Ernst?!«, erwidere ich fassungslos. »Was denkst du denn, was du für sie getan hast?«

»*Alles.*«

Sein Blick brennt sich in mich hinein. Ich spüre den Zorn, die Leidenschaft und den Kummer darin; sie treffen mich mit solcher Wucht, dass mein Herz ins Stocken gerät. Sein Atem geht stoßweise, so aufgebracht ist er.

»Was soll das heißen? Warum versuchst du, Venus zurückzubringen, wenn du das denkst? Venus hat dir befohlen, mit dem Amore auf sie zu schießen.«

Er lacht leise, aber der Ausdruck in seinen Augen ist vollkommen freudlos. »Du weißt, dass ich Psyche sehr lange gesucht habe.«

»Du hast sie gefunden?«

»Ja. Und nein«, sagt er mit einem kleinen, bitteren Lächeln. »Es ist kompliziert.«

»Inwiefern?«

Das Licht der Fackel flackert über sein markantes Gesicht. »Bevor die Götter Psyche aus dieser Welt verbannen konnten, fand sie einen Weg, ihren Körper, ihr Herz und ihre Seele voneinander zu trennen, so dass sie, wenn die Zeit gekommen war, wiederauferstehen und sich an allen rächen könnte, die ihr Unrecht getan hatten.« Seine Lippen verziehen sich zu einem begierigen Grinsen. »Die Welt würde im Chaos versinken. Und wir würden Seite an Seite über die Ruinen herrschen.«

»Du bist verrückt.« Meine Stimme ist leise, als würde sie von der Finsternis verschlungen.

Er lacht. »Vielleicht.«

»Aber was hat das mit all dem zu tun?«, will ich wissen. »Selbst nach deiner verqueren Logik ergibt das keinen Sinn. Warum willst du Venus zurückbringen?«

»Das will ich nicht. Aber als meine Mutter herausfand, was Psyche getan hatte, versteckte sie eines ihrer Teile, damit sie nicht wiederauferstehen konnte. Das mächtigste von ihnen. Ich wollte sie deswegen zur Rede stellen, als sie das letzte Mal zurückgekommen ist, aber du hast sie getötet, bevor ich die

Chance dazu hatte.« Er zuckt die Achseln. »Doch das war für mich kein Hindernis. Ich wusste, wo sie hinkommen würde. Es war nicht leicht, aber sie wollte etwas von mir, und ich wollte etwas von ihr.«

Er nickt fast traurig, als er sieht, dass ich endlich verstehe, was er getan hat.

»Du hast einen Handel mit ihr geschlossen.« Mich überkommt eine Kälte, die nichts mit der Temperatur in der Höhle zu tun hat.

Sein Gesicht ist ernst, sein Blick unfassbar intensiv. »Ich bringe Venus zurück, und im Gegenzug gibt sie mir das Einzige, was mir je etwas bedeutet hat.« Seine Augen schimmern im Feuerschein. »Psyches Herz.«

Mich befällt eine unvorstellbare Angst. Bis zu diesem Moment dachte ich trotz allem, dass er mir nicht weh tun würde. Aus irgendeinem Grund hatte ich nie das Gefühl, dass er das wollte. Aber alles, was er getan hat, hat er einzig und allein für dieses eine Mädchen getan; für sie hat er eine Armee der Toten erschaffen und einen Plan geschmiedet, um seine ärgste Feindin zurückzubringen.

Er ist sogar bereit, die Welt in den Untergang zu stürzen, um wieder mit seiner großen Liebe vereint zu werden.

Er tritt einen Schritt auf mich zu, so dass er nur noch wenige Zentimeter von mir entfernt ist. Sein Meeresgeruch strömt mit der Wärme seines Körpers auf mich ein. Sanft berührt er meine Wange, umfasst mein Gesicht mit seiner rauen, schwieligen Hand. Mein Magen krampft sich vor Angst zusammen, aber ich entziehe mich ihm nicht. Ich sehe zu ihm auf.

»Ich will dir nicht weh tun«, sagt er.

Mein Blick gleitet von seinen glühenden Augen zu der silbernen Kette um seinen Hals – dem Schlüssel, der sich unter seinem Hemd verbirgt.

In diesem Moment piepst seine Uhr.

Mitternacht.

Er lächelt sanft. »Frohen Valentinstag, Lila.«

Mit wild hämmerndem Herzen greife ich mir den *Finis* und ramme ihn Valentine in die Brust. Seine Augen weiten sich vor Schreck, und er packt meine Hand, kurz bevor die Spitze des Pfeils sein Herz durchbohrt. Sein stechender Blick verzehrt mich, verwandelt mein Inneres in flüssiges Feuer.

Wir starren einander an – seine eine Hand ruht immer noch an meiner Wange, die andere umklammert meine Hand, in der ich den *Finis* halte. Sein Körper drückt im Versuch, mich zurückzudrängen, gegen meinen. Ich wehre mich mit aller Kraft, ergreife die Kette um seinen Hals und packe fest zu – doch damit ziehe ich nur sein Gesicht noch näher zu mir.

Ich kann seinen Herzschlag spüren. Sein Blick ist nach wie vor auf mein Gesicht gerichtet.

Ich muss gegen ihn kämpfen. Ich muss ihn töten. Aber einen Moment bin ich in seinem Blick gefangen – an der Grenze zwischen Leben und Tod. Und ich will es nicht tun. Ich will ihn nicht töten.

Aber warum?

Langsam, die Anstrengung hinausschreiend, drücke ich den Pfeil tiefer und tiefer in seine Brust. Er blinzelt mich ungläubig an, sein Gesicht von Schmerz gezeichnet.

Doch dann lächelt er. »Ich kann es kaum erwarten, sie

wiederzusehen«, raunt er. Eine Träne rinnt seine Wange hinunter. Ich umfasse das kalte Metall der Kette um seinen Hals noch fester. »Ich kann es kaum erwarten …«

Mit einem markerschütternden Schrei stoße ich unsere ineinander verschränkten Hände nach oben und spüre, wie sich die Spitze des Pfeils in sein Herz gräbt. Er sieht mich noch ein letztes Mal an – sein Blick bohrt sich geradewegs in meine Seele.

»Psyche wiederzusehen …«

Und dann sehe ich nur noch Weiß. Ich werde zurückgeschleudert, als Valentine sich mit einer gewaltigen Explosion in nichts auflöst. Mein Kopf kracht gegen die Felsen.

Und ich versinke in Dunkelheit.

Ich weiß nicht, wie viel Zeit vergangen ist, als ich wieder zu mir komme. Aber Valentines Fackel, die vor mir im Boden steckt, brennt noch, daher kann ich nicht allzu lange ohnmächtig gewesen sein. Ich spüre etwas Kaltes, Metallisches in meiner Hand.

Valentines Schlüssel – seine Zacken haben sich in meine Haut gegraben, so fest umklammere ich ihn. Die silberne Kette hängt nicht mehr daran, und ich frage mich, ob sie mit Valentine verschwunden ist.

Mich erfasst eine unerwartete Traurigkeit – eine Dunkelheit, die schwer auf mir lastet. Und als ich meine Wange berühre, ist sie nass.

Habe ich geweint?

Was zur Hölle ist nur mit mir los?

Ich blinzele angestrengt.

Und plötzlich fällt mir alles wieder ein: wie Cal gefoltert

wurde, Charlie, Crystal und Mino, die sich alle mit dem Mut der Verzweiflung in eine Schlacht stürzten, die sie wahrscheinlich nicht gewinnen würden. Und Cupid. Cupid, der bewusstlos und ungeschützt irgendwo dort draußen liegt.

Ich muss dem ein Ende setzen.

Ich rappele mich auf und schleppe mich taumelnd zu der Kiste, lasse mich davor auf die Knie fallen und stecke den Schlüssel ins Schloss. Es springt auf. Als ich die Kiste öffne, muss ich mich fast übergeben.

Sie ist bis zum Rand mit Herzen gefüllt. Hunderten von Herzen.

Ich muss sie zerstören.

Mein Blick huscht durch die Höhle, die nur vom flackernden Licht der Fackel beleuchtet wird.

Die Fackel.

Benommen stolpere ich darauf zu und ziehe sie aus dem Sand. Dann werfe ich die brennende Fackel in die Kiste. Die Herzen fangen sofort Feuer, und mir strömt der widerliche, metallische Gestank versengter Organe in die Nase.

Ich weiche einen Schritt zurück und sehe zu, wie das Licht gegen die Schatten ankämpft. Mit angehaltenem Atem beobachte ich, wie die Flammen langsam zu orangeglühenden Kohlen herunterbrennen. Als sich wieder Dunkelheit auf mich herabsenkt, verlasse ich die Höhle und eile zurück zum Strand.

Eine Flutwelle der Erleichterung bricht auf mich herein.

Der Kampf ist vorbei.

Die Untoten kehren in ihren Booten zum Schiff der Toten zurück, das nicht mehr so hell leuchtet.

Doch dann packt mich eine andere, fürchterlich vertraute Angst.

Nicht alle werden überleben.

Panisch sehe ich mich nach meinen Freunden um.

Crystal kauert mit blutüberströmtem Gesicht neben Cal, ihr weißer Anzug mit roten Flecken übersät. Mein Herz krampft sich zusammen. Er hustet kein Wasser mehr aus. Crystal sieht mich und nickt mir zu, ein erschöpftes Lächeln auf den Lippen. Er ist am Leben.

Ich blicke zu Valentines nächstem Opfer. Cupid liegt noch genau dort, wo ich ihn zurückgelassen habe, bewusstlos an der Felswand. Seine Brust hebt und senkt sich – er atmet noch. Auch Mino finde ich schnell, er hilft Selena und den anderen Sirenen.

Wo ist Charlie?

Mein Herz hämmert.

Da entdecke ich sie endlich – sie stützt Cassie, die auf einem Bein humpelt.

Ich atme erleichtert auf.

Alle meine Freunde sind wohlauf.

Während ich beobachte, wie die Liebesagenten einander helfen, die Verwundeten versorgen und die Gefallenen betrauern, fällt mir auf, wie sich ein kleines Boot von den anderen absetzt und ans Ufer fährt. Ein Lächeln erscheint auf meinem Gesicht, denn ich bin mir fast sicher, dass ich weiß, wer das ist.

Er steigt aus und kommt über den Strand auf mich zu. Ich gehe ihm entgegen.

Er ist schlank, aber seine Muskeln wölben sich unter seinem ärmellosen, schmutzigen Top. Vermutlich trägt er schon seit Monaten dieselben Klamotten. Seine Haut ist schwarz, und seine dunklen Haare sind zu Dreadlocks geflochten und auf seinem Kopf zu einem Knoten zusammengebunden. Als er sich mir nähert, breitet sich ein Grinsen auf seinem Gesicht aus. »Ich habe in den letzten Monaten viel von dir gehört«, sagt er.

»Charon?«, frage ich.

Er nickt. »Der einzig Wahre. Ich habe etwas, das ich dir geben möchte, bevor ich mein Schiff und seine Passagiere dorthin zurückbringe, wo sie hingehören.«

Ich nehme den silbernen, kühlen Faden, den er mir hinhält, vorsichtig entgegen.

»Cals Lebensfaden«, sage ich leise.

Er nickt erneut und mustert mich mit forschendem Blick. In seinem Gesicht flackert etwas auf, was ich nicht recht deuten kann. Dann lächelt er und tritt einen Schritt zurück.

»Gute Arbeit, Kleine«, sagt er. »Gib auf dich Acht.«

Damit dreht er sich um und geht zurück zu seinem Boot. Ich sehe ihm einen Moment nach, Cals Lebensfaden fest in der Hand. Dann renne ich zu Cupid und lasse mich neben ihn fallen.

Er stöhnt, und seine Augen öffnen sich flatternd. »Was zum …«

Er blinzelt mich benommen an. Als er mich erkennt, breitet sich Erleichterung auf seinem Gesicht aus. Er zieht mich zu sich herunter und schlingt die Arme fest um meine Taille. Ich lasse mich in seine Umarmung sinken und fühle, wie mich seine tröstliche Wärme einhüllt.

Dann richte ich mich ein kleines Stück auf, um ihn anzusehen. Zärtlich streicht er mit den Fingern über meine Wange, zieht mich an sich und fängt meine Lippen in einem ungestümen, leidenschaftlichen Kuss. Viel zu bald löst er sich von mir und drückt die Stirn an meine.

»Haben wir gewonnen?«, raunt er.

Ich grinse übers ganze Gesicht. »Wir haben gewonnen.«

46. Kapitel
Eine Woche später

Wir sitzen in Cupids Wohnzimmer, Pizzakartons sind überall auf dem Teppich und dem Couchtisch verteilt.

»Igitt, wer hat Pizza mit Sardellen bestellt?«, fragt Charlie, die im Schneidersitz auf dem Boden hockt, und starrt das labberige Pizzastück in ihrer Hand angewidert an. Cal beugt sich von der Couch herunter und nimmt es ihr weg. Seine Augen blitzen ärgerlich. »Das wäre wohl ich.«

»Ich muss mich Charlie anschließen, Bruderherz«, sagt Cupid hinter mir auf dem Sessel und legt die Arme um mich – seine Beine sind in Richtung Kamin ausgestreckt, und ich habe es mir auf seinem Schoß bequem gemacht. »Fisch auf Pizza?« Er wirft mir einen angeekelten Blick zu. »Das ist echt widerwärtig.«

Ich grinse ihn an, dann drehe ich mich wieder zu den anderen um.

»Besser als deine lächerlich scharfe Pizza«, meint Crystal.

Sie sitzt neben Cal auf dem Sofa und wirkt entspannter, als ich sie je zuvor gesehen habe. Statt ihres üblichen schicken Anzugs trägt sie einen rosaroten Einteiler, und ich muss grinsen, als ich mich an Cals Bemerkung erinnere, dass sie aussehe wie ein riesiger Marshmallow. Sie streckt die Beine aus und legt ihre flauschigen Hasenpantoffeln auf seinen Schoß – er wirft einen missbilligenden Blick darauf, schiebt sie aber nicht weg.

Cupid zuckt die Achseln, und ich spüre, wie sich seine harten Bauchmuskeln unter mir anspannen. »Nun, ihr wisst ja, was man sagt. Man ist, was man isst …«

»Was? Ein Jalapeño?«, frage ich.

»Nein! Scharf!« Er grinst mich freudestrahlend an, offensichtlich sehr zufrieden mit seinem grauenhaften Witz. »Das ist doch offensichtlich!«

Ich stöhne – genau wie alle anderen außer Mino; der blickt von dem Buch auf, in das er vertieft war, und lacht anerkennend.

Ich stehe auf, doch Cupid schlingt die Arme um meine Taille und zieht mich zurück. »Wo willst du hin? So schlecht war der Witz auch wieder nicht!«

Ich zerre seine fest verschränkten Finger auseinander, drehe mich zu ihm und verdrehe die Augen. Seit dem Kampf will er ständig in meiner Nähe sein – ich glaube, ein Teil von ihm fühlt sich schlecht, weil er am Ende nicht bei mir sein konnte.

»Doch, das war er. Aber ich nehme es dir nicht übel. Ich brauche nur frische Luft. Ich hab das Gefühl, als wären wir schon seit Stunden hier.«

»Das sind wir«, sagt Charlie. »Vielleicht sollten wir rausgehen, irgendwas unternehmen?«

»Haben wir nicht schon genug getan?«, seufzt Crystal und hebt den Kopf, einen gequälten Ausdruck im Gesicht. Cal mustert die rosa Hasenöhrchen an ihren Pantoffeln mit verwirrtem Blick.

»Hmmm … lass mich überlegen. Wir haben gegen eine Zombie-Armee gekämpft, Valentine besiegt, Cals Lebensfaden zurückgeholt und Venus in die Unterwelt geschickt«, sagt Cupid. »Was denkst du, Sonnenschein?«

Ich grinse. »Ja, ich glaube, wir haben genug getan. Sorry, Charlie!«

Sie wirft mir einen vorwurfsvollen Blick zu, aber ihre Augen funkeln amüsiert.

Ich wende mich an Cupid. »Aber ich brauche trotzdem frische Luft.«

Er zuckt lächelnd die Achseln und lässt mich gehen – auf dem Weg nach draußen höre ich Charlie scherzhaft stöhnen: »Ich hätte schon vor Stunden mit Cassie ausgehen sollen, als ich die Chance hatte. Hier drin stinkt es nach schmutzigen Socken.«

Ich gehe die Treppe hoch, an Cupids Zimmer vorbei und hinaus auf den Balkon. Seufzend atme ich die kühle Nachtluft tief ein, umfasse das dunkle, verschnörkelte Eisengeländer und lasse den Blick über das Gelände schweifen, das vom Licht am Pool in einen sanften Schein getaucht wird.

Mich durchströmt eine Ruhe, nach der ich mich innig gesehnt habe. Das Problem ist nicht, dass ich die Gesellschaft der anderen nicht genieße – aber seit der ganzen Aufregung mit Valentine und Venus will ein Teil von mir einfach nur allein sein. Etwas in mir fühlt sich anders an. Verändert. Dunkel.

Vielleicht ist es die Erinnerung an Valentines Gesicht, die Träne, die über seine Wange lief, als ich ihm den Pfeil ins Herz stieß. Seit seinem Tod verfolgen mich seine stechend blauen Augen und seine tiefe, grollende Stimme in meinen Träumen.

Ihn zu töten hat sich anders angefühlt als Venus zu töten.

Wir verstehen uns, nicht wahr?

Seine Worte steigen plötzlich in mir auf, bohren sich wie

ein Messer in meinen Kopf. Ich blinzele angestrengt und verdränge ihn aus meinen Gedanken. Und doch scheint die Dunkelheit in mir weiter zu wachsen, sie schlingt sich um mein Herz, meine Seele.

»Lila?«

Die vertraute Stimme reißt mich aus meinen düsteren Gedanken, bringt mich zurück ins Licht. Cal steht in der Tür, seine sonst so ordentlich frisierten blonden Haare völlig zerzaust.

Zu meiner eigenen Überraschung muss ich lächeln. »Du hast Sofahaare.«

Er streicht sie unbeholfen glatt, dann kommt er zu mir herüber. »Alles in Ordnung?«, erkundigt er sich.

Ich nicke. Er wirft mir einen skeptischen Seitenblick zu.

»Okay, okay«, seufze ich. »Ich kann es nicht erklären. Ich fühle mich irgendwie ... anders. Und ein Teil von mir fühlt sich beinahe ...«

»Schlecht?« Er wendet sich von mir ab und blickt gedankenverloren auf das weitläufige Gelände hinunter.

»Ja«, murmele ich und gestehe mir damit zum ersten Mal die Wahrheit ein.

»Lila, du hast getan, was du tun musstest. Du hast mir das Leben gerettet. Und, was noch wichtiger ist, du hast dein eigenes Leben gerettet. Er hätte dich, ohne zu zögern, getötet. Das weißt du.«

Ich denke an Valentines kummervollen Blick. Wie er sich kaum noch zu wehren schien, als ich ihm den Pfeil ins Herz stieß. Ich denke an seinen Gesichtsausdruck, als er Cupid bewusstlos an den Klippen liegen sah, und wie ich inständig hoffte, er würde nicht merken, dass der *Finis* nicht mehr aus seiner Brust ragte. Aber wie konnte er das nicht merken?

»Von der Vernunft her ist mir das klar. Es ist nur … Ein Teil von mir …«

»Was?«, fragt er.

Ein Teil von mir glaubt immer noch nicht, dass er mir weh tun wollte.

Ein Teil von mir glaubt, dass es zu einfach war, ihn zu töten.

Ein Teil von mir glaubt, dass es noch nicht vorbei ist.

Aber das kann ich nicht laut aussprechen. Das ist lächerlich.

Valentine ist fort.

»Ach, nichts«, sage ich und versuche, das Thema zu wechseln. »Wie ich höre, durfte Charlie sich endlich einen Firmenwagen aussuchen?«

Er nickt. »Einen VW Beetle.« Er macht ein mürrisches Gesicht. »In knallrosa.«

Ich grinse, und wir versinken in angenehmes Schweigen. Das ist eins der Dinge, die ich so sehr an Cal mag. Er weiß, wann ich meine Ruhe brauche.

»Ich habe über Cassies Prophezeiung nachgedacht«, sage ich nach einer Weile. »*Nicht alle werden überleben.* Das hat sich nicht bewahrheitet.«

Ein dunkler Schatten legt sich über sein Gesicht. »Ah. Ja. Was das angeht …« Er seufzt und wendet den Blick ab. »Beatrice …«

Eine eisige Kälte breitet sich in mir aus. »Was?!«

»Sie hat herausgefunden, dass Valentine tot ist, und …« Er schüttelt den Kopf. »Sie wollte nicht in einer Welt ohne ihn leben. Sie hat einen Obolus und einen Cupid-Pfeil geklaut und ... na ja ...«

Ich habe das Gefühl, als würde ich in einen tiefen Abgrund fallen. »Sie hat sich umgebracht?«

Er nickt steif, und wir versinken wieder in unseren Gedanken.

Ich weiß nicht, wie lange wir dort stehen; Seite an Seite, so nah, dass sich unsere Schultern beinahe berühren.

»Ich hoffe, ich störe nicht!« Cupids Stimme durchbricht die Stille. Er kommt zu mir und schlingt einen Arm um meine Taille. Ich lehne den Kopf an seine Schulter, und er drückt mir einen zärtlichen Kuss auf die Stirn.

»Also ... was sehen wir uns an?«, fragt er und folgt Cals und meinem Blick in die Nacht hinaus.

»Wir stehen nur hier und denken nach«, erkläre ich.

»*Still*«, fügt Cal hinzu.

Ich blicke zu Cupid auf und sehe den amüsierten Ausdruck in seinem Gesicht. Er zieht eine Augenbraue hoch. »Okay«, flüstert er. »Schon verstanden.«

Er küsst mich erneut auf den Kopf, dann lässt er den Blick in die Ferne schweifen, den Arm immer noch schützend um mich gelegt. Eine Weile stehen wir schweigend beisammen.

»Ich hatte solche Angst, dass ich dich verliere«, sagt Cupid unvermittelt. »Ich meine ... in dem kurzen Moment, in dem ich nicht ohnmächtig war.« Seine Stimme ist heiter, aber ich kann den Schmerz darin hören.

Ich drehe mich zu ihm um und berühre zärtlich seinen Arm. »Du hättest nichts tun können. Ich glaube, es stand von Anfang an fest, dass ich Valentine letzten Endes allein gegenüberstehen würde.«

Er nickt, aber sein Gesicht ist immer noch grimmig.

Wir drehen uns alle wieder zur Balkonbrüstung um – Cal an meiner einen Seite, Cupid an der anderen. Während wir gedankenverloren in die Nacht hinausblicken, stürmen Charlie, Crystal und Mino auf den Balkon und verkünden, dass sie den Gestank nach Käse nicht mehr aushalten.

Ich lache mit ihnen und fühle, wie sich die Dunkelheit in mir vorübergehend lichtet, während sich Charlie und Crystal über Cal lustig machen und Cupid mich noch enger an sich zieht.

Wir sind alle noch hier. Wir haben überlebt.

Aber in den Gesprächspausen muss ich immer wieder an Cassies Prophezeiung denken, und den einzigen Teil, der noch nicht wahr geworden ist.

Sie wird wiederauferstehen.